優莉結衣

高校事変　劃《かく》篇《へん》

松岡圭祐

角川文庫
23507

優莉結衣

高校事変　劃篇《かくへん》

『高校事変 XI』より

1

もう陽は傾きかけている。広大な埠頭《ふとう》の一角、塩害に錆《さ》びついたコンテナの陰に潜んだとき、優莉結衣《ゆうりゆい》は半裸の状態だった。

栃木県立泉《いずみ》が丘《おか》高校の半袖《はんそで》セーラー服は、もうぼろぼろの布きれと化し、部分的に身体にまとわりついているにすぎない。露出した肌も擦り傷だらけで、泥と返り血にまみれていた。大きな襟はとっくに失われ、両肩も腹も剝《む》きだしになり、胸もとだけがかろうじて覆われている。スカートのほうはひだに沿って幾筋にも裂けたうえ、裾《すそ》も焼け焦げ極端に短くなり、本来の役割をほぼ果たしていない。

まるでアマゾネスかサンバダンサーのいでたちだった。結衣はため息をつき、コンクリートの上にへたりこんだ。鉄製のコンテナに背をもたせかける。

こうなるまでにはいくつかの段階を経ている。ゼッディウムのボディアーマーどもと激しく争った。ガビノとかいう巨漢に犯されかけた。歩けないはずの姉、智沙子《ちさこ》にさんざんボコられた。架禱斗《かいと》には指一本触れられなかった。スペツナズ出身のヴコールにいたぶられ、瀕死《ひんし》にまで追い詰められた。火炎地獄と化したベアトリス・スクールから、命からがら逃れたものの、力尽きて夜通し眠りこんだ。朝を迎え目覚めたときには、またマラスに乱暴されそうになった。辛くもそこから逃れ、ようやくいまに至る。

ひりつくような全身の痛みは無視した。心に負った傷ほど深くはなかった。鏡に映ったような智沙子の顔が、いまも目の前にちらつく。あいかわらず結衣にうりふたつだった。冷やかなまなざしも自分を見るようだ。

あれはたぶん服の下に人工筋肉、CNT筋繊維の鎧《よろい》を纏《まと》っていたのだろう。カーボンナノチューブとチタンの合成繊維に、五キロボルトの電圧を加えれば収縮する。空気よりわずかに重いていどの密度しかない。非常に高価な運動補助器具の一種だが、架禱斗なら難なく買い与えられる。

長女は長男に与《くみ》することで恩恵を得ていた。長男に刃向かう次女の結衣はそのかぎりではない。いまやホンジュラスで孤立無援となった。ただし一文無しというわけではない。

マラスのなかにも良心を持つ若者がいたようだ。彼が軍用バッグを投げてくれた。

中身はここまで来るのに重宝した。スニーカーを履いた。服はめだついろだったので着用を遠慮し、代わりに裂いて包帯の代わりにし、肘《ひじ》や足首に巻いた。水筒と非常食は体力の回復に役立った。万能ナイフは鉄条網や金網フェンスを突破する際、何度か使用するうちに駄目になり、途中で捨ててきた。ただし拳銃《けんじゅう》はスカートベルトに挟んである。シグ・ザウエルP320。弾は十発入っていた。予備の弾倉はなし。これが唯一の武器になる。

いまもかろうじて残る胸ポケットのなかに、百ドル札数枚をおさめた。タブレット端末のおかげで、現在地をマップで確認できた。ここコルテス港にたどり着く寸前、バッテリーが切れ、やはり投棄の対象になった。

手もとの便箋《びんせん》に目を落とす。米軍の内部文書らしい。記載は英語だった。港湾警戒管理隊リチャード・フェルマー少尉殿。ゼッディウムの殲滅《せんめつ》は完了、港湾の特別警戒は必要なし。午後六時二十分、砂糖とコーヒー豆を北朝鮮に輸出する船が出航予定。埠頭に置かれた積み荷の検査は完了。船内への積みこみ作業に立ち会いの必要なし。兵力不足の折、コルテス港に人員を割くにはおよばず。

結衣は視線をあげた。ゆっくりと慎重に伸びあがり、コンテナの陰から辺りを観察する。

たしかに埠頭には米兵の姿がない。船員らしき姿がちらほら見えるだけだ。近くに接岸中の貨物船はかなり大型だが、近代的なコンテナ輸送船ではなく、古めかしいパレット船だった。甲板にクレーンを備えるが、もう稼働を終えていた。船上に木箱や布袋が山積みになっている。

マラスの若者は、この便箋をわざわざバッグにいれてくれた。行き先は北朝鮮。地獄から地獄への旅路か。けれどもいま中南米地域にいることを思えば、日本にかぎりなく近づける。出航を見逃せるはずがない。

けたたましく汽笛が鳴りだした。結衣は拳銃を引き抜いた。もういちど埠頭の人影をたしかめる。いずれも視線が逸《そ》れていた。結衣はコンテナの陰から飛びだした。まだ汽笛が鳴り響いている。栈橋をめざし全力疾走しつつも、ふいに足がもつれそうになる。まだめまいがおさまらない。それでも歩を緩めてはいられなかった。汽笛が靴音を搔《か》き消してくれている。鳴りやむまでに船内に達しなければならない。

きのう戦闘中に磨嶋悠成《まじまゆうせい》からアドレナリン注射器をもらった。筋肉注射したつもりだったが、わずかに針が皮下組織に達していたようだ。皮下注射したぶんが遅れて効いた。あれによって体力はいちどに潰《つい》えず、再度わずかながら回復した。ヴコールを仕留めたのち、ベアトリス・スクールから避難できた。さすがにその後は消耗しきり、行き倒れも同然に意識を失ったが、微量の皮下注射がなければ死んでいた。

注射に慣れていなかったのが幸いした。ヤクをやることは幼少期から拒否してきたし、医療はまったく教わらなかった。人命を救おうとする発想など、父の頭のなかには皆無だった。仮に銃撃を受けた場合、それが致命傷でなかったとしても、自分で処置する方法は知らない。命を失うことに直結してしまう。

素人の小娘らしい最期だろう。因果応報だった。世のなかに喧嘩腰《けんかごし》で臨み、絶えず反発しつづけた結果、いまや本物の戦場に身を置いている。冗談でも笑えない。

結衣は両手で拳銃のグリップを握り、銃身を下げながら走った。桟橋を一気に駆け抜ける。風圧すら行く手を阻む強烈な抵抗に感じられる。体力が回復しきっていないのを自覚する。ようやく甲板に達した。汽笛が鳴りやんだ。積み荷の向こうに乗員の姿が見えた。結衣はとっさに進路を変え、下り階段に身を躍らせた。

船内の階段は垂直に近く、ほとんど鉄梯子《ばしご》も同然だった。下りだしてすぐ、結衣は身体を反転させ、階段の隙間から船内を警戒した。蹴込《けこ》み板のない階段では、裏側で待ち伏せされることが多いからだ。

ほの暗い船倉では、やはりあちこちに木箱が積みあがり、ロープで固定してある。ひとけはないものの、階段の途中に留《とど》まるのは自殺行為に等しい。片手のみ手すりをつかみ、跳躍するように身体を階段から浮かせ、ほぼ一瞬で滑り下りた。

着地するやひざまずき、拳銃をすばやく周囲に向ける。やはり誰もいなかった。近くの木箱の陰に転がりこみ、姿勢を低く保つ。

結衣は乱れがちな息を整えようとした。この規模の貨物船なら、乗員は二十名を超えるだろう。拳銃の弾は十発。飛び道具を新たに確保できなければ命の保証はない。きのうのことを思い起こした。日本の歴史に終止符を打つ、架禱斗はそんなふうにうそぶいた。

ブラフと一蹴《いっしゅう》はできない。架禱斗はすべてを牛耳っていた。世界じゅうの武装勢力がシビックから資金提供を受けている。父の野望を実現すると架禱斗はいった。ゼッディウムを手なずけ、テグシガルパの軍警察を殲滅したのは、まぎれもない事実だ。まさか日本の主権を奪う気か。暴走した長男ならやりかねない。

市村凜《いちむらりん》が生きている。凜香《りんか》や篤志《あつし》も架禱斗につくのなら、結衣が日本に帰ったところで味方は誰もいない。それでも戻る意味はある。優莉匡太《きょうた》の遺志を継ぐ架禱斗を野放しにできない。刺しちがえてでも息の根を止めてやる。

また汽笛が鳴った。船体がゆっくりと動く感覚があった。汽笛が途絶えると、エンジンの鈍重な作動音がリズミカルに響いてくる。出港したようだ。武器を探すならいまのうちだろう。

結衣はそっと物陰をでて、船倉のなかをうろつきだした。拳銃は水平に構える。砂糖やコーヒー豆の入った袋や、その袋が詰めこまれた木箱は、撃たれたとき遮蔽物《しゃへいぶつ》にはなりえない。弾は難なく貫通してくる。身を潜めるべきは、約十メートルおきにある鉄製の柱だ。それも包囲されれば意味がなくなる。戦闘を避けることがなにより肝心だった。

船倉は船体よりひとまわり小さい。天井にトップサイドタンク、船底にバラストタンクを備えるせいだ。タンクのなかに海水が入っていて、積み荷が偏ってもバランスを崩さないよう、錘《おもり》の役割を果たす。

父が現役だったころ、コーヒー豆が麻薬のにおい消しに使われるのが常だった。いまの警察犬の鼻は偽装にごまかされない。ましてこの船の積み荷は、米軍の検査を受けている。ここにあるのは純粋に砂糖とコーヒー豆だけにちがいない。

船倉の端に行き着くと、壁沿いに複数のブースが並んでいた。いずれもドアはなく、各ブースごとにベッドだけが設置してある。下級の乗員が休眠するスペースかもしれない。そうだとすれば、いずれ誰かがここに来る。

靴音をききつけた。結衣はとっさに動いた。木箱に足をかけ、垂直に跳躍し、天井の梁《はり》をつかんだ。拳銃はいったんスカートベルトに戻す。懸垂の要領で身体を引き上げ、背を天井にぴたりとつけた。別の梁とのあいだで、身体を水平に突っ張らせる。結衣は船倉を見下ろしながら天井に張りついた。

乗員がぞろぞろと船倉に下りてきた。みな普段着姿で武装はしていない。肥満体の男が三人、いずれも中南米の顔つきだった。あとのふたりは痩《や》せていて、アジアっぽい目鼻立ちをしている。問題は肥満体らが抱える痩身《そうしん》の少女だ。なんと慧修《けいしゅう》学院高校の女子生徒だった。

黒髪に縁取られた顔は青ざめ、目は半開きになっている。脱力しきった身体を、乗員たちが支えながら運ぶ。慧修学院の制服、リボン付きの半袖《はんそで》ブラウスとスカートは、べっとりと血に染まっている。女子生徒は苦痛に表情を歪《ゆが》め、かすかに呻《うめ》き声を漏らした。

やがて女子生徒はブースのひとつに運びこまれ、そっとベッドに横たえられた。腹部にいくつもの銃創があるのが見てとれる。

結衣は息を呑《の》んだ。慧修学院の生徒のうち、複数が犠牲になったのはわかっている。だが戦場から遠く離れた港をでた、戦闘とは無関係の貨物船が、なぜか重傷者をひとり連れ去ってきた。救護したのだろうか。いや戦闘なら昨晩のうちに終わった。そもそも慧修学院一行は、コルテス港付近を訪ねてはいない。

　乗員たちはベッドを囲んでいる。とはいえ人さらいのような態度はしめしていない。肥満体らが絶えず女子生徒に声をかけつづける。いずれもスペイン語による激励だった。ひとりが声高にいった。「心配するな《ノテプレオコペス》。いますぐ医者が来るからな《エルドクトールエスタラアキプロント》。もう少し頑張れ《ソロアグアンタウンポコマス》」

　三人はホンジュラス人にちがいない。現地できいた訛《なま》りがある。ふたりのアジア人も、心配そうな顔で見守りつつ、穏やかな声を投げかける。韓国語に思えるが、貨物船の行き先を考慮すれば、ふたりの言葉は北朝鮮語だろう。

　K－POP好きの女子高生の常で、結衣も多少ハングルの読み方はわかるものの、リスニングはさっぱりだった。清墨《きよずみ》学園にいたパグェは、大半が日本語を話したが、韓国語での会話は結衣にも理解できなかった。いまもふたりの乗員が女子生徒を気遣っている、その事実しかわからない。〝ユンスル〟という言葉をさかんに繰りかえしている。ソウルと平壌《ピョンヤン》ではイントネーションが異なるらしいが、むろん区別などつきはしない。

　北朝鮮人の乗員ふたりのうち、ひとりは革製のリュックサックを提げていた。慧修学院高校指定のリュックだった。それをベッドのわきに置いた。女子生徒の持ち物にちがいない。

両腕が痺《しび》れてきた。結衣は歯を食いしばり姿勢を維持した。汗の一滴すら落とせない。天井に張りついているのを気づかれるわけにいかなかった。麻痺《まひ》しきった手では、とっさに銃を撃つのも不可能だ。

もうひとり禿《は》げ頭の肥満体が駆けつけた。やはり中南米系の男で、ポロシャツにスラックス姿だが、医療用カバンを携えている。白衣は着ていないものの船医と思われた。乗員らがわきに退き、船医に診察を急がせる。

緊張の面持ちで船医がガーゼをとりだした。「こりゃ酷いな《エストエステリーブレ》。致命傷じゃないか《ポドリアセルファタル》」

船医はベッドの傍らにひざまずき、銃創にガーゼをあてがおうとした。ところがそのとき、女子生徒が全身を痙攣《けいれん》させ、短くひきつった声を発した。白目を剝《む》き、今度は手足が弛緩《しかん》しきった。それっきり女子生徒はぴくりとも動かなくなった。

乗員らは沈黙した。船医が困惑のいろを浮かべ、女子生徒の脈をとる。閉じた瞼《まぶた》を開かせ、瞳孔《どうこう》を確認する。結衣の目にも女子生徒の死はあきらかだった。

「臨終だ《エスタムエルタ》」船医が項垂《うなだ》れながらつぶやいた。ほかの乗員らも失意をあらわにし、悲嘆に暮れる反応をしめしている。ホンジュラス人にはカトリックが多いときく。いまも肥満体らは指で十字を切った。

乗員らがその場を離れた。これから死者を弔うのか。結衣がそう思っていると、また一行が戻ってきた。意外な物を運んでいる。ホンジュラス人が押す台車には、山積みになった煉瓦《れんが》とブロック。北朝鮮人は空のドラム缶を転がしていた。

ドラム缶が台車の上に立てられる。肥満体らが協力しあい、女子生徒の死体をベッドから持ちあげる。身体をふたつ折りにし、あろうことかドラム缶のなかに放りこんだ。

結衣は愕然《がくぜん》とした。煉瓦とブロックがドラム缶に次々と投入される。錘にする気なのはまちがいない。乗員らは死体を海に沈めようとしている。

やがてドラム缶の口は瓦礫《がれき》の類《たぐ》いで満たされた。船医が台車を押し、ほかの全員がつづいた。立ち去りぎわに肥満体のひとりがつぶやいた。「ご愁傷様《エスウナラスティマ》。若い女の子《エスデマシアド》が気の毒に《ホーベン》」

哀悼を感じさせる物言いではあるが、死者へのはからいは真逆だった。女子生徒を救おうとする意思はあったが、死体を北朝鮮に持ち帰るわけにはいかない、そんな事情だろうか。だがなぜ瀕死《ひんし》の女子生徒を、貨物船の乗員らが助けたのか、その理由がわからない。

一行は結衣の視界から消え、ほどなくエレベーターの作動音がした。積み荷を昇降させるための設備にちがいない。台車のキャスターが転がる音、エレベーターに乗りこむ乗員らの靴音がきこえる。扉が閉じたようだ。エレベーターが上昇していく。

結衣は天井から飛び下りた。片膝《かたひざ》を立てた姿勢で辺りを警戒する。船倉にはもう誰もいなかった。痺れた両手を振り、徐々に感覚を取り戻す。

ベッドのわきにリュックが残っていた。結衣はそれを開けた。

とたんに当惑をおぼえた。リュックの中身は慧修学院高校の制服、それもきちんと折りたたまれた冬服だった。ブレザーだけならわかる。なぜか長袖《ながそで》ブラウスとスカートもあった。暑いホンジュラスを数日訪ねるのに、どうして冬服の着替えが必要だったのか。

ブレザーを引っ張りだしてみると、胸ポケットの膨らみに気づいた。生徒手帳が入っている。表紙裏に学生証があった。さっき死んだ女子生徒の顔写真に相違ない。三年D組の山本寿美怜《やまもとすみれ》とある。

制服一式をベッドに移し、さらにリュックの底を漁《あさ》る。K－POPアーティストのトレーディングカードが入ったコレクトブック一冊。表紙にぐでたまのシールが貼ってある。なかのカードは、ボーイズグループもガールズグループもあり、ずいぶん趣味が幅広い。それから本があった。『きょうから話せる韓国語』。

どういうわけか生徒手帳がもう一冊見つかった。それに葉書大のカード。まずカードをとりだした。慧修学院の校章が印刷してある。草書体の印字で〝山本寿美怜　右の者、成績優秀にて三年A組への編入を認める　学校長　北澤章介《きたざわしょうすけ》〟と記されていた。生徒手帳を開いてみる。顔写真は新たに撮り直したとわかる。こちらの学生証は三年A組となっていた。

慧修学院高校の三年は成績別でクラス分けがあったのだろうか。しかも途中でクラスを移ったらしい。山本寿美怜が優秀な生徒だったのはまちがいない。いまごろ行方不明が発覚し、保護者が取り乱しているのではないか。

だが気になることもある。このぐでたまのシールは……。

またエレベーターの音がきこえた。結衣は荷物をすべてリュックに戻した。肩にリュックを背負い、ただちにブースを離れる。

積み荷の谷間を駆け抜けつつ、結衣は思いを心に刻んだ。このままネズミのごとく船底に潜む。パン屑《くず》を拾ってでも生きつづける。貨物船が北朝鮮近海に達したとき、脱出のすべが見つかるかどうかはわからない。だがなんとしても日本に帰る。架禱斗を殺して自分も死ぬ。いまはそれ以上を求めない。

2

船倉は寒かった。陽光が射しこまないため、壁にある時計で時刻を知るのみだが、とりわけ日没後は冷えこんだ。結衣はぼろぼろになったセーラー服の残骸《ざんがい》を脱ぎ捨て、慧修学院の冬服を着ていた。ブレザーを羽織ると、エンジン室近くの棚の下に横たわっても、さほど体温を奪われずに済んだ。

念のため、山本寿美怜の生徒手帳から顔写真を破りとり、一冊だけポケットにいれておいた。のちに乗員以外の誰かに素性をきかれたとき、その場しのぎにはなるかもしれない。どんな事態がまっているか、まるで予想はできないのだが。

人目につかないことを優先するなら、船首寄りのどこかを寝床に選ぶべきだった。艦橋《ブリッジ》が船尾にあるからだ。けれども結衣はあえて艦橋の真下、エンジン室のわきに潜んだ。食料庫が近いだけでなく、エンジン音が物音を掻《か》き消してくれる利点もある。油のにおいがきついものの、ほどなく慣れた。プルトップ缶詰とミネラルウォーターを、ときおりくすねた。まさにネズミの暮らしぶりだった。

エンジン室の小窓から漏れる非常灯の明かりで、読書が可能になる。乗員の巡回時間を避け、結衣は『きょうから話せる韓国語』を熟読した。ハングルの子音と母音、パッチムの組み合わせから学び始めた。日本語と語順が同じなのは大きなメリットだった。理解も習得もしやすいと感じられた。発音はぶつぶつと声にだし訓練する。エンジンの騒音のおかげで、誰にもきかれる心配がない。

巻末の単語帳が充実していて重宝した。定型文や慣用句の数々を丸暗記しながら、言語の法則性に慣れていった。契約を〝結ぼう〟という言い方について〝……しよう〟を意味する活用語尾は려《リョ》、〝結ぶ〟はパッチムがある正則活用맺다《メッタ》だから、第二語基に려《リョ》をつける。語幹は맺《メ》で、ㅐが陰母音になるため으を追加、〝맺으려《メジュリョ》〟となる。

これは韓国語の教本だが、実際に結衣が習得したいのは北朝鮮語だった。結衣はときおり艦橋への階段を上り、船室に聞き耳を立てた。北朝鮮人の乗員どうしは夜更けもトランプで賭《か》けごとに興じていた。会話が実践的なリスニングに役立った。早口で方言も強いらしく、最初はなにを喋《しゃべ》っているかわからなかったが、十日も過ぎるとそれなりにききとれるようになった。

あと一週間ほどで羅津《ラジン》港に到着する、乗員はそんな情報を口にした。北朝鮮の北東部にある港で、ロシアや中国の船も出入りするらしい。ただし航海や荷下ろしの詳細は不明のままだった。

韓国語の教本と、実際にきく会話には、発音に少しちがいがある。〝します〟の합니다《ハムニダ》を、乗員らは합네다《ハムネダ》といっているようにきこえる。酒に酔って呂律《ろれつ》がまわらないのかと思ったが、ほかの乗員も同じ言い方をする。これが韓国語と北朝鮮語の異なる点かもしれない。むしろ韓国語のイントネーションは耳から学ぶ機会がない。北朝鮮のラジン港に行き着いた場合に備え、発音は乗員に倣うべきだろう。

ほかに備えといえば体力づくりだった。結衣は船倉に戻ると、深夜から明け方まで、天井の配管にしがみつき懸垂をした。跳躍しながら太腿《ふともも》を上げ、空中で両膝《りょうひざ》を抱えこむ。着地するやまた跳躍を繰りかえした。船内を走りまわるわけにはいかないため、一か所に留《とど》まったまま、左右の膝をすばやく交互に上げ、全力疾走の動作のみをおこなう。背筋を伸ばし、膝が胸につくほど、高く太腿を上げる。のけぞった姿勢で膝蹴《ひざげ》りも鍛えておく。

さらに数日が過ぎた。日本にはかなり近づいているはずだ。海上に脱出したいが極めて困難だった。乗船時に侵入した階段はハッチが閉鎖されている。甲板に上がるにはエレベーターを使うか、艦橋を通り抜けねばならない。どちらも無理筋に思えた。危険な賭けになるが、ラジン港に着いたとき、荷下ろしに紛れるしかない。北朝鮮国内に降り立ったところで、その先はどうすればいいのか、皆目見当もつかないのだが。

食料庫には革製の手ごろなサックがあった。メンテナンス用の工具を挿しこんでおくための代物だったが、結衣はこれを拝借し、シグ・ザウエルP320のホルスターにした。紐《ひも》を結びつけ、左の太腿に巻いた。万が一にも乗員に捕まった場合も、スカートの下を調べられるのは、ブレザーのポケットより後になる。ここ以上の隠し場所は考えられない。

乗員らが話していたラジン港到着まで、残すところ一日か二日ぐらいだろう。結衣はいつものようにエンジン室の近くに潜み、韓国語の教本を読みふけっていた。するど急に騒音がフェードアウトし始めた。例文を読みあげる自分の声が、はっきりと耳に届く。結衣は口をつぐんだ。エンジンが停止したようだ。推力を失い、船体が徐々に減速していく。

ただちにエンジン室から離れ、結衣は船倉を走りだした。機械の故障なら乗員が下りてくる。いまは船首側にいるべきだ。隠れ場所はいくつか見つけてある。壁面の下端、床から水平方向への浅い凹《へこ》みは、横たわればぎりぎり潜りこめる。結衣は俯《うつぶ》せの姿勢で凹みにおさまった。

いつしか船は静止していた。複数の靴音が船倉にこだまする。スペイン語や北朝鮮語が緊迫した声でささやきあう。乗員らが集まってきているようだ。

なぜか船外から拡声器の音声がきこえてくる。くぐもっているせいで内容はききとれない。命令口調に思える。

もう港に到着したとは思えない。着岸や係留の動きなどは感じられなかった。天井から金属のこすれる音がきこえる。結衣は壁面の凹みから、わずかに顔をのぞかせ、頭上を仰ぎ見た。

階段の頂上でハッチが開け放たれた。眩《まばゆ》いばかりの陽射しが船倉を照らす。明るさに目が慣れてくると、爽《さわ》やかな青空が見てとれた。乗りこんできたのは、日本の警察に似た制服の一団だった。厳《いか》めしい顔の男たちが階段を下りてくる。

積み荷が数列連なる向こう側、開けた場所に乗員十名前後の頭だけがのぞく。ホンジュラス人と北朝鮮人が半々だった。一方、階段を下ってきた制服組には、この貨物船の船長らしき男が同行している。おそらく艦橋から甲板にでて、制服組を迎えたのち、一緒に船倉に下りてきたのだろう。船長も中南米系の顔だった。

制服のひとりが早口にまくしたてた。北朝鮮語に思えるが、さすがになにを喋っているかわからない。それでも集中するうち、断片的に理解できるようになってきた。検査《コムサ》という言葉があった。どうやら海上で停船を命じ、立ち入り検査を実施するようだ。船長らは不本意な態度をしめしている。抜き打ちだろうか。

制服の発音は乗員らとちがっている。〝来ました〟を왓이요《ワシヨ》でなく왔어요《ワッソヨ》といった。韓国語の教本どおりだった。すると制服は北朝鮮人でなく韓国人か。

最初は穏やかに話し合っていたものの、やがて制服組と乗員らは互いに声を荒らげだし、ついには激しい口論に至った。それとは別に靴音が近づいてくる。結衣はふたたび凹みのなかに潜りこんだ。

目と鼻の先を制服のひとりが歩いている。積み荷の確認中だった。結衣はこっそり制服を見上げた。制帽には両翼を広げた金の鳥のマークがあった。

ニュースで観たおぼえがある。韓国の海洋警察庁。セウォル号沈没事故の救出活動失敗を受け、いちど解体されたが、文在寅《ムンジェイン》政権下で復活したときく。ならばここはまだ北朝鮮の領海の一歩手前、韓国のＥＥＺ内か。砂糖とコーヒー豆を運ぶだけの貨物船が、なぜ停船させられたのだろう。

ふいにけたたましい音が耳をつんざいた。花火に似た音質ながら爆発音に近い音圧。結衣は全身を硬直させた。いまのは銃声にちがいない。

近くにいた制服が、あわてたように仲間のもとへ引きかえす。銃声はなおもつづいた。発砲が頻度を増し、急激にせわしなくなる。機関銃の掃射ではない。何丁ものハンドガンのトリガーが、ひっきりなしに引かれている。たちまち船倉に硝煙のにおいが充満しだした。空気が霧のごとく白ばんでいく。

結衣はスカートの裾《すそ》をめくり、太腿のホルスターからシグ・ザウエルP320を引き抜いた。またこんな状況か。運命を呪いながらひと息つくと、凹みから転がりでた。ただちに身体を起こし、周囲に警戒の視線を配る。

至近に脅威はなかった。結衣は頭をさげ、積み荷に身を隠しながら走った。銃声が繰りかえし鳴り響く。船倉の真んなかあたりだった。やたらうるさいのは、古いタイプの拳銃《けんじゅう》を意味していた。鉄製でなくカーボンファイバー製なら、もう少し音が抑えられる。

反射的に足がとまった。木箱の隙間から行く手がのぞける。銃撃しているのは海洋警察官ではない。船長以下乗員らが、異常ともいえる高笑いとともに、俯角《ふかく》に拳銃を発砲しつづける。すでに床に倒れた海洋警察庁の面々を、なおも容赦なく蜂の巣にする。飛び道具は年代もののリボルバーばかりだった。

銃撃する乗員には出港直後、山本寿美怜を救おうと必死になった、ホンジュラス人や北朝鮮人が含まれていた。結衣は怒りをおぼえた。船医までが嬉々《きき》として殺戮《さつりく》に加担しているではないか。

さらにほかの乗員らがエレベーターから駆けつけた。みな赤いポリ容器を肩に掲げている。発砲がやんだ。ひとりがポリ容器を傾け、液体を死体の山に浴びせる。刺激臭が結衣のもとにまで漂ってきた。ガソリンにちがいない。

気づくが早いか結衣は猛然と走りだした。敵の目にとまるのを恐れず、一気に上り階段へと駆け寄る。靴音に敵勢が振り向いたとき、結衣はすでに階段を駆け上っていた。

「撃て《フエゴ》！」船長が怒鳴った。

結衣はとっさに身を伏せ、額と胸をそれぞれ鉄製の段に押しつけた。隙間だらけの階段にあって、頭部と心臓への被弾を防ぐためだ。けたたましい銃撃音が鳴り響き、支柱や手すりに跳弾の火花が散る。耳もとを銃弾がかすめ飛ぶ。

だが結衣は臆《おく》さなかった。段と段のあいだが大きく開いていても、敵勢からは狭く見える。結衣を狙い撃つには難儀する。しかし結衣は段の隙間から、拳銃を持った左手を突きだせた。照門と照星の先に合わせるのは、銃撃してくる乗員ではない。搬入されるポリ容器を狙うや、結衣はトリガーを繰りかえし引いた。

眼前に銃火が閃《ひらめ》き、てのひらに強い反動を感じる。発砲の回数と同じだけ薬莢《やっきょう》が宙に舞う。ポリ容器が破裂し、液体が敵勢にぶちまけられた。ただし発火には至らない。映画なら命中とともにガソリンに火がつく。だが火の玉を発射しているわけではないのだ、そんなことはありえない。

それでもいまはこれでいい。一秒足らずのあいだに同じ結果に至る。ずぶ濡《ぬ》れになった乗員らがむきになり、鬼の形相で結衣を仰ぎ見ると、矢継ぎ早に銃撃しだした。とたんに轟音《ごうおん》が船体を揺るがし、真っ赤な炎が船倉にひろがった。火だるまになった乗員たちが、両手を振りかざし、悲惨なタコ踊りを始める。船長がひときわ傍若無人に暴れていた。苦悶《くもん》の絶叫がこだました。

古いリボルバーなら発砲時に火花が散る。乗員どもはみずから火を放ち、いまや全員が炎に呑《の》まれていた。結衣は階段を駆け上った。開け放たれたハッチに達すると、外に顔をのぞかせる。頬に潮風を感じた。甲板上を大勢の制服が走ってくる。艦橋を検査していた海洋警察が、銃声を耳にし駆けつけたようだ。

だが甲板が大きく傾斜しだした。制服の群れが立ちすくんだ。誰もが水平に戻るのをまつように静止したが、角度はどんどん厳しくなっていく。直立を維持できず、制服らがいっせいに転倒し、斜面を転がりだした。積み荷も続々と滑降を始め、まだ甲板にしがみつく制服らを巻き添えにする。

甲板はほぼ垂直になった。船倉の天井にあったはずのハッチは、いまや水平方向への脱出口となっていた。結衣はそこから這《は》いだした。もう拳銃を握ってはいられない。

放りだすやハッチの縁に両手をかけ、崖《がけ》と化した甲板にぶら下がる。眼下には海原がひろがっていた。高さは数十メートルもある。

船体のあちこちから火柱が噴きあがった。熱風が押し寄せてくる。燃え盛る船体のそこかしこで、制服や乗員が海へと脱落していく。結衣は辺りに目を向けた。どの方角も水平線ばかりだ。陸地は見当たらない。ただし海洋警察庁の巡視艇が近くにいた。とはいえ巡視艇は舵《かじ》を切り遠ざかる最中だった。大型船は沈没時に周りの海水を引きこむため、距離をとらねば道連れになるからだ。

九十度近く傾いた貨物船は崩壊の一途をたどった。船首のマストが折れていくのが見える。積み荷や備品もひとつ残らず海面に落下していった。このままでは垂直を超え、上下逆さになって転覆する。

眼下の海原には白い波が浮きあがっていた。数十メートルの落下では、水面はクッションにならない。コンクリートの床に叩《たた》きつけられるのと同じだ。

結衣は左手一本でぶら下がり、右手でスカートの裾を雑巾《ぞうきん》のように絞った。スカートを落下傘代わりに利用しようにも、完全にめくれあがったのでは空気抵抗が生じない。裾を狭くすればあるていど抑制できる。

船体が地震のように揺れた。横倒しになった艦橋の壁面を突き破り、爆発の火球が膨れあがった。熱を帯びた突風が吹き荒れる。結衣は左手をハッチの縁から離し、空中に身を躍らせた。足から海面へと垂直に落下する。

右手はスカートから離さなかった。むしろ膨張したスカートに対し、裾をさらに強くねじりこみ、空気への抵抗体として維持する。たちまち海面が迫った。落下速度を殺せている、そう実感した。結衣はいったん身体を水平にし、今度は頭を下にした。足から飛びこんだのでは海中に深々と潜ってしまう。いまなら頭部にダメージは受けない。

波飛沫《しぶき》のあがる海面が顔にぶつかってきた。硬い地面に叩きつけられたも同然の衝撃が襲った。全身に痺《しび》れるような痛みを感じたものの、相応に勢いはスポイルされているはずだ。現に水中で結衣は手足を動かせた。水泡が視界を覆い尽くす。あらゆる音が籠《こ》もってきこえた。沈んだぶんだけ早々に浮上すべく、息を少しずつ吐きながら立ち泳ぎに転ずる。

ところが沈みゆく船体の周りには、巨大な渦が発生していた。身体ごと渦の中心に吸いこまれそうになる。結衣は強烈な引力に抗《あらが》うべく必死にもがいた。潮流の弱いところを体感的に察知し、そこに全力で切りこんでいく。海中にも船体の破片が無数に漂っていた。溺《おぼ》れる乗員らも浮き沈みしている。それらは一様に沈没する船に引き寄せられ、ともに海の底へと消えつつある。結衣は頭上に揺らぐ海面を仰いだ。水中をさかんに蹴《け》り、がむしゃらに浮きあがろうとした。太陽の光が波打つ。手を伸ばそうとも届かない。それでも遠ざかるわけにいかない。

息が苦しくなり、思考がおぼろになりかける。浅い眠りのなかで悪夢を見ているようだった。

ホンジュラスの記憶が脳裏をよぎる。磨嶋や弥藤貴典《やとうたかのり》に命を託された。結衣を見殺しにできたはずなのに、彼らはそうしなかった。あんな大人たちがいたなんて。いまも衝撃は覚めやらない。架禱斗を殺すまでは死ねない。

眠りが浅くなっていくように、急速に浮力が増しつつあるのを実感する。忌まわしい渦の魔手から逃れ、立ち泳ぎに推力が生じた。海面が目の前に迫った。

突き抜けるように海上に伸びあがった。顔がたちまち潮風に冷却される。聴覚が戻った。荒い波の向こう、貨物船の舳先《へさき》が斜めに立っていた。かなり距離があった。無我夢中で抗ううち、ずいぶん遠ざかっていたようだ。海洋警察庁の巡視艇はさらに離れている。いまや船体後部が小さく見えるにすぎない。迂回《うかい》してまた戻ってくるまでに、かなりの時間を要するだろう。

上空にヘリは飛んでいなかった。巡視艇による貨物船の検査は、準備万端におこなわれたのではなく、臨時の対応にすぎなかったのだろうか。そもそもなぜ貨物船に目をつけたのか。合法的な貿易である以上、韓国の領海を通るのにも、正式な許可が下りているはずだ。韓国に入港するわけでもないのに、むやみに立ち入り検査をしたのでは、北朝鮮との国際問題になる。どこに緊急性を認めたのか。乗員たちもなぜ残虐な殺戮《さつりく》行為に手を染めたのだろう。

それ以上は思考をめぐらせられなかった。立ち泳ぎが限界に近づいてきたからだ。体力の消耗が著しい。高い波が顔に打ちつけ、海水を飲んでしまい、結衣は激しく咳《せ》きこんだ。意識が朦朧《もうろう》としてきた。浮力のある物にしがみつかねば凌《しの》げない。

そのとき波間に黄いろい箱を目にした。結衣は歯を食いしばり接近していった。正確には一メートル四方の白い板に、黄いろいゴム布が折り畳まれた状態で密着し、箱状に一体化している。結衣はその物体にたどり着いた。タグにハングルが印刷してある。〝강하게《ガンハゲ》 당기십시오《タンギシプシオ》〟と記されていた。いまや読みとれる。強く引いてください、そういう意味だ。

タグをつかむや指示どおりに引っ張った。弾《はじ》けるような音とともに、ゴム布がたちまち膨らみだし、海面に展開していった。内部に空気が送りこまれ、ひとり乗りのゴムボートの形状をなしていく。

結衣はゴムボートの縁《へり》につかまり、身体を海中から引きあげた。なかに転がりこむや仰向《あおむ》けに寝そべった。視界には青空だけがある。ようやく安堵《あんど》のため息が漏れた。疲労感が押し寄せてくる。つなぎとめていた意識が遠ざかっていく。

制服はずぶ濡れだった。左の太腿《ふともも》の締めつけを感じない。ホルスターを縛っていた紐《ひも》がほどけて、どこかへ消えてしまったようだ。もう銃もない、あったところで意味はない。

巡視艇が気づいてくれるのを祈るのみだ。手を振る気力もない。身体も起こせなかった。瞼《まぶた》が閉じていく。韓国に救出されれば帰国のめどがつく。日本はもう目と鼻の先だ。

そう思ったとき視野のすべてが暗転した。結衣は深い眠りのなかに落ちていった。

3

ぼんやりと意識が戻りかけた。複数の手で抱き起こされ、ゴムボートから連れだされる、その感覚があったからだ。焦点の合わない視界に、見慣れない艦船の狭い甲板が映っていた。結衣は複数の兵士らに支えられている。おぼつかない足取りで歩いた。

まだ海上だ。だがおかしい。海洋警察庁の巡視艇とは異なる。やけに殺風景で、鉄製の細長い空間だけが、海原のなかに浮いていた。

結衣ははっとした。目の前にそびえ立つ黒々とした円筒が、この船における艦橋だとわかった。異様な形状だった。窓はひとつもなく、錆《さ》びた鉄板がリベットでつなぎ合わされている。その表層に赤い五芒星《ごぼうせい》がペイントされていた。

これは潜水艦、しかも北朝鮮軍だった。兵士らはやけに大きな制帽をかぶり、深緑いろの制服に、まるで不釣り合いなセーラー襟を身につけている。みな浅黒い顔で頬骨が張りだしていた。結衣は焦燥に駆られ、とっさに身をよじった。だが動作がやけに鈍い。意識も依然はっきりしない。

左の人差し指から指輪が抜かれた。ずっと嵌《は》めていることさえ忘れていた、〇・五カラットのダイヤの指輪。凜香からの誕生日プレゼントが奪われた。

右手にちくりとした痛みを感じた。間近に立つ黒い制服は軍医だろうか。結衣の親指と人差し指のあいだに注射針を突き立てていた。手を引っこめようにも、ほかの兵士らに腕を強くつかまれ、動作がままならない。それでも激しく抵抗した。ただし拘束を脱するほどの腕力は発揮できなかった。全身が弛緩《しかん》していく。麻酔を打たれたにちがいない。結衣は空を仰いだ。今度は意識が徐々に遠のいたりはせず、唐突にブラックアウトした。

長いこと眠っていた感覚はない。ふと気づいたとき、結衣は虚空を眺めていた。薄暗い部屋のなかにいる。けれども室内の構造がおかしい。天井と壁はコンクリートのようだが、いずれも斜めに傾いている。

ほどなく結衣は、自分のほうが傾斜したベッドに寝ていると気づいた。身じろぎしようとしたが、腕や脚が自由にならない。手枷《てかせ》と足枷により、ベッドに大の字に張りつけられている。

頭をわずかに持ちあげ、自分の身体を眺める。慧修学院高校の制服姿のままだった。ただしブレザーの両肩が破いてある。ありがちな調査の痕跡《こんせき》だと結衣は思った。錠剤やセラミック製ナイフは、上着の肩パッドを刳《く》り貫《ぬ》いて隠し、生地を縫い合わせておく。犯罪者なら常識だと父がいっていた。制服の隅々まで調べられたにちがいない。太腿に縛ってあったホルスターが、とっくにほどけて失われていたのは幸いだった。

視界にドアはなかったが、開閉音だけは耳に届いた。靴音が響く。三人の軍服が目の前に並んで立った。

潜水艦の乗員とは異なる制服だった。カーキいろの上着に赤い襟、制帽はやはり滑稽《こっけい》なほど大きい。金いろの円形のマークには稲穂が縁取られ、真んなかに赤い五芒星。

ニュースでよく目にする北朝鮮兵士の姿といえる。三人ともげっそり痩《や》せ、肌は浅黒く、工場勤務の労働者のようにも見えてくる。鋭い目つきを有する一方、奇妙に没個性的で、それぞれのちがいはほとんどない。年齢は三十代ぐらいに思えるが、正確なところはわからなかった。

ひとりが早口の朝鮮語でなにか喋《しゃべ》った。詰問するような発声だった。結衣のなかに戸惑いが生じた。なにもききとれない。

兵士はじれったそうな態度をしめし、同じ言葉を繰りかえした。「イルミモンミカ?」

今度はわかった気がする。あるいは兵士がはっきり発音したのかもしれない。名前をたずねている。

兵士たちはポケットの生徒手帳を発見済みにちがいない。山本寿美怜が行方不明になったことは、日本で報道されただろうか。朝鮮人民軍も日本のニュースをチェックしているだろう。顔写真が公開されていれば、結衣の成りすましがばれてしまう。だがそのかぎりでないのなら、山本寿美怜と信じさせておけばいい。

なんにせよ日本人なら朝鮮語の質問がわかるはずもない。結衣は日本語でつぶやいた。「ここは?」

沈黙がかえってきた。兵士のひとりは苛立《いらだ》ちを募らせたように、なにかを片手に詰め寄ってきた。またなにやら早口にまくしたてる。너《ノ》という発音がやけに耳に残る。どこか侮蔑《ぶべつ》の念が籠《こ》もった物言いだった。二人称で対等もしくは、それ以下の相手を指す言葉だ。兵士の口調を考慮すれば〝おまえ〟か〝貴様〟だろう。

　突きつけられた物は生徒手帳だとわかった。顔写真のみ破りとってあるが、ほかのページもぼろぼろのようだ。海水に揉《も》まれたうえで乾燥したせいだと思われる。ああ。結衣はひそかに納得した。兵士は〝イゲノヤ《これはおまえか》〟とたずねたようだ。朝鮮語でなにを問いかけられようと、結衣は答えるわけにいかない。ただ無表情にささやきを漏らしてみせる。「帰りたい」

　三人の兵士が顔を見合わせた。さっきとは別の兵士が、ふいに日本語できいた。

「山本寿美怜か？」

　結衣は思わず言葉に詰まった。三人の射るような視線がじっと見つめてくる。

　朝鮮人民軍にどんな意図があるのか考えずにはいられない。あの貨物船は韓国の海洋警察庁による立ち入り検査を受けた。だが船長以下乗員は海洋警察官らを皆殺しにした。船倉にガソリンを撒《ま》き、火を放とうとしたのは乗員たちだ。

　あいつらは船から退避するつもりだった。現に北朝鮮の潜水艦がひそかに迎えに来ていた。韓国側に目をつけられたがゆえ、船長が無線で救いを求め、潜水艦が駆けつけたのだろうか。それとも潜水艦に気づいた韓国側が海洋警察庁を動かしたのか。いずれにしても貨物船の乗員は朝鮮人民軍とグルだった。奴らの目的は、ホンジュラスで山本寿美怜を拉致《らち》し、北朝鮮に連れ帰ること。韓国側は事前に情報を得ていたのかもしれない。それなら海洋警察庁が立ち入り検査を強行した理由にも説明がつく。

誘拐犯たちにとっても、ホンジュラスでのテロ戦争勃発《ぼっぱつ》は不測の事態だっただろう。しかしその喧噪《けんそう》のなかで、まんまと山本寿美怜を連れ去った。ところが寿美怜は致命傷を受けていて、出航直後に死亡してしまった。不手際を隠そうとしたのか、乗員らは寿美怜の死体をドラム缶に詰め、海に投棄した。のちに結衣が乗員らと撃ち合った結果、船長以下全員が死亡したため、経緯を知る者はいなくなった。

そう仮定すれば、現状において朝鮮人民軍は、誘拐した山本寿美怜と結衣を混同しているのかもしれない。事実をたしかめるべく詰問しているのか。

だがなおも疑問が残る。山本寿美怜が拉致の標的なら、顔ぐらい知っていてもよさそうなものだ。貨物船内で死亡した寿美怜の顔は、結衣にはまるで似ていなかった。なのに三人の兵士らには確証がないらしい。

あるいは山本寿美怜を攫《さら》うときまっていたのではなく、慧修学院高校の女子生徒なら誰でもよかったのか。実行犯が誘拐した女子生徒について、朝鮮人民軍は名を知るのみなのか。

いままでいちども喋っていない兵士が、つかつかと歩み寄ってきた。手枷と足枷を外しにかかる。締めつけが緩むのを感じた。兵士が結衣の肩をつかみ、乱暴に引っ張った。結衣は前のめりになり、硬い床の上に突っ伏した。

まだ意識が戻ったばかりで、とっさの受け身をとれなかった。筋肉の反応が鈍い。けれどもぶざまに全身を床に叩《たた》きつけたのは、それだけが理由ではない。一介の女子高生なら、突然の落下に対し、ダメージを軽減する姿勢など知りうるはずがない。

結衣はあえて素人っぽく四《よ》つん這《ば》いに起きあがった。すると兵士のひとりの靴が、いきなり結衣の腹を蹴《け》りあげてきた。爪先《つまさき》が深々とめりこんでくる。結衣は嘔吐《おうと》の衝動に駆られた。

苦痛に耐えながら身体ごと横に転がる。ほかのふたりも矢継ぎ早の蹴りを浴びせてきた。三人に絶え間なく蹴りこまれる。後頭部への蹴撃を受けるや耳鳴りがした。背筋に激痛がひろがった。

とはいえ意識が遠のくことはない。靴が命中する寸前、わずかに身をよじり、衝撃を吸収しうる筋肉を向けた。三人の脚の動きを観察し、微妙に体勢を変えることで、常に致命傷を免れる。竹又《たけまた》という公安の刑事をだましたときと同じだ。苦悶《くもん》のふりや怯《おび》えきった表情も忘れてはならない。

三人の兵士はひとしきりリンチを終えると、息を切らしながら互いに顔を見合わせた。ひそひそとなにやら協議する。言葉はききとれなかったが、怪訝《けげん》な声の響きを帯びていた。さして負傷したようすがないのを疑わしく思ったのかもしれない。

床に横たわったままの結衣を、また三人が取り囲んだ。ふたたび三人同時の連続蹴りを受ける。さっきよりも力いっぱい蹴ってくる。結衣は巧みに威力を逃しながらも、口のなかを嚙《か》み、唇からわずかな血を滴らせた。吐血が見てとれる、そう判断されれば、ただの女子高生だと信じられやすくなる。

顔はなるべく斜め上方に向けた。三人に見せているのではない。天井の隅、防犯カメラに結衣は気づいていた。判定を下すのは三人の上官だろう。

しばらくして三人の兵士が動きをとめた。みな肩で息をしている。結衣は憐《あわ》れみを漂わせてみせたが、見下ろす三人の顔は、依然として腑《ふ》に落ちないようだった。

どうにもうまくだましきれていない。理由はわかっていた。結衣にとってひ弱だった過去などない。いちども経験していない以上、それらしく振る舞おうとしても、芝居に説得力は持たせられない。

とはいえ蹴りを食らっている以上、徐々にダメージは蓄積していく。あちこちの神経が麻痺《まひ》しだした。もう身体じゅう痣《あざ》だらけだろう。肌に血が滲《にじ》みだすのもそう遠くない。骨を折られたり内臓が砕かれたりはしないが、無残な見てくれになることは覚悟せねばならない。

なおも三人によるリンチと小休止が繰りかえされた。結衣もさすがに苦痛を演技のうちに留《とど》められなくなってきた。横っ腹を踏みにじられたとき、呼吸困難に陥ってしまい、激しくむせた。本当に嘔吐しそうになる。

芝居っぽさが感じられなくなったせいか、三人の顔つきが変わった。ようやく単なる女子高生だと結論づけたらしい。兵士らが互いに目配せしあう。そのさまに結衣は嫌な予感をおぼえた。

兵士のふたりがしゃがみ、結衣を仰向《あおむ》けにすると、左右から両腕を押さえこんだ。もうひとりが結衣のスカートをめくり、両脚を大きく開かせる。正面の兵士は興奮の面持ちで、ズボンのベルトを緩めだした。それすらもどかしいらしく、ズボンを下ろしきらないうちに、結衣の上に覆いかぶさってくる。

結衣はしらけた気分で兵士の阿呆面《あほづら》を眺めていた。また始まった。ゴミクズどもはいつもこれだ。よくそんなことばかり考えられるものだ。動物並みの知性か。

下品な笑顔が間近に迫る。こうして見ると、同じアジア人ということもあり、新宿《しんじゅく》界隈《かいわい》で見かける飲んだくれに思えてくる。荒い吐息が吹きかかる。結衣は露骨に顔をしかめてみせた。その表情の変化が奇異に思えたのか、兵士が面食らう反応をしめした。

結衣は冷やかにつぶやいた。「おまえごときがヤれると思ったかよ」

片膝《かたひざ》で兵士の下腹部を勢いよく蹴りあげる。兵士が目を剝《む》き呻《うめ》くと、結衣は左右の腕をつかむ兵士らを、逆に握りかえし引っ張りこんだ。ふたりの顔面はしたたかに衝突した。

仰向けに寝たまま結衣は膝を曲げ、三人の顎《あご》に縦横無尽の蹴りを浴びせた。床を背にすることで、突きあげる蹴りに重量を加え、速射のごとく滅多打ちにする。顎の骨は三つとも砕いた。三人が鼻血を噴きつつ後方に倒れると、結衣は海老反りになり、背筋の力で跳躍とともに立ちあがった。

ひとりの兵士がよろめきながら立ちあがり、腰から警棒を抜いた。三人とも拳銃《けんじゅう》は持っていなかった。苦痛に歪《ゆが》んだ血まみれの顔を片手で押さえながら、兵士がもう一方の手で警棒を振りかざしてくる。結衣は最初のひと振りを躱《かわ》し、左右の手刀を兵士の顔面に叩きつけた。悶絶《もんぜつ》する兵士がくずおれたとき、別のひとりが背後から襲いかかる気配があった。結衣は急速にステップバックし、後方に強い蹴りを繰りだした。胸骨が折れる音はもう馴染《なじ》みになった。兵士は壁に吹き飛んだ。

最後のひとりが結衣に抱きついてきた。だが両腕が身体にまわる前に、結衣は敵の手首をとり、関節が曲がる方向とは逆にひねった。兵士が苦痛の叫びを発するや、すばやく前方に小手返しの投げ技を放つ。もんどりうった兵士を床に叩きつけた。兵士は反動でわずかに浮きあがったのち、大の字に伸びた。

結衣は口のなかに溜《た》まった血を、ぺっと吐きだした。たたずむ結衣の周りに、重傷を負った三人が横たわっている。やれやれと結衣は思った。せっかく辛抱してやったのに、結局いつもどおりになった。

ドアが弾《はじ》けるように開いた。さすが本物の軍隊だけに、突入に抜かりはなかった。第一陣は床に伏せ、アサルトライフルを仰角に構え、油断なく結衣を狙い澄ました。後続の第二陣も左右に展開した。たちまち部屋の半分が武装した兵士に満たされた。すべての銃口がこちらを向いている。

痩《や》せ細った男ばかりの軍隊だが、それなりに屈強そうな肉体の持ち主も何人かいた。そいつらが結衣を拘束し、ドアへと引きずっていく。結衣はげんなりしつつも身をまかせた。処刑台にでも連行する気か。どうせ尋問するのなら、最初から日本語できいてほしかった。日本の女子高生を攫《さら》っておきながら、いったいどういうつもりなのか。

4

連行される廊下には窓があった。薄日が射しこんでいる。三階ぐらいの高さで、低い山々が連なり、谷間の盆地には舗装された広場がある。古風な軍用車が何台か停まっていて、なんとなく前時代的な雰囲気が漂う。見えたのはそれぐらいだった。結衣は新たな部屋に連れこまれた。

今度の室内は剝きだしのコンクリート壁、窓はベニヤ板で塞《ふさ》いであった。照明は切れかけた蛍光灯だった。なにもなくがらんとしているが、硝煙のにおいが漂ううえ、一方の壁に円形の的が貼ってある。被弾の凹《へこ》みがそこかしこにできていた。正式な射撃場ではないが、銃の試射に用いられているとわかる。

兵士らが部屋の真んなかにパイプ椅子を一脚据えた。結衣はそこに座らされた。両手足は自由だが、アサルトライフルを構えた兵士が大勢ひしめく以上、まだ迂闊《うかつ》な行動はとれない。

ほどなく兵士の群れが踵《きびす》をかえし、ぞろぞろと廊下にでていった。ドアが閉じる。

どういうわけか結衣はひとりだけ室内に残された。席を立つべきか迷ったが、どうせ廊下には兵士らが待機している。

　殺風景な部屋だが、一方の壁の天井近くに、額縁が三つ並んで掲げてあった。金日成《キムイルソン》と金正日《ジョンイル》、金正恩《ジョンウン》の顔写真だった。壁越しに別室から叫ぶような声がかすかにきこえてくる。なにかを読みあげる、あるいは暗唱するような口調に思えた。三十秒ほど喋《しゃべ》ったのち、また同じ内容を繰りかえす。

　結衣は耳を傾けた。反復のたび、部分的にききとれる箇所が増えていった。大元帥《デウォンス》。朝鮮労働党《ジョソンノドンダン》。社会主義《サフェジュイ》。無限リピートはリスニングの鍛錬に都合がいい。十数回きくうち、全文の意味が把握できた。〝偉大なる《ウイデハン》大元帥様が《デウォンスニミ》思慮なさり《サリョヘジュシゴ》、偉大なる《ウイデハン》大元帥様がお尽くしになり《デウォンスニミドワジュシゴ》、偉大なる大元帥様が毅然と統治なさる《ウイデハンデウォンスニミウヨンヒトンチハシヌン》、まぶしく栄光に《ヌンブシンヨングァンエ》輝く祖国《ビッナヌンジョグツ》、朝鮮労働党の一員として《ジョソンノドンダンウイイルウォンウロツ》、いついかなるときも、どこにどのようにあろうと、偉大なる大元帥様のお教えに従い、最善策を考え行動し、主体思想の偉業を代々受け継ぎ、社会主義祖国の後継者として、強く生きることを栄えある朝鮮労働党員として、ここに命をもって固く決意します〟……。間髪をいれず、また最初から延々と繰りかえされる。

　ふいにドアが開いた。兵士がキャスター付きの長テーブルを押してくる。長テーブルは結衣の前で静止した。アサルトライフルが一丁横たえてある。共産圏にポピュラーな小銃、ＡＫ47の形状。斜め前方に歪曲《わいきょく》したバナナ型弾倉と、てのひらサイズのピストルグリップが特徴的だった。フォアエンドや銃床《ストック》は木製で、金属部分は擦り傷だらけ。総じて年季が入っている。

正確にはＡＫ47ではなく改良型のＡＫＭだ。ただしチュオニアンで触れた物とは細部が異なる。父が集めていた銃器カタログで見たことがある。北朝鮮で68式小銃と呼ばれるタイプだが、一部にＡＫ74Ⅲ型の部品が混在する。

上官とおぼしき軍人がふたり、靴音を響かせながら入室してきた。襟の階級章に多くの星がついている。人民服風の軍服と制帽も仕立てが上質に思える。四十代ぐらいの男性と、三十過ぎの女性が並んだ。女性のほうは髪を後ろにまとめ、ハイバック型制帽をかぶっている。制服も男性とはかなりちがう。スラックスではなくスカートだった。

兵下士官らは工具各種をテーブルに並べたのち、上官ふたりに敬礼すると、きびきびと退室していった。部屋のなかには男女の上官と結衣だけが残された。着席の結衣に対し、上官ふたりはテーブルを挟んで立っている。腰のホルスターには拳銃があるが、どちらもそれを抜いたりはしなかった。

女性がストップウォッチをとりだした。「ットゥッタ、チョリプ。マリョネラ」分解、組み立て。用意。女性はそのようにいった。ストップウォッチのボタンが押される。

ああ、そうか。結衣のなかで腑《ふ》に落ちるものがあった。この状況は……。

結衣はアサルトライフルを手にとり、弾倉を外した。弾は入っていない。ハンドガードラッチを開放し、アッパーフォアエンドとガスシリンダーを外す。セレクターレバーを引き抜き、工具でレシーバーカバーを開け、ボルトキャリアの分解に入った。なにごともてきぱきとこなした。社会主義国の学校では、小銃の分解と組み立てを習うというが、優莉家にも同じ課題があった。手入れを怠ると銃は命中精度が下がる。大人の飛び道具の清掃は子供の仕事だった。

バネやネジまで一本残らずバラし、テーブルいっぱいに配置する。そこからまた部品を組み合わせていった。作りかけの銃を逆さにしても、銃口をテーブルにつけてはならない。わずかでもバレルが曲がるような置き方は厳禁となる。フロントとリアのサイトは、バットプレートを肩に当てながら調整した。

完成したＡＫＭをふたたびテーブルに横たえる。結衣は背筋を伸ばし、両手を膝の上に戻した。

女性がストップウォッチのボタンを押す。男性とふたりで文字盤をのぞきこみ、感心したようにうなずきあう。結衣に向き直ると、女性が厳しい口調で問いただした。

「……ファムルソン……イルイッソッソ？」

部分的にしかわからない。貨物船《ファムルソン》。最後はおそらく〝なにがあったのか《ムスンイルイッソッソ》〟とたずねたのだろう。だいたい状況は呑《の》みこめた。背景にも察しがついた。ただしどのように答えるべきかはわからない。カタコトの朝鮮語で返事をすれば、また状況がややこしくなってしまう。

結衣はすばやく立ちあがった。正しいかどうかはわからないが、いまできるのはこれしかない。直立不動の姿勢をとり、まっすぐ前を見つめ、さっき耳にしたフレーズを発声した。「偉大なる大元帥様が思慮なさり《ウィデハンデウォンスニミサリョヘジュシゴ》、偉大なる大元帥様がお尽くしになり《ウィデハンデウォンスニミドワジュシゴ》、偉大なる大元帥様が毅然と統治なさる《ウィデハンデウォンスニミウヨンヒトンチハシヌン》、まぶしく栄光に輝く祖国《ヌンブシンヨングアンエビッナヌンジョグッ》、朝鮮労働党の一員《ジョソンノドンダンウイイルウオン》として《ウロソ》、いついかなるときも《オンジェオトンテエド》、どこにどのようにあろうと《オディエオトッケイッソド》、偉大なる大元帥様のお教えに従い《ウィデハンデウォンスニムイガルチメタルゴ》……」

すると女性がやれやれという顔になり、片手をあげ制してきた。「ああ《ア》、もういい《イジェデッソ》。座れ《アンジャ》、ユンスル《ユンスル》。わたしたちはもうおまえの身元を疑っていない《ウリヌンドィサンノウィシンブンエデヘウシムハジアナ》」

軽く頭をさげ、結衣は着席した。硬い表情を維持しながらも、内心ほっと胸を撫《な》で下ろす。ユンスル。貨物船の乗員たちが、瀕死《ひんし》の山本寿美怜にそう呼びかけていた。やはり人名だったか。

男性が険しいまなざしを結衣に向けた。「チェ・ユンスル。……突発的な内戦《トルバルジョギンネジョン》……承知してるが《アルゴイッジマン》……負傷もなく《ブサンドオプシ》……なぜ潜入できず戻った《ウェジャムイプモッハゴドラワッソ》？」

耳が慣れてきたらしく、さっきよりは言葉の意味がわかるようになった。たぶんこの上官らは、ホンジュラスのテロ戦争勃発《ぼっぱつ》やチェ・ユンスルの負傷について、貨物船から連絡を受けたのだろう。だが結衣に怪我がみられないため、報告とちがうと感じ、訝《いぶか》しく思っていたようだ。

北朝鮮から日本への密入国は、年々難しくなっているときく。けれども北朝鮮は、貿易で交流のあるホンジュラスになら、たやすく人材を送りこめる。そこで慧修学院高校三年のテグシガルパ訪問に目をつけた。貨物船にいたホンジュラス人の乗員たちは、金で雇われたならず者集団にちがいない。もともとユンスルは慧修学院の女子生徒に化け、日本に潜りこむためホンジュラスに派遣された。すなわち彼女は北朝鮮の工作員だった。

山本寿美怜なる女子生徒は実在しない。思いかえせば最初から違和感があった。日本の女子高生を研究したにちがいないが、ずいぶん偏見にとらわれた設定だった。名門私立高の三年生で成績優秀者なのに、K－POPアーティストにうつつを抜かし、ぐでたまのシールを貼るとは。

トレカと『きょうから話せる韓国語』は、万が一にも朝鮮語を喋っているところを、他人に見られた場合の備えにちがいない。K－POPオタクを装えばごまかせると考えたのだろう。しかしぐでたまが流行《はや》ったのは何年も前だ。サンリオならせめてシナモロールかポムポムプリン、マイメロディ、無難にハローキティにしておくべきだった。

D組からA組に編入されたというのも嘘だ。おそらく慧修学院にそんなシステムはない。成績別のクラス分けすらないと思われる。ユンスルが潜入後、どのように振る舞う予定だったか、詳細はわからない。だがA組の教師や生徒に身元をたずねられたら、D組の学生証を見せ、D組からの問いかけにはA組の学生証をしめす、そんなつもりだったのだろう。両方のクラスに在籍しているのかと、第三者から問いただされた場合、校長名義のカードを見せれば窮地を凌《しの》げる。日本への入国だけが目的だ。律儀に慧修学院に通いつづけるわけではない。空港の税関を通過するや行方をくらませばいい。

男性の上官が結衣にきいた。「なぜ黙《ウエアムマリオプソ》ってる？」

結衣はあえて日本語で答えた。「常に日本人でいるようにいわれました。どこにいても、どんなときでも罠《わな》を疑え。朝鮮語を口にするなと」

上官ふたりは顔を見合わせた。女性が苦笑に似た笑いを浮かべた。「ドヨプはなに《ドヨプヌンオトン》ごとも徹底しすぎる《イルドノムチョルジョハゲヘ》」

男性は神妙にうなずき、また結衣に質問した。「私たちのことはドヨプからきいてる《ウリエデヘソヌンドヨプハンテソドゥルオッ》な《ジ》？」

ここが正念場だと結衣は思った。知っている単語と構文を駆使し、できるだけ朝鮮語の発音に寄せていった。「おうかがいする前にホンジュラス人の裏切りに遭いまし《オギジョンエホンジュラスインエゲベシンウルダンヘッスムニ》た《ダ》」

朝鮮人民軍のどんな部署かは不明だが、上官らがチェ・ユンスルの顔を知らないからには、教育係は別にいると思われた。いまも事実確認が不可能なのは、すでに教育係が死亡したからだ。貨物船にいた北朝鮮人のうち、ひとりがドヨプなる教育係で、ほかの連中も身内同然のスタッフにちがいない。

この上官たちはドヨプに、日本向け工作員の育成と、潜入計画の立案と実行をまかせていた。慧修学院高校の女子生徒を装わせ、テグシガルパで潜入させる、その段取りのみ報告を受けていたのだろう。

男性の眉間《みけん》に皺《しわ》が寄った。「ユンスル。そのたどたどしい日本語訛りもドヨプの指導か《グオセツカンイルボンオサトウリドドヨプエゲソジドバヌンゴニャ》？　私たちの前で失礼だろう《ウリアペソシルレヤ》」

結衣は臆《おく》しなかった。「まだ心を許せません《アジツマウムウルモッヨルゲッスムニダ》。さっきの三人に乱暴されかけました《アカセミヨンイナンポカケグルポン》から《ヘッスニカヨ》」

女性がため息をついた。「気持ちはわかる《マウムンアルゲッソ》。尋問班の連中はみな、ユンスルは負傷したはずだから、別人の可能性があると疑ってかかった。おまえを日本人の女子高生ときめつけ、暴行を企てようとしたな。歯止めはかけにくいが忌まわしい風潮だ。だが安心していい。ここは正真正銘、黄州《ホワンチュ》の人民特務局本部だ」

もう朝鮮語がほとんどききとれるようになった。リスニングのどこに重点を置くか、しだいにコツがつかめてきた。だが喜びを表すわけにいかない。結衣はなおも無表情を保った。これならなんとか乗りきれるかもしれない。

男性のほうは女性ほど同情をしめさなかった。「同志ユンスル。私が管理官のイ・グァンイン上佐、彼女が理事官のソ・ユニ少佐だ。本来なら顔を合わせる機会はないが、ドヨプ大尉から報告は受けていた。おまえは優秀な生徒だと」

結衣は軽く頭をさげた。「ありがとうございます」

ソ少佐と呼ばれた女性が、イ上佐に提言した。「ユンスルは指導班を失いました。

黄州選民高校の特務科に編入してはどうでしょうか」

　イ上佐は渋い顔になった。「上級工作員の育成機関に加わったのでは、かえってユンスルが肩身の狭い思いをする。そもそも出身成分がちがう。別の指導班をあてがえばいい」

「でも」ソ少佐はストップウォッチをしめした。「新記録でしたよ。さっきは尋問班の三人を叩《たた》きのめしましたし」

「あれ自体が由々しき問題行動だ。人民保安局から苦情が入るぞ」

「あんな状況に追いこまれれば、身を守るためにやむをえないかと……。それまでは頑《かたく》なに日本人を装いつづけました。指導官のみを信頼するという、命令への絶対服従も徹底しています」

　なおもイ上佐は難しい顔をしていたが、やがて吹っきれたようにうなずいた。「わかった。検討してみる」

　ソ少佐が結衣に微笑を向けた。「よかったな、ユンスル。これからも精進するといい」

　上官ふたりが退室すべくドアに歩きだした。結衣は反射的に立ちあがった。また直立不動の姿勢をとる。これで正しいのかわからない。必要なら大元帥様を称《たた》える文言を暗唱してやる。

けれどもイ上佐とソ少佐は、ちらと結衣を振りかえっただけで、さっさと部屋をでていった。

結衣は深く長いため息を漏らした。日本のワイドショーは忘れたころに〝優莉匡太と子供たち〟の特集を組む。北朝鮮の人民特務局とやらも、きっと日本のテレビをチェックしているだろう。いまは結衣の画像が放送されないことを祈るのみだった。

5

現状、人民特務局は結衣の素性に気づいていない。チェ・ユンスルに身内や友人がいなかったからだ。

上官らとの会話でおおよそのことがわかった。ユンスルは保護者がいない孤独な未成年で、工作員として育成されるため、常に社会から切り離されてきた。上級と呼ばれない工作員は、民間の指導班により個別に育成され、そのまま仲間内で管理下に置かれる。おそらく貧しい者たちが政府の下請けをする、少人数体制の生業《なりわい》なのだろう。そんなサーカス一座のような指導班と、ユンスルは寝食をともにしてきた。彼女にとっては指導班が家族も同然だったのかもしれない。指導官と仲間がみな死んで、たぶんもう帰るべき家もない。これから結衣はどこで暮らすのだろうか。

新たに若い女性兵士が来て、結衣をロッカールームにいざなった。七番のロッカーを使えといわれる。女性兵士が退室したのち、結衣はロッカーを開けた。地味ないろのロング丈のワンピースがハンガーに吊《つ》ってある。日本人の感覚では、ハイミセスのセミフォーマルという印象だが、これが普段着のセンスなのかもしれない。

着替えを終えたころ、女性兵士がまた現れた。ついてくるようにいわれる。結衣はなるべく言葉を発さないようにした。口数が少ない性格を装えば、ぼろもでにくくなる。

階段を下り一階に降り立った。鉄筋コンクリート造の建物だが、窓の多さを考えると、要塞《ようさい》としての機能はなさそうだった。廊下沿いの開放されたドアから、広間のなかがのぞけた。整列する兵士らは迷彩服姿ではなかった。壇上に立つ上官以外は拳《けん》銃《じゅう》の携帯もない。黄州の人民特務局本部、さっきソ・ユニ少佐はそういった。軍の情報機関と解釈するのが適切だろう。

建物の出入口には警備が立つものの、受付の小窓はまるで古いマンションの管理室だった。短い階段を下り、薄日の射す屋外にでた。季節は夏のはずだが涼しかった。

建物を振りかえると、五階建ての横長と判明した。味気ない外観だが、巨大な垂れ幕に金正恩の肖像画が、喩《たと》えようのないインパクトを誇る。

丸みを帯びた低い山々に囲まれた盆地だった。ポールには北朝鮮の国旗と朝鮮人民軍の軍旗がはためいている。監視塔の上に警備兵がふたり。AKMをストラップで肩に吊っているが、バレルの先に銃剣が挿してあった。古くさい拡声器が経費の乏しさを物語る。広場の舗装も凹凸が激しかった。

結衣は無関心を装った。一介の下級工作員にすぎないユンスルは、この本部を頻繁に訪ねたとは思えない。それでもいま辺りをやたら見まわすのはまずい。日常の風景にすぎない、そんな態度をしめしながら歩く。

さっき建物内の窓から見えた軍用車は、旧ソ連版ジープともいえるUAZ469や、装甲を施したイヴェコLMVだと判明した。戦車の類《たぐ》いがないのは、やはり軍事基地ではないからだろう。ただし自走式の対空砲はずらりと並んでいる。旧ソ連のS60、57ミリ対空機関砲だった。上空に戦闘機やヘリは見当たらない。空軍力の低さを対空砲で補っているのかもしれない。

女性兵士は結衣を幌《ほろ》トラックへと案内した。これまた丸みを帯びたレトロなフォルムだった。幌のなかには軍服と私服、老若男女問わず大勢の人々が座っていた。みな痩《や》せた体形なのが特徴的といえる。一部が結衣に目を向けたものの、なんの反応もしめさず、また顔をそむけた。

結衣はステップに足をかけ、荷台のなかに乗りこむと、空いている場所に座った。女性兵士は幌の外に消えていった。

ほどなくトラックが走りだした。高齢の軍服が隣の私服とぼそぼそ話している。ほかは誰も口をきかなかった。

幌には窓がないものの、前方の運転席を見通せる。幌の後方もさかんにめくれあがっていた。車外のようすを眺めるのに支障はない。広場を走るうち、トラックは両側に高い塀を有する通路に入った。そのうちゲートに差しかかった。運転手が警備兵に敬礼すると、遮断桿《かん》が上げられる。トラックはゲートをでた。ここはもう人民特務局本部の敷地外のようだ。

延々と山道ばかりがつづく。ときおり道端を牛がうろつく。農夫らしき男が一緒に歩いていた。散歩させているのかもしれない。結衣が小学五年のころ、社会科の教師が得意げに、北朝鮮に関する雑学を披露した。牛の用途は農耕用にかぎられるため、食べたりしたら銃殺刑になるという。むかしの話だと結衣はしらけた。結衣が八歳のころには、中国から輸入された牛肉が、平壌のスーパーでふつうに買えたはずだ。六《ろっ》本木《ぼんぎ》オズヴァルドに来ていた父の友人、脱北者の自動車窃盗屋がそういっていた。

無責任な噂よりは、裏社会の伝聞のほうが信用できる。ここは黄州。パグェのソン・イングクは、那覇《なは》からの修学旅行帰りの旅客機をハイジャックし、北朝鮮の黄州に向かうといった。のちに結衣がネット検索で調べたところ、黄州には弾道ミサイル発射場があるとわかった。同じくパグェのパク・ヨンジュによれば、濃縮ウランの製造工場がある寧辺《ニョンビョン》と、軍用鉄道で結ばれているらしい。パグェには北朝鮮の後ろ盾がある。田代勇太《たしろゆうた》はパグェを通じ、寧辺製の濃縮ウランを日本に密輸した。化学教師の伊賀原《いがはら》がガンバレル型原爆を製造、宇都宮《うつのみや》は大騒ぎになった。ついこのあいだの話なのに、ずいぶん前に思える。

ここ黄州で、パグェとつながりのある役人や軍人と出会った場合、身バレの危険もあるだろう。確率の高低はわからない。なんにせよ当面はおとなしくせざるをえなかった。黄州は北朝鮮の南西部にある、知っているのはそれぐらいだ。どうやって脱出し、どのように日本へ帰国すればいいか、いまのところ見当もつかない。原付バイクにすら乗ったことがない結衣には、数キロの逃亡さえ困難だった。

いつしかトラックは山道を脱していた。工場地帯を抜けると、素朴な町並みのなかに入った。

都会とは異なり高層ビルは目につかない。築半世紀以上とおぼしき土煉瓦《れんが》の戸建てばかりだった。ただしハングルで書かれたスローガンの看板はあちこちに建っている。グレー一色の退廃的な風景に、国旗の赤と青がカラフルに映える。歩道を進む子供たちは、白い制服に真紅のネクタイ姿だった。

やがて団地のような建物の前でトラックが停まった。それぞれに立ちあがり荷台から降車していく。誰も居残る者がいないと知り、結衣も一同に倣った。

団地に似ているといっても、出入口は限定されている。観音開きのガラス戸の前に列ができていた。制服の警備兵によるチェックを受けねばならないようだ。誰もが身分証らしきカードを提示している。結衣は当惑をおぼえた。あんなカードは持っていない。

列に並ぶにあたり、外壁に掲げられた金日成と金正日の肖像画に、人々はおじぎをしていく。結衣も列のほうに向かいつつ、ひとまず肖像画に頭をさげた。

すると若い男の声が鋭くいった。「駄目《アンドエ》だ!」

結衣ははっとして顔をあげた。周りもなにごとかと振りかえっている。軍服姿の二十代男性がつかつかと歩み寄ってきた。

青年は結衣の前に立った。険しい目つきで睨《にら》みつけたのち、ふと表情を和ませた。

「きみは日本人だろう《ノヌンイルボンインイジ》。大元帥様に頭をさげる習慣は御法度だ《デウォンスニムケモリルジョアリヌンスッカンウンボプドヤ》」

急速に頭を働かせた。本当に日本人だとバレたのなら、こんな穏やかな会話はありえない。考えられる可能性はひとつだけだ。結衣はあえて日本語で答えた。「申しわけありません。ついうっかりして」

「へえ《クロックナ》」青年は感心したように微笑を浮かべた。「日本語っぽい発音が巧いな《イルボンオガトゥンパルムウルジャルハネ》。僕はよく知らないが、いまのは謝罪の言葉だろ?」

結衣は朝鮮語に切り替えた。「そうです。こうやってたどたどしい日本語訛《なま》りの朝鮮語を練習しています」

「さすがだ。同志チェ・ユンスルだね? ソ少佐から連絡を受けてるよ。オ・ソンジェ中士だ。普遍宿舎へようこそ。あいにく研修生用の部屋しか空いてない。でもきみの存在を軽んじてるわけじゃないって、ソ少佐から伝えておくよういわれた」

「お気遣いをどうも」結衣は言葉少なに応じた。

「並ぶ必要はない。こっちだ」オ中士は歩きだした。

列のわきを抜け、建物のなかに入った。狭いホールにはエレベーターがなく、誰もが階段を上っていく。

普遍宿舎とオ中士はいった。普遍というのは名ばかりで、本当は下級職員用宿舎という意味かもしれない。ここの顔ぶれを見ればそんな感じがする。

階段を上りながらオ中士がきいた。「ホンジュラスでは災難だったね？」

「いえ……」

「日本人の犠牲者は生徒三十二名、教員三名だってな。ざまあみろだ」

結衣は黙りこんだ。死者数をきくのはこれが初めてだった。三十五人。あの戦場で罪もない少年少女が命を散らした。揶揄《やゆ》するオ中士の発言が腹立たしく思える。

するとオ中士が振りかえった。「硬い顔をしてるな」

ふたたび結衣は日本語でつぶやいた。「日本人なので」

オ中士が笑った。「ああ、そうか。日本人になりきってるのか」

ここでぶち壊しにはできない。結衣は腹立たしさを抑えながら四階まで上った。オ中士は外廊下に歩を進めていった。等間隔に連なる鉄製のドアは、やはり団地にそっくりだ。うちひとつの前でオが足をとめた。

「ここだ」オ中士は鍵《かぎ》を渡してきた。「黄州選民高校への編入手続きに二、三日かかるそうだ。それまではこの部屋を寝床にすればいい。外出には規定の手続きを踏むこと」

手続きの方法など知らない。引き籠《こ》もるしかなさそうだ。結衣はたずねた。「食事は……？」

「一階の食堂だよ。朝晩は無料だ。ええと、きみの荷物は……。ああ、そうか。船が沈んだんだったな。気の毒に。指導班の同志たちに哀悼の意を表するよ」

立場がちがえば死を悼む対象も変わってくる。結衣は視線を落とした。慧修学院高校の犠牲者にこそ祈りを捧《ささ》げるべきだ。

「じゃ」オ中士は急に下手な日本語に転じ、なにやら繰りかえし頭をさげながら後ずさった。「失礼しまぁす。さようなら。また今度、ぜひ」

にやにやしながら何度もおじぎし、ゆっくり後退していく。日本人の真似をしているのだと結衣は気づいた。オは面白いと思ってやっているのだろう。内心むかっ腹が立ったが、結衣はつきあいで笑ってみせた。ウケたと勘ちがいしたらしく、オ中士はようやく満足げに立ち去った。

ため息をつきドアを解錠した。結衣は部屋のなかに入り、壁のスイッチをいれた。ぼんやりと明かりが灯《とも》る。靴脱ぎ場はなかった。六畳ぐらいのワンルーム。シングルベッドに本棚、ライティングデスクに湯沸かし器。ふたつの扉はシャワー付きのバスルームとクローゼットだった。クローゼットのなかには着替えが何着も揃っている。狭いバルコニーには洗濯機が据えてあった。姿見に映った自分の顔を眺める。痣《あざ》は予想より少なかった。

思わずほっとした。劣悪な環境を想定していたが、わりとまともな暮らしができそうだ。

目につくのは壁に貼られた五十音のポスターだった。〝あいうえお……〟と日本語の平仮名が大書してある。机に辞書やテキストも置かれていた。北朝鮮人が日本語を学ぶための教材ばかりだった。

ラッキーだと結衣は思った。逆引きすれば日本語から北朝鮮語が学習できる。この二、三日のあいだに、できるだけ構文や単語を頭に叩《たた》きこめばいい。時間は無駄にならない。

政府発行の〝人民の手引き〟や、朝鮮人民軍の兵士向け教科書など、読むべき資料が充実している。真っ先に人民特務局に関する記述を探したが、どこにも載っていなかった。海外での工作活動を仕切る部署だけに、極秘扱いになっていてもふしぎではない。

社会主義国のため、みな平等という建前から、朝鮮人民軍では階級がないことになっている。代わりに軍事称号と呼んでいるが、実質的に階級そのものでしかない。大将の次が上将・中将・少将と、将官は四段階になる。佐官も尉官も同じ。下士官級の軍曹も四段階で、特務上士・上士・中士・下士に区分される。さっきのオ・ソンジェ中士は、軍曹の上から三つ目か。

この国の未成年についての情報もある。義務教育は五歳から始まり、幼稚園で一年、小学校で四年、中学校で六年の計十一年間。道徳の授業は朝鮮労働党の政治思想、主《チュ》体《チェ》思想を学ぶ。帝国主義アメリカの手先、軍国主義日本への憎悪もたっぷり教えこまれるようだ。

子供たちが制服に巻く真紅のネクタイ、あれは少年団の証《あかし》だった。小学校に通って九歳前後になると、成績や生活態度について審査を受け、合格すれば少年団に入れる。入団が遅れた場合、世帯ごと落ちこぼれ一家と見なされる。

黄州選民高校は、エリートの家系や成績優秀者のみが通う、名門中の名門らしい。全寮制でほとんどは普通科だが、愛国科と特務科の生徒は特殊な立場にあり、校舎や授業も異なるという。愛国科は将来の政府官僚、特務科は朝鮮人民軍隷下の特務局職員を育てる。進路もそれぞれに異なる。愛国科の卒業生は大半が金日成総合大学に進学する。特務科のほうは金日成軍事総合大学に進むか、若くして特務局職員になる。特務局職員とはようするに上級工作員だった。チェ・ユンスルよりは高給に恵まれるのだろう。

結衣はテキストを手にベッドに横たわった。まるでちがう人生が始まったかのようだ。だがひょっとすれば状況をうまく利用できるかもしれない。特務局職員を育てる学科に属するのなら、たぶん敵国たる日本の情報も入ってくる。架禱斗と智沙子が帰国したあと、日本がどうなったのか知りたい。いまのところ報道にすら触れる機会がない。

うとうとと眠りにつき、朝早くに目覚めた。腕立て伏せや筋トレをしてから、シャワーを浴びる。日の出とともに建物内が賑《にぎ》やかになった。結衣は着替えて外廊下にでた。入居者はみな一階に下りていく。歩調を合わせてみると、エントランスのわきに食堂があった。みなクッパらしきものや、魚を漬けた塩辛を食べている。ところが厨《ちゅう》房《ぼう》の婦人は結衣に別メニューを運んできた。日本風のご飯と味噌汁《みそしる》、焼き魚だった。

ああ、と結衣は内心苦笑した。教本にも書いてあった。潜入工作員は吐息から体臭、血液成分まで日本人になりきらねばならない。だから食事も日本風にすることとあった。壁際に立つ警備兵がこちらを見ている。結衣は教本に書いてあったとおり両手を合わせ、いただきますと日本語でいった。

部屋に籠もり、教本を読みふけっては、ひとり身体を鍛える。そんな二日間が過ぎた。夜は浅い眠りについたが、かすかな物音にも目が覚めた。こんな環境では当然のことだった。いまのところ疲れるようなことはない。顔の痣もめだたなくなったと感じる。三日目、朝食から戻ってきてみると、ベッドの上に制服が畳んで置いてあった。真新しい通学カバンも添えられている。

変わった制服だった。白の開襟シャツに真っ赤なスカーフ。スカートは紺いろで、日本の制服に近かったが、丈は長かった。どことなく昭和っぽさが漂う。胸ポケットの上に校章とハングルの刺繍《ししゅう》があった。최윤슬《チェ・ユンスル》。

封筒に入った手紙に〝明朝七時、玄関前。教科書持参〟と記されていた。

結衣はゆっくりとベッドに腰掛けた。登校のときがきたようだ。武蔵小杉《むさしこすぎ》高校、葛《かつ》飾東《しかひがし》高校、チュオニアン、芳窪《よしくぼ》高校、泉が丘高校と転々とし、今度はまさかの北朝鮮、黄州選民高校。日本まで約千キロの距離とは信じられない。ホンジュラスにいたときより、故郷をずっと遠く感じる。

6

日の出の時刻は日本とほとんど変わらなく思える。午前七時、普遍宿舎の前はすっかり明るかった。やたら空気が綺麗《きれい》で、林間学校にでも来たかのようだった。近くに見える幹線道路も、ときおりクルマが往来するだけで、辺りは静寂に包まれている。微風に揺らぐ木々のざわめきだけが耳に届く。

結衣は開襟シャツに赤いスカーフ、長めのスカートに白の靴下、革靴といういでたちだった。カバンは極薄で軽かった。手紙に記されていた〝教科書〟が、どれを指すのかわからないため、机の上にあった書籍を数冊見繕うにとどめた。いざというとき荷物が重いと動きが鈍くなってしまう。そんな事態は避けたかった。

周りは無人ではない。建物前には続々と入居者が出勤のために繰りだしてくる。みな大元帥の肖像へのおじぎを忘れない。いたって静かなのは、誰ひとり雑談しないからだ。ときおり幌《ほろ》トラックが来て、人々が荷台に乗りこむ。自室にあった本のおかげで、この車両が勝利《スンリ》自動車工場製、スンリ61NAだと判明していた。平壌市内ではスクールバス代わりにも使われるらしい。

トラックの行き先は特務局本部と思われたが、入居者らは乗りこむ車両を選んでいるようだ。部署が異なるか、あるいは車両ごとにまったく異なる目的地に向かうのかもしれない。結衣は当惑をおぼえた。どれに乗ればいいのだろう。

そのときごくふつうの中型バスが徐行してきた。車内には結衣と同じ、黄州選民高校の制服が大勢見える。結衣は停車したバスに歩み寄った。ステップを上り車内に乗りこむと、すぐにドアが閉まった。ここでは結衣だけをピックアップするつもりだったらしい。運転手はなにもいわなかった。

車内の座席は女子生徒が七割、男子生徒が三割ぐらいの比率だった。生徒らは適度に談笑しあっていたが、結衣を見ると表情をこわばらせ、ひそひそと言葉を交わした。結衣は空席に座った。周りの生徒を観察する。男子生徒は詰め襟シャツに赤いスカーフ、黒のスラックス姿という制服だった。女子生徒の制服は、一見結衣と同じだが、胸ポケットの校章が異なる。別の学校の生徒だろうか。

バスは特務局本部とは逆方向に走っていった。町並みから外れると、周りに棚田やトウモロコシ畑がひろがった。紡績工場らしき建物を見かけたほかは、粗末な民家が点在するにすぎない。山道を緩やかに上っていく。ふたたび路面が水平になったとき、前方に大きなゲートが現れた。車内の生徒らが立ちあがる。降車の準備をしているようだ。

特務局本部より、むしろこちらのほうが軍事基地の雰囲気に満ちていた。ゲートは石造りで、赤い星が刻まれた分厚いバリケード状のコンクリート壁が、左右の支柱に沿ってゆっくり持ちあがる。バスが校内に進入していった。

未舗装のグラウンドのそこかしこで、運動部の練習が始まっている。それ自体は日本と変わらないが、グラウンドの隅には年代ものの自走式対空砲が幾十も並ぶ。迷彩服の兵士もうろついていた。そこだけ見れば戦場のようだが、生徒は誰も気にするようすもなく、停まったバスからぞろぞろと降りだす。

結衣は最後に降車した。広大な敷地だった。グラウンドを囲むように校舎が三つ、それぞれ小高い丘の上に建っている。外壁は赤煉瓦《あかれんが》で、上げ下げ窓はモールの装飾に縁取られていた。どの建物にも大元帥の肖像を描いた垂れ幕がかかっている。

問題は外壁に彫りこまれたマークだった。結衣の胸にある刺繍と同じマークが、左端の校舎に刻んである。ほかのふたつの校舎はそれぞれちがうマークだった。すべて黄州選民高校か。胸の刺繍は校章でなく科章のようだ。

バスが続々と乗りいれてくる。ほとんどの生徒は右端、ひときわ大きな校舎へと向かう。あれが普通科にちがいない。消去法で中央の校舎が愛国科だろう。たしかにインテリっぽい生徒らが足を運んでいる。朝礼でも始まったらしく、校舎から唱和がきこえてくる。集団の発声が朝鮮語で響き渡る。〝偉大なる大元帥様が思慮なさり、偉大なる大元帥様がお尽くしになり、偉大なる大元帥様が毅然《きぜん》と統治なさる……〟

結衣は特務科の丘へと歩いていった。その方角をめざす生徒らはとらえどころがない。いかにも体育会系っぽい男子生徒もいれば、小柄で地味な女子生徒もいる。専攻は強制されるのだろうか。積極的に登校しているかどうか、周りの足どりだけではなんともいえない。

緩やかな芝生の斜面を登っていくと、校舎の前には特務科専用のグラウンドがあり、低い鉄柵《てっさく》に囲まれていた。鉄柵にはいくつもの切れ目があり、それぞれ受付になっている。テーブルに軍服と私服が並んで座っていた。彼らが学生証を確認するようだ。

またエントリーゲートか。結衣は足をとめた。どこに向かうべきかわからない。すると近くに立っていた警備が、結衣を一瞥《いちべつ》し、右端からふたつ目の受付を指さした。さっさと行け、無言のうちにそううながしてくる。

結衣は会釈をし、指定された受付へと向かった。テーブルに座るふたりのうち、ひとりは三十代ぐらいの軍服だった。襟章からすると上士になる。大きな制帽に目もとが隠れている。隣の私服はスーツ姿で眼鏡をかけていた。こちらは教員かもしれない。

テーブルの手前には、おかっぱ頭に丸顔の女子生徒がいた。前かがみになり、やけにおどおどしながら、ぎこちない日本語でささやいた。「あのう……わたしは……おはようございます。よい朝……ですね……」

眼鏡の私服が腕組みをし、睨《にら》むような目つきで女子生徒を見上げる。軍服の上士が結衣に気づいたらしく手招きした。

結衣はテーブルの前に進み、おかっぱ頭の女子生徒と並んだ。対応がわからず、とりあえずおじぎをする。

上士が朝鮮語できいた。「学生証は？」

提供されたのは制服とカバンだけだ。だが丸二日間の自習で、それなりに朝鮮語が上達していた。結衣は朝鮮語をひねりだした。「わたしは普遍宿舎から来ました。きょうが初登校日で……」

ところが上士は激昂《げきこう》したように立ちあがった。「ちがう！」

隣のおかっぱ頭が目を丸くした。ほかの受付に並ぶ生徒らもこちらを見ている。結衣はうんざりした。ここの軍人は短気で高圧的だ。いちいち怒鳴り声をあげる。たどたどしい日本語で上士がいった。「ここは三－BⅡA、特務科三年でも成績優秀者のみの、日本語職員育成クラスだぞ。朝の第一声から喋《しゃべ》れないとはなにごとだ！」

眼鏡の私服も険しい顔だった。しかし私服は、ふと別のほうに目を向けると、はっとしたように居住まいを正した。

そんな私服の視線は、新たに受付へ近づいてくる生徒らに注がれていた。女子生徒が三人、いずれも引き締まった身体つきの持ち主で、髪をきちんと整えている。うちひとりはロングのストレートヘアだった。目尻《めじり》が鋭く吊《つ》りあがった美人顔に、不遜《ふそん》なほどの自信が漂う。胸の刺繡《ししゅう》にはハングルでシン・ヘギョとある。

ヘギョはふたりの仲間を従えるように立ち、結衣とおかっぱ頭をかわるがわる見た。軽く咳払《せきばら》いをする。受付を塞《ふさ》ぐなといいたいらしい。おかっぱ頭がそそくさとわきにどいた。

なおも動かない結衣を横目に見ながら、ヘギョが受付の前に進みでた。学生証を提示しつつ、日本語ではきはきといった。「おはようございます!」

「おはよう」眼鏡の私服が学生証を受けとった。どうだとばかりに結衣を一瞥してくる。これが模範生だ、見習え。眼鏡の私服はそう示唆してきた。やはり教員なのだろう。

思わず鼻を鳴らしたくなる。ヘギョの発音はK-POPの女性アーティストのようだ。日本人がきけば、みな彼女を韓国人かと思うだろう。これが模範生とはあきれる。だが教員は、ヘギョの連れふたりも含め、三人を特別な生徒とみなしているらしい。胸の刺繡によれば、そばかすの多いほうがチョン・イェジン、鼻が低く頰が膨らんでいるほうがハン・ダミだった。どちらも高慢な態度を隠そうともしない。

そばかすのイェジンが教員に学生証をしめしつつ、おかっぱ頭を眺めた。「ああ。

ペ・ヨヌ。いたの？」

　またしても日本語だった。どうやらこのクラスでは、いついかなるときも日本語が義務づけられているようだ。おかっぱ頭のヨヌは及び腰で笑い、いっそう下手な日本語で応じた。「か、川口昭子《かわぐちあきこ》です……」

「そうそう。昭子だっけ。ダサいよね。たぶん日本でも古くさい名前でしょ。なんでもっといい偽名を登録しなかったの？」

「それは……。ほかに残ってなかったから……」

　リーダー格のヘギョは、テーブルの出席簿にサインしたのち、苦笑ぎみに身体を起こした。「わたしたちが洒落《しゃれ》た名前を独占しちゃったからでしょ。先生にも提言したんだけどね。成績順に決めたんじゃ、昭子さんみたいに可哀想な子がでちゃうって」

　教員が眼鏡の眉間《みけん》を指で押さえた。「いやあ、ヘギョの……いや南川景子《みなみかわけいこ》さんの日本語は、いつきいても自然だね。誰がどう見ても日本人だよ」

　するとヘギョは両手で口もとを覆い、「えー」と目を細めた。日本の女子高生らしい振る舞いだと思っているのだろう。「ありがとうございます、先生」

　豚鼻のダミが軽蔑《けいべつ》のまなざしを結衣に向けてきた。「受付でいきなり朝鮮語を喋っちゃう人なんていないよね？　まさかね」

ヘギョがふたりの連れをうながした。「行きましょ。晴美《はるみ》さん、すずさん」

晴美がイェジン、すずがダミらしい。三人は意気揚々と校舎のほうへ歩いていく。どの学校にもこういう手合いはいる、結衣はそう思いながら見送った。ダミのカバンには、ぐでたまのキーホルダーが揺れていた。北朝鮮の高校生としては、不謹慎なアクセサリーにちがいないが、たぶんこのクラスでは日本人のなりきりアイテムとして、むしろ推奨されているのだろう。

そういえば、おかっぱ頭のヨヌが後ろにまわしたカバンには、かなりむかしのアニメ『リトルバスターズ!』のシールが貼ってある。流行がずいぶん遅れて入ってきているとわかる。

上士の軍服はまだ立ったままだった。結衣を睨みつけ上士がいった。「学生証を忘れてきたうえ、日本語訛《なま》りの朝鮮語でごまかそうとするとは、懲罰に値する。そういえばクラスで見かけない顔だな。受付をまちがえたのなら、それ自体が由々しき過ちだぞ。特務局なら処刑の対象……」

結衣は上士を遮り、わざと淡々と早口の日本語で応じた。「大変申しわけなく思っております。じつはソ・ユニ少佐のはからいにより、きょう初めて登校しました。深く反省し、今後は襟を正し、真面目に授業に臨み、人一倍熱心に学習に取り組む所存です。反省文が必要であれば、可及的速やかに提出させていただきますが」

上士がきょとんとした表情になった。眼鏡の教員も腰を浮かせた。気づけば後ろで順番をまつ生徒たちも、唖然《あぜん》としながら見守っている。

「お、おう」上士は平静を装うように胸を張った。たぶんすべての言葉は理解できなかっただろう。だが上士も負けじと日本語で応じた。「感心だ。非常に感心。特務局本部の推薦なのか？　さすが素晴らしい発音だ」

「ああ」教員が驚きのいろを浮かべた。「きみがチェ・ユンスルか。ホンジュラスで死線をくぐってきたという……。私は今月の担任、カン・インボムだ、よろしく」

上士は威厳を維持しようと努めていた。「顧問のテ・ギョンチョル上士だ。三年生への編入は異例だが歓迎する。同志チェ・ユンスル。よく生き延びて戻った」

「ありがとうございます」結衣は頭をさげた。

「ほう。つくづく見事な日本語の響きだな。日本人らしい控えめな態度や、表情にも長《た》けている。私も若いころ京都に潜入したことがあってね、勲章を授かった。きみはたぶん日本人の目にも同胞と受けとられるだろう」

あまり会話を長引かせたくない。結衣は無表情に告げた。「いい時計してはりますなぁ」

テ上士は面食らった顔になったが、すぐに得意げな微笑とともに左腕をかざした。

「ああ、京都弁か。懐かしいな。いい時計だろう？　モランボンだ。高級官僚から贈られた」

あきれて声もでない。京都ではかなり浮いた存在だっただろう。ぶぶ漬けも遠慮なくいただきそうだ。これで勲章とは高《たか》が知れている。

カン教諭がいった。「ユンスル。この学校では日本人名を登録する。ふだんはその日本人名で呼び合う。卒業後は偽名兼コードネームとなる。きみはもう実務を経験しているから、山本寿美怜のままで……」

「すみません」結衣は異議を唱えた。「山本寿美怜はホンジュラス帰りに死亡しました。今後は心機一転、新たな偽名に変えたいと思います」

「いいとも。どんな名かね？」

「結衣」苗字は特にきめていない。結衣は教員を困らせてやるべく、またわざと難解な苗字を選んだ。「弥勒院《みろくいん》結衣です」

「みろく……ええと、校舎に入って左手に総務部がある。そこで顔写真を撮ってもらい、学生証の発行を受けるように。漢字もそこで書類に記入すればいい」

テ上士がうなずいた。「結衣ことユンスル、行っていいぞ。だが昭子ことヨヌ、きみは駄目だ。挨拶《あいさつ》の日本語もろくにできないんじゃ、本校に居場所はない。どう弁明する？」

ヨヌは泣きそうな顔になった。「ど、どうか……。あの、これから頑張る……頑張りました……頑張りますから……」

結衣は助け船をだした。「テ上士。居場所がないとおっしゃいましたが、居場所があるほうが稀《まれ》なんです。この世界にはそれらがない人がたくさんいます」

はっとしたようすのヨヌが結衣を見つめた。テ上士はなんのことかと眉《まゆ》をひそめている。結衣は無言のうちにヨヌをうながした。

ヨヌは半ば反射的に、うわずった日本語で早口にいった。「容姿の美醜。性格の良し悪し。病気や体質。足の速い遅いから、人づきあいの得手不得手さえも。そんないろいろな差異ゆえに居場所を失い、奪われ、今も這《は》いつくばっている人間。傷つき、踏みにじられ、疎外されている存在なんてありふれている。校舎の裏で。階段の陰で。教室の片隅で」

一気にまくしたてたからだろう、またもテ上士とカン教諭は、おそらくすべての意味を把握できなかったらしい。ただ流暢《りゅうちょう》に日本語を話した、その事実に驚いたようだ。

結衣は間髪をいれずカン教諭に告げた。「彼女はただのあがり症だったんでしょう。

先生がたを前に緊張しているにすぎません。要は血液中のノルアドレナリン値を上昇させず、自律神経系の交感神経を抑制できればいいので、わたしから彼女にコツを伝授したいと思います」

学術用語が交ざってくると、たぶんカン教諭にもお手上げだろう。〝コツを伝授〟はききとれたらしい。気後れしたようにカンが同意をしめしてきた。「結衣が指導してくれるなら、こんなに安心できることはない。まかせるよ」

テ上士も納得の表情を浮かべた。「昭子。いい友達を持ったな」

「あ」ヨヌはまたぎこちなく発声した。「ありがとう……ござい……」

結衣はヨヌの肩に手をかけ、おじぎをうながしながら、一緒に頭をさげた。「ありがとうございます」

ようやく受付を通過できた。結衣は校舎に歩きだした。初日から教員の関心を引いてしまったのは計算外だ。なんとか集団に埋もれていたい。

ヨヌが嬉《うれ》しそうに歩調を合わせてきた。たどたどしい日本語ながら、ヨヌは声を弾ませた。「結衣！　初めまして。いま助けてくれたんだよね？　でもどうして……」

「『リトルバスターズ』のセリフならおぼえてると思った。カバンにシール貼ってるし好きでしょ」

「しっ」ヨヌがあわてだした。「先生にはいわないで。日本のアニメの録画観るのは厳禁だってことは、わたしもよくわかってるから」

「みんな観てないの？」

「いえ……。日本語の勉強になるし、面白いし、みんな隠れて観てる。結衣もそうなんでしょ？　だから二木《ふたき》佳奈多《かなた》のセリフ知ってたんだよね？」

「昭子っていい名前」

「……本当にそう思う？」

「思うってば」

ヨヌが笑顔になった。「ありがとう。結衣がいうなら信じられる」

いきなりぽんと背中を叩《たた》かれた。誰かが左右の手で、結衣とヨヌの背を同時に叩いたとわかった。男子生徒が行く手にまわりこんだ。結衣たちと同じぐらいの背丈、眼鏡をかけた顔に爽《さわ》やかな笑いが浮かぶ。胸の刺繍《ししゅう》にはチャ・ユガンとあった。

ユガンは目を輝かせていた。ヨヌよりは自然な日本語をユガンが発した。「昭子、アニメが役に立ったろ？　とんでもない友達と知り合ったじゃないか！」

「あー、有樹《ゆうき》」それがユガンの偽名らしい。ヨヌも笑顔になった。「ありがとう、動画データをくれて。結衣、紹介するね。彼がアニメに詳しい……」

「目《め》白《じろ》有樹」ユガンが自己紹介した。「小さいころから悪い友達ばかりに囲まれてて、いまだに南朝鮮ドラマの動画ファイルなんかがまわってきてね。よければ提供するよ」

南朝鮮とは韓国のことだ。結衣はそっけなく返事した。「どうも。でも間に合ってるから」

「すげえ、その態度と言いまわし！　日本のアニメそのまんまじゃないか」

「〝そのまんまじゃん〟」

「え？」

「いま感嘆文で語尾を잖아요《ヂャナヨ》といいたかったんでしょ。なら〝じゃん〟にしとけば〝じゃないか〟より、日本人にとっては自然」

ユガンが目をぱちくりさせた。「こりゃ勉強になる……。さっきの話だと、きみは個別の指導班にいたんだよね？　僕も生い立ちのままなら下級工作員になる運命だったんだよ。勉強してぎりぎり入れたけど、きみみたいな天才もいたんだね」

「べつに天才じゃない」

「それが日本人の謙遜《けんそん》ってやつかぁ。僕もできるようにしないとな。じゃ、またあとで」ユガンが走り去っていった。

ヨヌが潤みがちなまなざしを結衣に向けてきた。「わたしもうまく喋《しゃべ》れるようになるかな……?」

「だいじょうぶ」結衣はうなずいてみせた。「ちゃんと教えてあげるから。……あれ?」

思わず足がとまった。向こうから走ってくるのは、派手な黄いろの制服だった。アイドルの衣装のようなブレザーに紺いろのリボン。髪も明るく染めた男女が、はしゃぎながら駆けてくる。一行は結衣とすれちがった。

有名なソウル公演芸術高等学校の制服だ。K-POPアイドルが多く在籍することで世界的に知られている。結衣はつぶやいた。「いまのって……」

ヨヌはなんら驚きもせずに応じた。「三-AⅢAの子たちだよ? 韓国への潜入も楽しそうだよね」

「へえ……。外国語を習得しなくていいなんてうらやましい。ソウル方言をおぼえるだけでいいなんて」

「そうかなぁ。K-POPを不自然じゃないぐらい、歌ったり踊ったりできなきゃいけないなんて、日本語の勉強よりしんどいかも。わたしはいまのクラスでいいなぁ」

胸のうちでまだ衝撃が尾を引いていた。結衣は澄ました態度を装いつつ歩きだした。

この学校から周辺各国に工作員が巣立つのか。脅威は架禱斗だけではないらしい。

7

特務科の校舎は六階建てだった。生徒らで賑《にぎ》わう昇降口に下駄箱はなく、その先の床が一段高くなってもいない。校内ではずっと靴のまま過ごすとわかった。廊下はほの暗かった。窓が少なく、しかも引きちがいのサッシではなく上げ下げ窓のため、あまり陽光が射しこまない。教室の出入口も引き戸でなく厚めのドアだ。室内に照明が灯《とも》っているようには見えない。授業が始まる前は節電しているのかもしれない。

同じく陰気な印象の総務部を訪ねる。昭和の役所を再現したような空間だった。ソンというスーツ姿の中年男性が、結衣を隣の小部屋に導いた。三脚に取りつけられたカメラが椅子に向けてある。結衣は椅子に座るよう指示された。学生証用の写真撮影だった。

それが終わると、クリップボードの書類に必要事項を記入した。三－BⅡA、최윤《チエ・ユン》슬《スル》、弥勒院結衣。

ソンが書類を見て朝鮮語でいった。「ユイなんて日本人名は、みんなあまり選ばな

いんだよ。平壌あたりに生まれる女の子の赤ちゃんに、유이《ユイ》って名前が増えてきたからね。南朝鮮の影響かな」

　結衣は黙っていた。身バレの危険が多少増しても、あえて本名にしておきたい。ほかの名前を呼ばれたのでは、とっさに反応しづらいからだ。〇・一秒の差が生死を分けるかもしれない。

「さて」ソンが間仕切りのカーテンを開けた。「三‐BⅡAの女子生徒はもう一枚、写真を撮ることが義務づけられてる」

　啞然《あぜん》とせざるをえない。カーテンの向こうにはなんと日本のプリクラ機があった。なかに入って撮影するシステムだ。派手な原色のデザインが目に痛い。質素な色彩に慣れていたせいか、こんなにけばけばしかったのかと感じる。ビニール製の暖簾《のれん》には、モデルの撮影したサンプルが大きく印刷されているが、なんだかメイクが古くさかった。プリクラ機自体が約十年前のしろものだ。

　ソンがもう一方のカーテンを開けた。「こっちにメーキャップ用品と衣装がある。本当は一年生の時点で、日本人女子高生の流行を学び、自主撮影するんだよ。常にプリクラシールを持ち歩くことになってる」

　結衣は化粧台の品揃えを眺めた。コスメ用品にはいちおう、キャンメイクのロゴがついている。けれどもアイシャドウもカラーマスカラも、ずいぶん前のパッケージデザインだった。エチュードハウスのファンデも廃れたカラーに思える。父親の支配から解放されたばかりの、小学校高学年のころを思いだす。

ため息とともに結衣はたずねた。「ジルスチュアートかマックはありませんか」

「ジルスチュアート？」ソンは頓狂《とんきょう》な声を発した。「服やバッグのブランドだね？　マックはプロのモデル御用達《ごようたし》だろう。高校生が使ったりはしないよ」

ああ、そういう認識か。総務部の雰囲気は昭和だったが、ここもせいぜい平成という感じだった。結衣はカーテンを閉め、ひとりきりになった。ふだんなら絶対にやらないが、日本の女子高生に多いメイクを選ぶ。瞼《まぶた》にパールブラウンを馴染《なじ》ませる。上瞼の際《きわ》にも焦げ茶をチップでライン状に引く。ハイライトにゴールドを下瞼に載せ、さりげなく涙袋を強調する。マスカラは濃いめ、チークは透明感のある薄い赤。赤みのあるグロスを選ぶ。

姿見のなかに、渋谷《しぶや》や原宿《はらじゅく》にいそうな清楚《せいそ》系の結衣がいた。メイクに合う服を探したが、やけにスカート丈が短く、やはりひとむかし前のファッションばかりだった。なんとか今風に持っていけそうな、ボリュームスリーブのロングワンピースに着替える。

カーテンの外にでると、ソンが目を瞠《みは》った。結衣はプリクラ機のなかに入った。これまた顔を白く飛ばす機能だけが重視されていて、最近の盛るエフェクトは皆無だった。

暖簾の外からソンが呼びかけた。「日本人っぽいポーズをとるようにね。みんな授業を受けても、なかなか合格しないんだよ」

やれやれ。結衣は左手をあげ、てのひらを顔の横でカメラに向けた。四本指は揃えて伸ばし、親指のみ直角に開き、そのL字に頬を這《は》わせる。いわゆる応援ポーズだった。微笑する気にはなれず、ただ無表情を保つ。

撮影を終え、結衣はプリクラ機をでた。ソンは印刷された写真を見るや、驚愕《きょうがく》のいろを浮かべた。

「こ」ソンは動揺をしめした。「これは……！　なんてすごい。新しすぎる。本当にいまの日本人女子高生のようだ」

「いまをご存じなんですか」

「もちろんだとも。そうじゃなきゃこの仕事は務まらんよ」ソンは小声でひそひそと告げてきた。「でも最新の情報は制限されてるんだ。朝鮮労働党がうるさくてね。現代の日本や南朝鮮の文化を、そのまま生徒に触れさせたのでは、よからぬ影響を受けかねないと」

「妙な考え方ですね。時代にそぐわないのを承知で、流行が廃った内容の教育を施すんですか」

「苦肉の策だよ。生徒を一人前の潜入工作員に育てねばならない一方、流行《はや》りの最先端には触れさせられない。潜入後は流行りに疎い日本人とみなされながら、徐々に現地の文化に馴染んでいけばいいと」

「みんなどういうポーズでプリクラを撮ってるんですか」

「満点をとれるのは、これとこれだな」ソンはいわゆる両手広げと、裏ピースのポーズをとった。

いまどきありえない。結衣はげんなりした。「かえってめだちますよ」

「ここじゃ優秀な成績をおさめることを重視したほうがいい。特務局に入れなきゃ元も子もないだろ？　あまりにも現代風の日本人になりきりすぎると、社会安全省から睨《にら》まれるよ。わが校自体が指導を受けるかもしれん。きみが天才なのはわかるが、ほどほどにしておいてくれ」

「わかりました」

「次はこっちだ」ソンが別のドアを開けた。「その服のまま来てくれ」

ドアの向こうはやけに古びた廊下で、すぐ行き止まりになっていた。ソンがもうひとつのドアに手をかける。足もとには錆《さ》びた鉄板が敷かれてあり〝출입금지《チュリックムジ》〟と書いてあった。立入禁止という意味だ。結衣はきいた。「これはなんですか」

「古い防空壕《ぼうくうごう》だ。縦横二メートル、深さ十メートルぐらいの縦穴で、祖国解放戦争のころ鉄梯子《ばしご》が付けられた」

「わざわざ掘ったんでしょうか」

「いや。縦穴自体は校舎が建つ前からあった。ここはなにか遺跡の一部だったそうだ」ソンは床の鉄板には目もくれず、壁のドアを開けた。

今度の部屋は結衣にとって、プリクラ機やメイクルームほどの驚きはなかった。四方の壁に銃器類が無数に掲げられている。

ソンは数丁を見繕いカウンターテーブルに並べた。「一年生で拳銃《けんじゅう》、二年生でアサルトライフル、三年生でスナイパーライフルを一丁ずつ支給される。実習を通じて適性をたしかめたうえで、どの銃にするか決定されるんだが、きみはもう三年生だからね。三丁をいっぺんに選ばないと」

「もらった銃をふだんから持ち歩けるんですか」

「まさか。実習以外は武器庫のロッカーに預けることになってる。校内からの持ちだしは禁止。弾も授業中に必要なぶんだけしか提供されない」

「ならいつもは丸腰ですか」

「生徒が学校で授業を受けるのに、ふだん武装は必要ないだろ。とはいえ非常事態には、実習時間以外にも銃の携帯が義務づけられる」

「非常事態？」

「アメリカや日本、南朝鮮が攻めてきて、校内に兵士が入りこんだ場合などだ。教員も生徒も戦わねばならない」

高校生にして予備兵も同然の扱いというわけだ。結衣はカウンターテーブルに目を落とした。「日本製の銃ばかりですね」

「潜入工作員だからな。弾や部品を現地調達できるよう、潜入先の銃で特訓を積んでおくんだよ。まず拳銃だ。リボルバーならニューナンブM60とM360Jサクラ。日本の街なかでも警官が携帯してるため奪いやすい。オートマチックはこのミネベアP9だな」

「九ミリ自動拳銃ですね」

「ああ、そうそう。日本人はそんなふうに呼ぶんだった。うっかりしてたよ。自衛隊の装備品だから、それなりの数がでまわってる」

Ｍ３６０Ｊサクラだけは願いさげだった。フレームの素材が弱い。凜香の手にあったとき、回転式弾倉を縦にひねり、二度も撃てなくしてやったのを思いだす。結衣は答えた。「九ミリ自動拳銃にします」

アサルトライフルは迷わずハチキューを選んだ。豊和工業の89式5・56ミリ小銃。あいにく銃床を折り畳めない普及型だった。それでも小ぶりなうえ、強化プラスチック製のため軽量で、取りまわしも楽だと感じる。両手で構えてみても、ごつくてでかいアメリカ製よりしっくりくる。

最後にスナイパーライフルだが、これはモーゼル型のいかにもレトロな仕様の一択しかなかった。銃床は木製で、新しさを感じさせるのは照準器だけだった。豊和Ｍ１５００。ボルトアクション式で、原型は狩猟用ライフルだったはずだ。日本ではほかにスナイパーライフルの製造はない。ヘビーバレルのためずしりと重かった。しかも機関部内蔵型の固定弾倉になる。

結衣はボルトの稼働をたしかめながらいった。「海外仕様の箱形弾倉があると思うんですけど。着脱可能な」

「あれは改造用オプションだよ。特務科の教材は、潜入国で製造されてるノーマルな銃に準拠しているから、このタイプしかない。装弾数は五発」

「M1550なら最初から箱形弾倉だったでしょう」

「詳しいな。しかし大昔の話だよ。とっくに製造終了になってる」

「生徒が手にする銃はこの三種類だけですか」

「いや。三‐CⅡAは重火器クラスと呼ばれていてね。ロケットランチャーなんかを訓練してる」

「RPG7あたりですか」

「そうだよ。それこそ実習授業でしか触れないが」ソンはライフルをいじる結衣を眺めながらつぶやいた。「構え方が堂にいってるな。実戦経験者みたいだ」

「指導官に習っただけです」結衣はふと思いついたことをきいた。「三‐AⅢAの生徒は卒業後、南朝鮮に潜入するんですよね？　ソウル公演芸術高校にも」

「ああ。あらゆる方面に工作員が送りこまれる」

「なら最新のK‐POPにも触れておく必要があるでしょう」

「それがな。朝鮮労働党の通達により、BTSなんかは知っちゃいけないんだ。最新で東方神起《とうほうしんき》どまりだよ。それも五人だったころの」

「入学直後は奇異に思われるでしょう」

「まったくそのとおりだ。私も卒業生を気の毒に思ってるよ。潜入先でダサい田舎者に思われて、いじめられてばかりいるらしいからな。しかし特務局にいわせれば、そのほうが好都合だとさ。ちょっと頭の弱い貧乏人を装っていれば、誰も暗殺者だとは思わない」

結衣のなかに緊張が生じた。「暗殺の命令が下ることもあるんですか」

「当然だろう。南朝鮮ではそのために芸能系の学校に入るんだ。政府主催のイベントで、ターゲットの政治家に会えるからな」ソンは思わせぶりなまなざしを結衣に向けてきた。「日本でもきみみたいな美人は、そっち方面に駆りだされるかもな」

8

校舎内にチャイムが鳴り響く。結衣はまた制服姿に戻ったのち、四階にある三－BⅡAの教室に向かった。授業前が騒々しいのは、この学校でも同じらしい。あちこちから談笑する声がきこえる。

教室も窓が小さいせいで、やはり廊下と同じように薄暗かった。机と椅子は日本の高校と同じ仕様だった。黒板わきの掲示物もすべて日本語で書かれている。ところどころ誤字が目につく。生徒たちの雑談はみな日本語だった。流暢《りゅうちょう》とはいいがたいが、もう三年生なだけに、会話には慣れているらしい。難しい言葉を知る生徒ほど、誇らしげに声を響かせる。

日本とのちがいは、席が前のほうから埋まっていくことだった。どうやら机がきまってはいないようだ。それでも陽キャっぽい男女生徒らが、最前列から順に机を占拠していく。昭子ことヨヌや、有樹ことユガンは、爪弾《つまはじ》きにされるも同然に後方の席におさまった。

結衣は気にしたようすもなく、ヨヌの隣の席に座った。近くにユガンもいる。ふたりとも驚いた顔を向けてきた。

ヨヌがささやいた。「結衣。あなたはもっと前に行ける」

やはりスクールカースト順か。結衣は鼻を鳴らした。「日本人なら後ろの席を好むの」

「そうなの？」

ヘギョをリーダーとする女子生徒三人が、ふざけあうのを中断し、こちらに目をとめた。揃って立ちあがると、にやにやしながら近づいてくる。

ヘギョは結衣の前に立った。あいかわらず下手な日本語を堂々と口にする。「あなた転校生？　ここじゃ朝鮮語は御法度よ。わかってる？」

結衣も日本語で応じた。「知ってる」

さっきヘギョたちは先に受付を抜けていった。結衣が日本語をぺらぺら喋《しゃべ》ったのをきいていない。それゆえマウントをとれると勘ちがいしているらしい。ヘギョが早口にいった。「くだらない話なんだけどきいてくれる?」

「なに?」

「八十階建てのビルの四十階に、エレベーターが待機してる。最上階に向かうと思う? それとも一階行き?」

どうやら日本語でクイズを出題し、答えられなかった時点でからかおうという気のようだ。結衣はつぶやいた。「さあ」

三人は小馬鹿にしたように笑った。ヘギョがきいた。「わからないの?」

「わからない」

「どっちかいってみてよ。勘でいいからさ」

「じゃ一階」

「一階?」ヘギョは声をあげて笑い、仲間のふたりを見やった。

そばかす顔のイェジンもヘギョに同調し、結衣を一瞥《いちべつ》すると、ばーかといった。鼻の低いダミも同じ言葉を発した。ヘギョは軽蔑《けいべつ》するようなまなざしで結衣を見下したのち、気どった振る舞いで踵《きびす》をかえした。三人は満足げに教室の前方へ引き揚げていった。

ヨヌが困惑ぎみにささやいた。「結衣。いまのはね、日本語のなぞなぞで……」

「わかってる」結衣はカバンから教科書をとりだしながら応じた。「くだらない話と最初にいったよね。エレベーターは下らないから最上階へ上る」

「なんだ……。答えがわかったのに、わざとまちがえたの？」

南朝鮮ドラマ好きの男子生徒、眼鏡のユガンが身を乗りだした。「利口だよ。相手にしなくていい。ヘギョ……景子の父親は朝鮮人民軍の大物だ」

「あー」結衣はため息をついた。「ありがち」

「晴美とすずも、それぞれ高級官僚の長女だけど、景子のシン家は大きな権力を有してるよ。先生たちでも逆らえない」

前方の陽キャ集団のなかで、すらりとした長身の男子生徒が立ちあがった。端整な顔つき、引き締まった肉体の持ち主だった。男子生徒が結衣のほうに歩いてくる。ヘギョら三人が射るような目で追う。

男子生徒が結衣に自己紹介した。「やあ、冬木純一《ふゆきじゅんいち》だ。きみは？」

胸の刺繍《ししゅう》にはキム・ジュンとある。ジュンで純一。ほかの偽名よりはわかりやすい。

結衣は応じた。「弥勒院結衣」

「よろしく、結衣。きみの発音は本当に上手《うま》いね。本物の日本人みたいだ」

ヘギョが前方の席から不満げに呼んだ。「純一」

これが日本の少女漫画なら、純一は性悪の景子を無視し、結衣と話しつづける。しかし北朝鮮では勝手がちがうようだ。純一ことジュンは頭を掻《か》きながら、ヘギョらのもとへ引きかえしていった。

ヨヌが小声で告げてきた。「純一はいい人なんだけどね。頭がよくて、スポーツ万能の優等生だから、景子の仲間に迎えられてる。スナイパーとしての腕は学年一。わたしたちじゃなかなか話せない」

いまどきの学校で、こんなにベタな人間模様を目にするとは、世界にはまだまだ知らないことがある。不自然な日本語ばかりが飛び交うせいで、頭も痛くなってきた。これなら必死で朝鮮語を勉強しなくてもよかったではないか。

ドアが開いた。教室が静まりかえり、生徒らがあわただしく席につく。受付にいた眼鏡の中年教師、カン・インボムが入ってきた。起立、と日本語で号令がかかった。みながいっせいに立ちあがる。気をつけ、礼。全員が一糸乱れぬ動きでおじぎをする。結衣は思わず苦笑した。日本人にしては集団行動が完璧に揃いすぎている。

生徒らが着席したのち、カン教諭が訛《なま》りの強い日本語を響かせた。「編入生を紹介する。弥勒院結衣。指導班育ちだが才能を評価され本校に加わった。高校生活は初めてのようだから、みなわからないことがあったら教えてあげてくれ」

ヘギョが片手をあげた。「もう教えてあげました」

「本当か？　偉いな、景子」

前方の生徒たちがくすくすと笑った。周囲の目が結衣に注がれる。結衣は黙って視線を落としていた。

カン教諭は受付で、今月の担任だといった。クラス担任は毎月替わるのだろうか。教科ごとに教師は異なるにちがいないが、いま担任のカン教諭が授業を始めようとしている。国語の教科書を用意するよう指示してきた。カンは国語の教師だった。ヨヌやユガンが日本語学習用のテキストをとりだす。結衣も同じ本を机の上に置いた。国語とは当然ながら日本語の授業のことだ。

「では前回のおさらいから」カン教諭がチョークを手に、黒板にひらがなを書き始めた。〝とうほく　ちゅうがく　ゆうびんきょく　すうがく　さようなら〟。書き終えるとカンが前に向き直った。「これらの〝う〟のなかで、ふたつだけが同種に区分される。誰に答えてもらおうか。さっそく編入生にきいてみよう。結衣」

結衣は当惑をおぼえた。カン教諭の目が立つよううながしてくる。腰を浮かせたものの答えがわからない。まさか国語の授業でなぞなぞはないだろう。

「あのう」結衣はつぶやいた。「わかりません……」

ざわめきがひろがる。カン教諭が戸惑いをのぞかせた。解答できなかったのがよほど意外なようだ。ヘギョもまた嘲《あざけ》るような顔で振りかえった。

「静かに」カン教諭が咳《せき》ばらいした。「では隣の昭子、代わりに答えてくれないか」

立ちあがったヨヌがすらすらと答えた。「〝とうほく〟と〝さようなら〟です」

「そのとおり。日本人は〝う〟の発音が前後により変化する。ｏｕが長母音のｏに変わる点で、これらふたつが共通している。〝ん〟や促音の〝っ〟にも似たような現象がある」

ああ。いわれてみればたしかに。結衣は着席しながらそう感じた。日本人の結衣にはかえって意識しづらいことだ。朝鮮人の日本語習得には必須《ひっす》の理論なのだろう。ヨヌが心配そうな顔で結衣を見つめてくる。

カン教諭が新たな例文を黒板に書いた。〝一月一日は日本の祝日ですが、生田一生さんの誕生日となるその日は、四日ぶりの雨でした。十年前に生まれた一生さんが小学生のころ、生家に火災が生じてしまいました。一生さんは生涯をかけ、生漆を採取する仕事に生きようと決意し、草木の生い茂る庭で、来る日も来る日も、生え伸びる草を採取しました〟。カンが生徒らを見渡した。「さて。誰に読んでもらおうか」

今度は結衣にも難なく読めるが、もうカン教諭は当ててくれなかった。生徒らが次々に指名されるものの、みなまちがってしまう。どうやら〝日〟と〝生〟の読み方のバリエーションに苦戦するようだ。七人がまちがえたのちジュンが正解した。生田一生《いくたいっせい》とは変わった名前だ、結衣は冷やかにそう思ったが、クラスメイトらの悩みはけっして他人《ひと》ごとではなかった。

前後で変化する発音に気づかなかったり、ケースごとの読み方のちがいがわからなかったり、生徒たちは四苦八苦している。たぶん自分も朝鮮語で同じようなミスをしているのだろう。いまのところ結衣は日本人を装うため、わざと拙《つたな》い朝鮮語を習慣化している、幸いにもそう解釈されている。しかし好意的に受けとられる状況がいつまでつづくかわからない。うっかり馬脚を露《あら》わしてしまうこともありうる。

カン教諭は黒板に〝山登り　気配り　魚釣り　水やり　影踏み〟と書いた。「ひとつだけ種類の異なる言葉がある。どれだ？　では景子」

ヘギョは当惑をしめした。「ええと……。魚釣……」

「ちょっと難しい問題だな。では有樹」

ユガンは立ちあがったものの途方に暮れだした。「……影踏みでしょうか」

「なんだ」カン教諭がしかめっ面になった。「特務局最高採用試験の準備に追われている者ならともかく、普通採用試験に臨むおまえが、これぐらいの日本語学習を怠ってどうする。普通採用者は日本に潜入後も、庶民のなかに溶けこまなきゃいけないんだぞ」

露骨なえこひいきだった。結衣はユガンにささやいた。「山登り」

「や」ユガンが答えた。「山登りです」

カン教諭がうなずいた。「そう。山登りだ。最初から正解するように。座っていい」

目的語に他動詞がつく語群のなかにあって、山登りの山だけが目的語ではない。ようやく慣れてきたと結衣は思った。ユガンが感謝の笑いを向けてくる。

最高試験受験生のヘギョについて、ただちに擁護しておこうと考えたのか、カン教諭が教科書のページを繰りだした。「極端な話、基礎的な日本語能力というのは、最高試験受験生にはかならずしも求められていない。もっと難解なことに挑む必要がある。景子、この日本語の出題をきいて答えなさい。〝あなたは銃砲店の店主です。常連客の八人の顔はおぼえていますが、名前はふたりしか知りません。ただし八人の平均年齢は二十六歳です。そのうちのひとり、ウンジェさんがライフルの弾を買いに来ました。彼はきょう十二人目の客で、店主より二歳年上だといいました。店主の年齢はいくつですか〟」

「十八歳です」ヘギョは余裕綽々《よゆうしやくしやく》で答えた。「わたしの歳です。冒頭に〝あなたは銃砲店の店主です〟とおっしゃいましたから」

「みごと正解だ！」カン教諭は手を叩《たた》きだした。「さすが景子」

ほかの生徒らも拍手をする。ヘギョは気分よさそうに周りにおじぎをした。

結衣はうんざりしてきた。日本語のリスニング問題としては、ミスリードを含むという意味で、それなりの難題にちがいない。けれどもヘギョの即答ぶりから察するに、あらかじめ正解を知っていたのだろう。さっきの〝くだらない話〟と同じだ。問題文を傾聴しなくとも、ただ一点だけおぼえていれば難なく答えられる。

ヘギョが息巻いた。「先生。編入生にもわたしたちと同じ水準に追いついてもらわないと、クラスの平均点が下がります。日本語の文章問題で鍛えてあげてください」

「……そうだな。結衣にはこの問題をだそう。〝最前線にいる兵隊は、一日ごとに三歩進んで二歩下がる。百歩先の敵の陣地に達するには何日かかりますか〟」

わざとずいぶん早口に喋《しやべ》ってくる。ヘギョを持ちあげるためにも、結衣には正解させたくないのだろう。だが結衣はあっさりと答えた。「九十八日」

嘲笑《ちょうしょう》に似た笑いが渦巻く。ヘギョもにやにやしながら振りかえった。常識的に考えて、百日が正解だと思っているにちがいない。

ところがカン教諭は驚きの顔でうなずいた。「正解だ。九十八日目に三歩進んだ時点で、百歩に達するからな」

生徒一同の表情が凍りついた。ヘギョはあわてぎみに申し立てた。「先生。さっきの銃砲店ぐらい長い問題文をお願いします」

「わかった」カン教諭が頰筋をひきつらせページを繰った。「ではこれだ。〝あなたは銃砲店の店主です。ひとりの客がライフル一丁と弾一発を買いに来ました。ふたつの合計額は百十万朝鮮ウォンです。なおライフルは弾より百万朝鮮ウォン高い。弾の値段はいくらですか〟」

結衣はつぶやいた。「景子さんには正解できないと思います」

「はあ?」ヘギョが立ちあがった。「これはあなたへの出題でしょ」

「景子さんは先生に〝さっきの銃砲店ぐらい長い問題文をお願いします〟といった。主語や目的語を省略するのは日本語の特徴だけど、授業中に生徒が教師にこの要求をしたのなら、〝わたしたち生徒に出題を〟という意味合いが強くなる。自分には答えられるという意思表示でもある」

ハッタリだった。だが外国語において、こういう慣用句の微妙な解釈のちがいは、常に捉《とら》え方が難しい。ふつうネイティブがどう受けとるのか、外国人にはよくわからないところがある。

ヘギョがむきになった。「そんな屁理屈《へりくつ》は通じない。わたしはあなたに出題するよう先生にお願いしたの」

結衣はカン教諭に視線を移した。「顧問のテ上士に意見をうかがいますか?」

「……いや」そうされてはまずいと思ったのだろう。教師の存在意義に関わる事態にちがいない。カン教諭は表情を引きつらせながら弁解した。「たしかに日本人の場合、生徒が教師に要求するのは、集団の代表という意味をともなうかもしれない。いいだした者に責任が回帰する習わしもあるというし……」

「ちょっと」ヘギョが動揺をしめした。「先生」

「景子。とりあえず答えてくれないか。弾の値段は?」

「あ……合わせて百十万朝鮮ウォンで、ライフルより百万朝鮮ウォン安いんですよね? なら弾は十万朝鮮ウォンです」

結衣はいった。「五万朝鮮ウォンです」

カン教諭が苦渋のいろを浮かべた。「景子……。結衣が正解だ。弾が十万朝鮮ウォンなら、合計額は百二十万朝鮮ウォンになってしまう。弾が五万朝鮮ウォン、ライフルが百五万朝鮮ウォンでなければ」

教室がしんと静まりかえった。ヘギョは絶句し、顔がみるみるうちに真っ赤になった。仲間のイェジンやダミがひどく戸惑った反応をしめす。

「……そのう」カン教諭がうわずった声で告げた。「日本語のききとりに脳の領域を奪われていると、単純な思考も働かなくなる。潜入工作員がそれではまずい。脳の言語野で難なく日本語を理解しつつ、諸問題に対処できるように訓練を積むこと」

終業のチャイムが鳴りだした。誰よりもカン教諭がほっとした表情を浮かべ、そそくさと教科書をしまいこんだ。

結衣は醒《さ》めた気分で片付けに入った。潜入工作員の命を案ずるのなら真実を教えるべきだ。いまどきの日本では、チャイムの鳴らない学校が増えている。

9

教科ごとに教師は交替した。どの授業も日本語で進められた。結衣は最も有利な生徒にちがいない。数学の出題もすべて日本語だったが、課題のプリントをいち早く仕上げたため、ほかの教科の自習をする権利をあたえられた。ヘギョたちが苦々しそうに睨《にら》みつけてきたが、いっこうに気にならなかった。

社会科の授業は興味深かった。この国で小学校から教えてきた、大元帥様が大日本帝国を倒したという歴史は、じつは事実に反すると教師が告白した。日本が南北朝鮮統一を阻んでいるとか、アメリカの前線基地としてテロ戦争を準備しているとか、そういったことは偏見だと一蹴《いっしゅう》した。教師は史実どおりの戦後日本を説明したうえで、それでも奴らは敵国だと声を荒らげた。資本主義が国家を腐敗させ、重大犯罪が多発しているといった。第三次大戦が起きるとすれば、日本と南朝鮮、背後にいるアメリカが原因となる。朝鮮民族が未来永劫《みらいえいごう》繁栄していくためにも、奴らの打倒は急務だ、結局はそんな主張に落ち着いた。

英語の授業も特殊だった。日本人らしくきこえる英語の習得が目標になっていた。Sをうまく発音しない、子音のあとにアイウエオの母音をいれる、二重母音を考慮しない。〝LとR〟や〝BとV〟、〝SとTH〟の区別をつけず喋る。タッチパネルやコンセント、ペットボトルといった和製英語を織り交ぜる。そういった日本人英語の欠点を、わざと身につける必要があった。単語を区切って読みがちで、メリハリがないのも重要なポイントだと教師は説明した。

地理の授業では、日本語の地図の読み方と作成方法が課題だった。軍事学の授業は多岐にわたった。戦争哲学や軍事史学、軍事心理学、軍事海洋学と軍事気象学などの人文科学系。軍事科学や軍事工学の自然科学系。戦争法や戦術論、戦略学、軍事行政学を含む社会科学系。なかでも軍事科学の応用物理学や暗号理論は勉強になった。軍事工学の弾道学や火薬学は、結衣にとってはいまさらでしかなかった。

北朝鮮がときどき日本近海に放つ〝飛翔体《ひしよう》〟についても、その正体を授業で知らされた。担当の教員は軍人だった。クォン・ジュンギ中尉がいった。「国際社会への道義上、初期の弾道ミサイル発射実験は、ロケットによる人工衛星打ち上げと説明してきた。火星《ファソン》20号もその流れを汲《く》み、国連の査察に備え、有人ロケットを物理的に偽装している。つまり軍事パレードのお披露目用とは根本的に異なる」

嘘をすなおにカミングアウトすること自体が驚きだが、これが特務科の授業なのだろう。教科書には大陸間弾道ミサイル、火星20号の図解が載っていた。構造は三段式ロケットで、飛行中に燃料を使い切るたび、後方を切り離していく。たしかに宇宙開発用ロケットと同じ仕組みだ。弾頭には直径二メートル、高さ一メートルほどの円錐《えんすい》形の有人カプセルが付いている。これもアメリカのアポロ計画あたりと同様だった。

宇宙開発用なら、すべてのロケットを切り離したのち、このカプセルだけが大気圏外を飛行するのだが、火星20号はちがう。二段目を切り離して数分後、飛行するロケットの頭からカプセルがぽろりと落ち、本来の核弾頭が生えてくる仕組みだ。有人カプセルはあくまで偽装でしかなく、もちろん無人のまま発射する。

クォン中尉が誇らしげな声を響かせた。「核弾頭はそれまでロケットの内部に、深く埋もれるように隠されている。発射前に調べられてもけっして見つからない」

弾頭に有人宇宙カプセルが見てとれれば、たとえ発射寸前であっても米軍は空爆できない。いかに見え透いていようが有効な手立てだ。国家が安保理違反をよしとするとは、もはや開いた口がふさがらない。

ほかには外科医学の授業があることに驚かされた。どこから運んできたかわからない死体を、資格もないのに解剖しろといわれた。初めての実習ではないようだが、女子生徒らが嘔吐《おうと》をもよおし次々と離脱していくなかで、結衣は興味深く参加しつづけた。注射のやり方も知らなかった結衣には、まさしく未知の領域だった。特に血管の正しい縫合を学べるのは収穫といえた。教師によれば、学期末試験では銃弾の摘出速度を競うという。そこまで授業を受けるのも悪くないと結衣は思った。

体育は格闘技のほか、周辺の山や川で実施する射撃、爆破、潜水、スカイダイビングと、結衣にとってはいい気晴らしになった。情収すなわち情報収集の授業では、尾行や盗撮、盗聴を学んだ。GPS発信器を使わない昔ながらの追跡方法は、基本的知識の復習として好ましかった。

拷問に耐える授業もあった。今回はくすぐりの刑だった。効果的なのは知っている。父の半グレ同盟のなかでも、とりわけ野放図《のほうず》が得意としていた。対象を傷つけずに情報を引きだせるのが利点だという。授業ではリクライニングチェアに大の字に縛られ、裸足《はだし》の足裏や脇の下をくすぐられた。げらげらと苦しげに笑い転げる生徒たちのなかで、結衣はひとり沈黙を守った。くすぐりに耐える訓練なら、物心ついたときには受けていた。

日没後も夜遅くまで実習課題をこなしたのち、特務科の生徒は校舎に隣接する寮へと帰る。ひと部屋につきふたりずつ割り振られていた。室内には机とベッド、キャビネットがふた組あった。結衣のルームメイトはヨヌだった。以前はクラスの総員が奇数だったため、ヨヌはひとりあぶれてばかりだったらしい。

ヨヌは大はしゃぎで喜んだ。「いまは結衣がいてくれる。本当に嬉《うれ》しい。あ、結衣。なにか要らない物があったらちょうだい」

結衣は戸惑いをおぼえた。「要らない物って?」

「なんでもいいの。卒業後に川か海に投げるから」

しばしヨヌはきょとんとして結衣を見つめたのち、なにかを悟ったように笑い声をあげた。「やだ、結衣。自分たちの部屋でも日本人に徹しきってるの？　ほら、伝説の話。贈られた物を水辺に投げれば、贈り主に会えるって」

「へえ。知らない」

日本人のフリをして、あくまでしらばっくれている。ヨヌはそう思っただろう。本当はただ正直に、知らないものを知らないと答えた、それだけだった。とはいえ結衣は支給品の消しゴムを一個、ヨヌに手渡した。お返しにヨヌは制服の予備のボタンをくれた。せっかくの贈り物を水に投げこんでしまうとは、どこかもったいない習わしに思える。形見の品よりも、本人に会えるほうが尊い、そういう考え方だろうか。

食事は一日三回。朝晩は寮で、昼は校舎内の食堂でとる。量は少ないが、やはり日本人の吐息や体臭にさせようというのか、日本食メニューがだされた。毎回〝手を合わせて、いたーだきーます〟を唱和させられるのには閉口した。小学校の習慣だろうと結衣は内心ぼやいた。

めまぐるしく課題をこなす日々が過ぎていった。いかなる授業にも難なく適応する結衣に、教師もクラスメイトも衝撃を受けているようすだった。寮に戻ってからはヨヌの宿題を手伝った。結衣のマンツーマンの指導もあり、ヨヌの日本語はめきめきと上達していった。

無難に学校生活を送りつつも、結衣は脱出方法について、絶えず検証をつづけていた。周辺の鉄道網には依然わからないことが多い。平釜《ピョンプ》線なる路線があるはずだが、近くに列車の音はきこえない。黄州には空軍基地が存在し、スカイダイビング実習の離陸時に立ち寄ったが、学校からはトラックで片道一時間もかかった。校舎の上空を戦闘機やヘリが通過するのは稀《まれ》のようだ。飛行制限区域に指定されているのかもしれない。

西に八キロ行けば大きな川の流域がある。地図によれば川は西方の海へと注いでいるが、小舟で下ってみたところで、とても無事に突破できる気がしない。そもそも小舟など浮かべられない。潜水訓練で川を訪ねたときにも、辺りは監視塔と警備兵だらけだった。

ある薄曇りの午後、体育の授業は対戦式のコンバット訓練にきまった。要するにクラスを二分してのサバイバルゲームだった。ヘギョは真っ先にスポーツ万能のジュンを引きこんだ。ほかにも最高試験受験生たち、つまりスクールカースト上位組ばかりを掻《か》き集め、リア充とキョロ充どもで軍団を結成している。

結衣がロッカールームで着替えをしているとき、廊下でジュンがヘギョを説得する声をきいた。結衣を仲間に加えないと勝てない、ジュンはそううったえていたが、ヘギョは断固として拒絶した。それでかまわないと結衣は思った。結衣はヨヌやユガンらとともに、教室の後方にいる生徒らのチームに加わった。最高試験受験生チームが〝鬼神〟、結衣の属する普通試験受験生チームが〝双龍《そうりゅう》〟と名付けられた。

体育の野戦実習では迷彩服を着る。今回も迷彩服姿だった。上に防弾ベストを羽織り、錘《おもり》をいれたチェストリグを巻き、肘《ひじ》や膝《ひざ》はプロテクターで覆う。手にはグローブを嵌《は》め、足に軍用ブーツを履いた。ヘルメットのこめかみには小型CCDカメラが付いている。耳栓を兼ねたヘッドセットで、チームの仲間と連絡をとれる。

生徒それぞれに支給された本物のアサルトライフルが、対戦時に持ちこめる唯一の武器になる。使用する弾丸は、火薬を減らした薬莢《やっきょう》と、赤い液体染料を仕込んだペイント弾頭から成る。撃たれても負傷はせず、赤のマーキングがつくだけという触れこみだが、実際に的を撃ってみるとかなりの威力だった。顔に当たれば無事では済まない。双龍チームの仲間はみな震えあがったが、結衣は心配ないといった。アサルトライフルを目の高さに構えていれば、顔面に被弾する可能性は極めて低くなる。

試合の場所は黄州空軍基地に近い、軍施設跡の廃墟《はいきょ》だった。鉄筋コンクリートの平屋で、敷地面積は校舎より大きいものの、天井が焼け落ちている。ドアや窓のいっさいも失われ、残るは壁ばかりだった。

小雨がぱらつくなか、両チームは廃墟の中央に位置する広間で顔を合わせた。陸軍出身の三十代、屈強そうな肉体を誇るド・ミンス教諭が声を張った。「勝利チームは褒美として、平釜線で平壌一日訪問にでかける。紋繡《ムンス》遊泳場でも遊べるぞ」

おもに鬼神チームが歓声をあげた。勝つ自信のない者が大半を占める双龍チームは、リアクションもそこそこにとどまった。

結衣のなかに沸き立つものがあった。平釜線の駅に行き、列車に乗れる。しかも首都平壌に向かうという。抜けだせるチャンスがなくとも、脱出ルートの下見にはなる。学校から駅までのアクセスを知りたい。

「いいか」ド教諭が対戦のルールを説明した。「この中央広間を境に、建物の東側が鬼神、西側が双龍の陣地だ。両チームとも一個ずつブロンズ像を持つ。自分たちの像を守り抜き、敵の像を奪うこと」

砂の堆積《たいせき》する床に、二個のブロンズ像が置かれていた。高さはいずれも二十センチほど、ずしりと重いが抱えて走るぶんには問題ない。一個は鬼神、もう一個は双龍が象《かたど》ってある。どちらも体育倉庫で見かけた保管物だ。なにに使うのかと訝《いぶか》しく思っていたが、たぶん対戦ではいつも使われるのだろう。両者のチーム名はこれらの像に由来するとわかった。

ド教諭がつづけた。「ブロンズ像は陣地内のどこに置いてもいい。チーム編成はリーダー一名、スナイパーが一名、ほか索敵や守備の役割分担は自由だ。鬼神のリーダーは？」

敵チームが態度悪く群れるなか、景子ことヘギョが仏頂面で片手をあげた。「わたしです。スナイパーは純一」

純一ことジュンは片膝をつき、スナイパーライフルの豊和M1500に弾を込めていた。わずかに顔があがり、結衣を一瞥《いちべつ》してくる。暗い表情でまた手もとに目を落とした。

「よし」ド教諭が双龍チームに向き直った。「こっちのリーダーは……きくまでもないか」

結衣はアサルトライフルの89式5・56ミリ小銃を携えていた。双龍のスナイパーを務めるのは、ひょろりとした長身の男子生徒、石田《いしだ》政志《まさし》ことチョン・イルだった。体力に自信がないからスナイパーをやりたい、本人がそう申しでた。

戦闘にあるていど自信がありそうな仲間はたったひとり。小柄ながら浅黒い肌でたくましい、野村和夫《のむらかずお》ことノ・ナムギルだ。彼を除けばヨヌにしろユガンにしろ、青い顔で震えるばかりだった。

両チームがブロンズ像を手に、それぞれの陣地の奥へと引き揚げる。ヨヌが結衣に歩調を合わせ、すがるような目を向けてきた。「怖いよ」

「だいじょうぶ」結衣は悠然と歩いた。「わたしの指示どおりにして」

ユガンは泣きごとを漏らした。「やばいってのはこういうときに使っていいんだよな？　顔に二、三発食らいそうだよ」

結衣はひとりの男子生徒に視線を向けた。双龍チームのなかでは体格に恵まれた男子生徒、土橋啓太《どばしけいた》ことドンウォン。家は貧しいらしいが、態度が堂々としているうえ、目つきも鋭かった。最高試験受験生っぽい雰囲気の持ち主でもある。しかし結衣がじっと見つめていると、ドンウォンはおろおろと両手を振った。

「駄目だよ」ドンウォンはいった。「僕は見た目だけだ。小心者なのは知ってるだろ？」

ナムギルが駆け寄ってきた。「結衣。ブロンズ像をどこに設置する？　定石では陣地の最も奥だけど」

それでは敵勢が攻めこんできて、大勢の仲間が狙われてしまう。兵士の養成機関なら過酷な勝負も避けられないが、このクラスは潜入工作員を育てるにすぎない。力や敏捷《びんしょう》さはかならずしも求められない。結衣は首を横に振った。「どこにも設置しない」

「あ？　どういう意味だよ」

「片手でアサルトライフル撃てる？　威嚇発砲でいいけど」

「そりゃセミオートにしておいて、命中精度をそんなに問わないならな」

「撃てるなら問題ない」結衣は足をとめた。「みんな集まって。潜伏する場所を説明するから」

　ヨヌが泣きそうな顔で嘆いた。「隠れるなんて自信がない。絶対に見つかって囲まれちゃう」

　結衣は建物の図面をひろげた。「そんなに怖がらないで。自己責任だなんていわない。わたしたちはチームなんだから」

「だけど……。結衣。戦闘経験者じゃないんでしょ？」

　思わず鼻から息が漏れる。結衣は平然とつぶやいた。「まあね。戦争と呼べるほどじゃなかった。せいぜい事変ってレベル」

10

景子ことシン・ヘギョは、廃墟内の東側陣地で最深部の角部屋にいた。床に据えたノートパソコンを前に胡座《あぐら》をかく。左右にはイェジンとダミが同じように控えている。チームの命、鬼神のブロンズ像もこの部屋に置いてあった。

パソコンのモニターは四分割表示だった。チームメイトらのヘルメットのCCDカメラから、リアルタイム映像が送られてくる。キーを叩《たた》けば表示を切り替えられる。鬼神に属する全員の目線を確認できる。

鬼神と双龍は二十二人ずつ。ヘギョは友達ふたり、イェジンとダミの願いをききいれ、一緒にいることを許可した。戦闘に参加したくなくて当然だ。こんなものは上級女子の役割ではない。

ほかのチームメイトはみな東側陣地のなかに分散している。ヘギョはヘッドセットのマイクにいった。「純一。ポジションは見つかった？」

純一ことジュンのカメラ映像を観た。画角の大半を曇り空が占めている。天井は抜け落ちても梁《はり》は残っていた。ジュンはその梁の上に登っている。高い場所に陣取るのはスナイパーの基本だ。ジュンの声が応じた。「もう少し北に寄ったほうが、廃墟全体をカバーできそうだ」

「双龍のスナイパーも梁の上に登ってくるでしょ。見かけたら即座に狙撃して」

「いや。いまのところ僕以外に人影はないな」

「俺っていってよ」

「なんだって？」

「一人称が僕だなんてひ弱に感じられる。日本の強い男は自分のことを俺と呼ぶ。授業で習ったじゃない」

ため息がノイズになり耳に届く。ジュンの声が仕方なさそうに了承した。「わかったよ。俺でいく」

「しっかりね。せいぜい頑張って」ヘギョは画面を切り替えた。もやもやしたものが残る。

ジュンは真面目で従順だが、結衣ことユンスルが現れてからどうもようすが変だ。気もそぞろになっていることが多い。まさかとは思うが、結衣になびいてはいないだろうか。

ありえないとヘギョは思い直した。ジュンも最高試験受験生だ。指導班あがりの親なしに心惹《こころひ》かれるわけがない。

ヘギョが生まれ育ったシン家は名門中の名門だった。旧ソ連大使館に勤務した外交官の祖父は、故・金日成主席とともに抗日パルチザン活動に参加した、革命第一世代の英雄だ。父は陸軍大将、母は医師を務めている。

正直、今回の対戦の褒美である平壌訪問など、たいして嬉《うれ》しくもない。ヘギョは幼少期から平壌市内で高級マンション暮らしを送ってきた。ムンス遊泳場は国が誇る総合レジャー施設だが、やはり何度も行ったことがある。屋内プールなど小学生の遊び場にすぎない。

それでも対戦には圧勝したい。いまこそ結衣という生意気な新参者を叩きのめす絶好の機会だ。ピアノでもバレエでも古典舞踊でも、ライバルはひとり残らず蹴落《けお》としてきた。情報活動や作戦指揮においても才能をみせつけてやる。

ヘッドセットのイヤホンからド教諭の声がきこえてきた。「両チームとも準備はいいな？　では戦闘開始」

イェジンが無邪気に笑った。「景子。やっちまいなよ」

「まかせて」ヘギョは上機嫌にマイクで呼びかけた。「みんな作戦どおりに行動してよ。八人が索敵しつつ進撃、十人が陣地内に留《とど》まって守備。スナイパーの純一はバックアップ」

男子生徒の声が告げてきた。「こちら聡司《さとし》。中央広間から索敵を開始する」

聡司ことサンギョンは、人民軍の訓練合宿にも参加した強者《つわもの》だ。彼を筆頭に屈強な男子生徒ばかりで攻撃班を編成した。女子生徒は守備班として陣地に留まるが、彼女たちも体育の成績は優秀だった。女子格闘技で黄海北道《ファンヘブクト》大会二位の実力者もいる。貧民と弱虫の集まり、普通試験受験生の双龍に負けるはずがない。

隣でダミが鼻を鳴らした。「勝ったも同然じゃない?」

問題は結衣ことユンスルだ。どうせひとりではなにもできないだろうが、徹底的に打ちのめさねば気が済まない。発見しだいペイント弾を顔面に食らわせてやる。

「おい」サンギョンの緊迫した声がきこえてきた。「景子。前方、敵陣に動きあり」

ヘギョはモニターを観た。サンギョンら最前線の攻撃班の視界。中央広間から奥の敵陣をとらえている。

ふたりの敵兵が並んで歩いてくる。うちひとりは結衣だった。左手にアサルトライフルを下げている。右手は胸の前でブロンズ像を抱えていた。なんと双龍の像だった。

イェジンが身を乗りだした。「どういうこと? 降参?」

ダミは口もとを歪《ゆが》めた。「ありうるって。でなきゃ像を持ってきたりしないでしょ」

まったく予想外の行動といえる。結衣はなにを考えているのだろう。彼女に歩調を合わせるのは、浅黒い顔のチビ、和夫ことナムギルだった。ふたりとも銃口を下に向けている。境界ぎりぎりで結衣とナムギルは静止した。

不穏な空気が漂う。ヘギョはマイクにささやいた。「純一。そこから狙撃できる？」

「無理だ」ジュンの声が答えた。「味方の背中が近すぎる」

イェジンが提言した。「真ん前にいるんだから、聡司たちに撃たせりゃいいでしょ」

ちがいない。すでに勝負あった。ヘギョは昂揚《こうよう》する気分とともに呼びかけた。「聡司、廉《れん》、遥翔《はると》、颯真《そうま》、陸《りく》。すぐ撃って。ふたりを始末して像を奪っ……」

突然けたたましい銃声が轟《とどろ》いた。画面のなかに銃火が明滅する。結衣は左腕一本でアサルトライフルを掃射している。間近に向き合っていた数人が被弾した。いくつかの画面がペイント弾で赤く染まり、複数の絶叫がこだました。

「馬鹿！」ヘギョは怒鳴った。「突っ立ってるだけじゃ意味ないでしょ！　早く反撃して！」

さかんにブレまくるカメラばかりだったが、徐々に安定してきた。結衣とナムギルが身を翻し、陣地の奥へと逃走していく。

ヘギョはじれったさを嚙《か》み締めた。「追って」

ジュンの声が制止してきた。「まて、景子。敵陣突入は慎重に……」

「結衣が双龍の像を持ってるのよ！　いま撃ち倒せば難なく奪える。攻撃班は追跡を開始」

四分割の画面がいっせいに揺れだす。男子生徒たちの荒い息遣いが耳に届いた。攻撃班八人のうち、すでにふたりが脱落した。残る六人が分散し進撃する。先頭のふたり、颯真ことヒボンと、陸ことウクの視界カメラに、結衣とナムギルの後ろ姿が映っている。ドアのない出入口を抜け、ヒボンとウクが隣の部屋へと飛びこんだ。

ところがその瞬間、ふたりのCCDカメラがいきなり天井を仰いだ。叫びとともにのけぞったとわかる。ほかのカメラから状況はあきらかだった。ふたりは出入口に飛びこんだ直後、左右の壁の陰に隠れていた敵により、背中を撃たれてしまった。

出入口の両脇に座りこんでいたのは、昭子ことヨヌ、それに有樹ことユガンだった。ふたりとも表情をひきつらせている。仰角に構えたアサルトライフルの銃口から、白い煙が立ち上っていた。

総毛立つとはこのことだった。結衣の忌々しい子分どもめ。ヘギョは生存する攻撃班に声を張った。「廉、遥翔！　そいつらを片付けて！」

廉ことインムン、遥翔ことチャンジョンのふたりが、振り向きざまヨヌとユガンを狙う。びくついたヨヌが身を小さくした。ユガンもすくみあがっている。ところが撃つ前に別の銃声が轟いた。インムンとチャンジョンが揃って叫んだ。またしてもカメラが大きくブレる。

「ど」ヘギョはあわててきいた。「どうなったの？」

「景子」サンギョンの取り乱した声が報告した。「駄目だ。昭子や有樹を撃とうと振りかえれば、結衣たちがこっちに向き直って、俺たちの背中を狙ってくる。廉と遥翔《や》が殺られた」

「なにやってんの！　結衣が足をとめたのなら、さっさとそっちを殺りなさいよ！」

「結衣のほうを向いたら、今度は昭子と有樹に撃たれるんだよ」

「いいから追って！　左右にも部屋があるでしょ。別の出入口からまわりこんで！」

カメラが激しく揺れる。攻撃班はどんどん散開していった。よくない兆候だとヘギョは感じた。最低でもふたりひと組で行動すべきなのに、どの兵もバックアップを失ったのでは……。

「やられた！」攻撃班のひとりの声が響き渡った。「後ろからだ。出入口のすぐ脇に隠れてやがった」

「もう！」ヘギョは怒りをおぼえた。「突入したらすぐ左右を見て！　油断しないでよ」

「出入口を抜けるときに脇目なんか振れない！　行く手に背を向けたら、結衣と和夫が撃ってくる」

カメラのひとつがあちこちに向けられる。丈太郎《じょうたろう》ことジェホの目線だった。双龍側の女子生徒が壁際に隠れていた。女子生徒はへたりこんだまま震えている。罠《わな》を張る役割のはずが、銃を構えることさえできていない。とはいえジェホは、その女子生徒を銃撃できずにいる。ジェホの視線が絶えず室内をさまよった。結衣を警戒しているからだ。女子生徒を狙えば、その隙に結衣が現れ、背中を撃たれることは必至だった。そんな事態を恐れてばかりで、結局ジェホはなにもできず、ひたすら手をこまねいている。

するとジェホの視界に、いきなり結衣が出現した。ジェホははっとしたようすで銃を構えた。しかし結衣はアメフトのごとく、手にした双龍の像を横方向に投げた。ジェホの目がそちらに向く。ナムギルがパスを受けとった。

像をキャッチする瞬間、ナムギルは銃を構えられず隙だらけになる。ジェホがナムギルを狙撃しようと試みる。だがその直後、ジェホは重大なミスに気づいたらしい。ナムギルの手が塞《ふさ》がったいま、結衣は両手が空いているはずだ。

ジェホの目線が結衣に向き直った。結衣は両手でアサルトライフルを水平に構えていた。銃口がまっすぐこちらを狙い澄ましている。銃火が閃《ひらめ》き、銃声が耳をつんざいた。赤いペイントがカメラレンズにぶちまけられるや、ジェホは後方に吹き飛んだ。激しく転倒したのがわかる。やがて天井を仰いだまま動かなくなった。

ヘギョはぞっとした。火薬を減らしたペイント弾であっても、至近距離で撃たれれば、相当なダメージを受けるらしい。これはもう実戦だった。ならば戦争における戦術を役立てなければ。

「な」ヘギョは左右に助けを求めた。「なにか戦術は?」

イェジンが言葉に詰まった。「そんなこといわれても……」

ダミがうわずった声を発した。「結衣と和夫以外はへっぴり腰でしょ。ほかの奴らを人質にとって、像を渡せと脅せば……」

「馬鹿!」ヘギョは一喝した。「実戦ではありうるけど、これはシミュレーションでしょ。生き死にまではかかってない。人質をとったところで敵は言いなりになんかならない。味方の兵力を割くだけ無駄」

サンギョンが狼狽《ろうばい》した声でうったえてきた。「景子、攻撃班はもう俺ひとりだ! どうすりゃいいんだ」

「落ち着いてよ、聡司。双龍の像は和夫が持ってる。見つけしだい仕留めれば……」

「うわっ⁉」

ヘギョら三人は同時にびくついた。モニターに恐ろしいものが映っている。なんとサンギョンの視界に結衣が立っていた。ごく間近で向き合っている。獰猛《どうもう》な豹《ひょう》に似た冷やかなまなざしが、じっとこちらを見つめていた。ヘギョは思わず震えあがった。

恐怖をおぼえているのはサンギョンも同じらしい。だがサンギョンはテコンドーの有段者でもあった。咆哮《ほうこう》のような気合いの発声とともに、サンギョンがすばやく結衣に挑みかかった。

ところが突進する視界のなかで、結衣は無表情のまま身を退くと、瞬時に高い蹴《け》りを繰りだしてきた。速い。稲妻が走ったかのようだ。衝撃を受けたとたん、サンギョンのくぐもった呻《うめ》き声がきこえた。たちまち画面が激しく点滅しだした。なんと結衣は片脚を上げたまま、いちども下ろさず、膝《ひざ》のバネだけで速射砲のような連続蹴りを放ってくる。上下左右に揺れまくる画面全体が赤く染まっていく。ペイント弾ではない、おそらくサンギョンの鼻血が飛び散っていた。

カメラがどすんと縦に揺れた。力尽きたサンギョンがひざまずいたとわかる。結衣の顔が見下ろした。アサルトライフルの銃口を突きつけてくる。サンギョンのうろたえる声が響く。「おい、よせ！　よしてくれよ！」

銃火が画面いっぱいにひろがった。イヤホンから轟《とどろ》く銃声が鼓膜を突き破ろうとしてくる。赤いペイント弾が炸裂《さくれつ》し、視野を覆い尽くした。映像が乱れた。カメラが故障したらしく暗転した。

急に静かになった。突入した攻撃班は全滅した。スナイパーはなにをやっている。ヘギョは震える声でマイクに怒鳴った。「純一！　なにしてるの⁉」

ジュンのカメラは梁《はり》の上ぎりぎりに位置していた。どうやら腹這《はらば》いに俯《うつぶ》せているようだ。緊迫した声でジュンが応じた。「政志が撃ってくる。動けない」

政志ことイルは双龍側のスナイパーだった。ヘギョは憤慨した。「なんで先に狙いをつけられたのよ⁉」

「味方を援護しようと見下ろしてたら、いつの間にか政志が登ってきてた。いま僕の対角線上にいる。向こうは狙いを定めてるが、こっちはまだだ」

あとになってスナイパーが現れた。すべて結衣の戦術にちがいない。双龍チームにこれだけ頭が働く者はほかにいない。

ヘギョは歯ぎしりした。「守備班、敵陣に突入して。和夫を撃ち倒して、双龍像を奪って」

女子生徒の情けない苦言と嘆きが、交ざりあってきこえてきた。ひとりが声高にうったえた。「無理だよ、景子。わたしたちにはそんなこと」

「なにいってんの! 負けてもいいっていうの?」

ジュンの声がいった。「落ち着け、景子。こっちの像はそこにあるんだろ?」

部屋の隅、鬼神の像に目が向いた。そうだ、肝心要《かなめ》の像はここにある。結衣がいかに翻弄《ほんろう》しようと、守備班はまだ十人もいる。ヘギョは指令を下した。「全員、各部屋にふたりずつ分散して。出入口の左右に潜むの。敵が飛びこんできたら背中を仕留めて」

普通試験受験生のへなちょこどもでも功を奏した戦術だ。こちらも同じ手を使ってやる。陣営の最深部、この角部屋に鬼神像がある以上、ただまちかまえていればいい。敵も攻めてこないかぎり勝てない。

守備班のCCDカメラが動きまわる。それぞれが各部屋に散った。沈黙の時間が流れる。ヘギョは固唾《かたず》を吞《の》んで敵側の動きをまった。

しばらく時間が過ぎた。物音ひとつきこえない。両陣営の境界、中央広間はいまどうなっているのだろう。守備班の全員を、各部屋の出入口脇に潜ませてしまったため、誰も中央広間を見ていない。ようすがわからない。

「芽依子《めいこ》」ヘギョは中央広間に最も近い女子生徒にきいた。「敵陣に動きある？」

「わからない」芽依子ことヒョジュが震える声で応答した。「ここからは見えない」

「見に行きなさいよ」

「無理無理。ぜったい無理」

ちきしょう。ヘギョはヘルメットをずらし、頭を掻《か》きむしった。膠着《こうちゃく》状態がつづけば授業の時間が終わってしまう。どちらも像をとらなければ引き分けだろうか。いや、兵力の損耗が激しかった鬼神の負け、ド教諭はそう判断するかもしれない。

なんとしても勝ちたい。だがいったいどうすれば……。

ふいに銃声が数発、廃墟《はいきょ》を揺るがした。ヘギョははっとした。生存する味方たちのカメラが、激しく左右を見まわしている。

ヘギョは問いかけた。「なにがあった？　わかる人、誰でもいいから答えて」

女子生徒のひとりの声が告げてきた。「景子。銃声は敵陣からきこえる。双龍側から」

味方が生き残っていたのか。ヘギョは次々にモニターを切り替えた。だがそれらしき映像はない。撃たれてペイント弾をつけられた者は、とっくに退場させられ、カメラもオフになっていた。

するると男子生徒の叫び声が響き渡った。「とったぞ！」

一瞬の沈黙ののち、女子生徒らの歓喜の声がきこえた。どのカメラも暗がりから駆けだし、中央広間へ向かっていく。男子生徒のひとりが双龍の像を頭上に掲げ、喜びをあらわに飛び跳ねている。

イェジンが顔を輝かせ、ダミと手を取り合った。満面の笑みを浮かべダミが叫んだ。

「やった！」

守備班の女子生徒らはみな中央広間に繰りだしていた。双龍像を獲得した勝者を囲み、はしゃぎまわっている。ヘギョは安堵《あんど》のため息を漏らした。なにがどうなったかわからないが、味方の生き残りが奮闘したらしい。

ところがジュンの声が耳に飛びこんできた。「気をつけろ！　それは啓太だ！……うっ!?」

ヘギョは息を呑んだ。ジュンのカメラ映像に赤いペイント弾が飛び散った。撃たれた。梁の上のスナイパーを銃撃できるのは、敵のスナイパーしかいない。

それよりいまのひとことだ。ヘギョは目を凝らした。啓太。画面を見つめるうち、ジュンの警告の意味を理解できた。中央広間で凱歌《がいか》をあげているのは、啓太ことドンウォンだった。一見恵まれた体格のよさを誇るが、じつは貧困家庭に育った普通試験受験生、つまり双龍側だ。

　だしぬけにドンウォンが画面から姿を消した。床に伏せたにちがいない。有頂天だった鬼神側の女子生徒らが戸惑いをしめす。

　とたんに銃弾が雨霰《あめあられ》と降り注いだ。女子生徒たちが視野を真っ赤なペイントに染めながら、ばたばたと突っ伏していく。

　画面を見つめるイェジンとダミが悲鳴を発した。ヘギョも愕然《がくぜん》とせざるをえなかった。中央広間に頭上からの掃射だ。敵のスナイパーに守備班が皆殺しにされている。

　廃墟内は急に静かになった。風の音だけが吹き抜ける。天井のない頭上には暗雲が漂う。おそらくもう味方は誰もいない。

　ダミが泣きながらすがりついてきた。「景子！　どうしよう。もうわたしたちだけだよ」

　ヘギョはこみあげる苛立《いらだ》ちに身を震わせた。「ふたりとも敵陣に突入して」

「はぁ!?」イェジンが目を瞠《みは》った。「なにいってるの？」

「うるさい！」ヘギョは怒声を張りあげた。「わたしはここで像を守る。あんたたちが最後の兵力でしょ。さっさと突撃しなさいよ！」

「そんなことできるわけ……。ヘギョ！　あなたはそんな人だった《ダンシンウングロンサラムイヨッソ》の!?」

「ちょ、朝鮮語で喋《しゃべ》らないでよ！　わたしまで減点になるでしょ。いいからふたりとも、早く敵陣に乗りこめってば！」

イェジンとダミが涙ながらにまとわりつき、いっこうに離れようとしない。ヘギョはふたりを突き放そうと必死にもがいた。

ふいに目の前に赤い閃光《せんこう》が走った。銃声は頭を砕かんばかりの音圧だった。耳もとでイェジンの絶叫をきいた。ダミもわめき散らしている。

ヘギョはひたすらすくみあがっていた。死の淵《ふち》が目の前をちらついた。戦場で撃たれ、命が果てる瞬間とは、まさにこんな感覚にちがいない、そう思った。

あまりの恐怖に、静寂が戻ってからも、自分が傷ついたかどうかさだかではなかった。やがて痛みはないと実感した。ヘギョは尻餅《しりもち》をついていた。硝煙の香りが漂うなか、びくつきながら顔をあげた。

イェジンとダミが近くに倒れている。どちらもヘルメットの頭頂に弾を食らったらしい。ペイントが滴り、顔を真っ赤に染めている。イェジンは白目を剝《む》き、ダミは痙《けい》攣《れん》していた。ふたりとも失神したようだ。

ふと気づくと、室内には大勢の生徒たちがいた。ヨヌとユガンが鬼神像を手に立っている。その背後には双龍側が勢揃いしていた。いや、ひとり足りないようだ。

いきなり片方の頬に鋭い痛みが走った。硬い物が突きつけられている。そちらを見たとき、ヘギョは全身の血管が凍りつく思いにとらわれた。

結衣がすぐ脇に立っていた。俯角《ふかく》に構えたライフルの銃口を、ヘギョの頬にめりこませている。まさに鬼神のような目が見下ろしてくる。

「くだらない話だけどさ」結衣はつぶやくようにいった。「この日本語の質問に答えてよ。わたしたちが軍門にくだると思った？」

11

よく晴れた日の朝、双龍チームの二十二人は、制服姿で黄州選民高校を出発した。バスに乗り黄州駅をめざす。担任のカン教諭と、体育のド教諭、顧問のテ上士が同乗していた。

車中でクラスメイトらは遠足のようにはしゃいでいる。結衣の隣の席でもヨヌが笑顔だった。窓の外の見たこともない景色に、いちいち喜びをしめす。ヨヌが声を弾ませた。「見て、結衣。学校のこっち側なんて初めて来た。こんなに近くに人が住んでたんだね！」

たしかに集落がある。ふぞろいな稲が実る荒れた田んぼに、栄養失調ぎみのポプラやキリの木。住人はいるようだが、小ぶりで粗末な平屋が点在するのみだ。橙《だいだい》いろの丸瓦《まるがわら》をふいた屋根に、抹茶いろの壁を有する。本来は白壁だが、自治会たる人民班ごとに、同じいろに塗る規則があると授業で習った。勝手な改築も禁じられている。窓は家一軒にひとつずつ。ガラスがないため窓枠にビニール膜を張ってあった。

農村がどれだけ貧しいか想像もつかない。黄州選民高校の教員と生徒は、やはり圧倒的に恵まれた地位にあるのだろう。泥のなかで働く高齢者が目に入った。げっそりと痩《や》せ細り、骨と皮ばかりになっている。着ている物も粗末きわまりない。これが北朝鮮人民の実態にちがいなかった。

陰鬱《いんうつ》な気分にさせられる。理由は農民の暮らしぶりばかりではない。田園地帯のいたるところが、金網や鉄条網で区切られていた。以前にNHKで、第二次大戦中のフランスを記録したドキュメンタリーを観たが、この農村部はそれと同じような管理下に置かれている。バスは頻繁に減速しては、ゲート前に停車する。検問ごとに複数の警備兵がいた。銃剣を差したAKMを携えた兵士が、停車中のバスのまわりを見てまわる。ときおりひときわ大きなゲートがあり、そこでは警備兵がいちいち乗りこんできた。兵士は車内の隅々まで確認を怠らない。積み荷のスポーツバッグを開けさせることもあった。

広めの幹線道路にでると、監視塔が道沿いに等間隔に建っていた。地上にも警備用の車両や兵士らが目につく。

まるで戒厳令だと結衣は思った。軍がこれだけの人員を警備に投入しているのは、弾道ミサイルの発射場がどこかにあるからだろう。空軍基地から黄州選民高校まで、国家の機密に属する施設も集中している。政府としては油断できるはずがなかった。

視界は常に開けていた。民家がごく少ない田舎のため、はるか遠くまで見渡せる。ほとんどが不毛の大地だった。監視の目を行き届きやすくするため、国土の緑地化が制限されている、社会の教科書にはそうあった。この地域はあきらかに逃亡には適していない。

やがてビルを見かけるようになってきた。たとえ十階建てだろうとエレベーターがないのが、北朝鮮のビルの特徴だ。上層階では水圧が低すぎて水道が使えず、低層階へ下り水を汲《く》むと、クラスメイトからきいた。

半壊状態のビルもよく目にとまる。建築にたずさわる青年突撃隊は、工期を短縮できれば勲章がもらえるため、手抜き工事が横行する。よって崩落が頻繁に起きるという。

駅舎は例によって昭和初期の日本のような建築様式だった。古い写真で見た上野駅《うえのえき》にも似ている。結衣たちはバスを降車した。赤いハングルの看板以外は質素の極みといえる駅構内に入り、ホームに待機する列車に乗りこんだ。屋根がかまぼこ形のレトロな車両だった。汽車による駆動かと思いきや、周りのホームを含め、電車ばかりだとわかる。

車内は四人掛けのボックスシートだった。走りだすや騒音と振動が半端ない。ただし窓の外には、ずいぶん綺麗《きれい》な沿線の風景がひろがっている。素朴な田舎の眺めだが、さっきよりずっと清潔感に満ちていた。花畑には原色の黄や緑が映え、立派な家屋が連なる。

ボックスシートに同席した有樹ことユガンが、苦笑ぎみにつぶやいた。「鉄道ツアー用の風景だよな」

結衣はユガンにきいた。「鉄道ツアー?」

「そう。外国から観光客を受けいれているだろ。線路沿いだけは整備が行き届いている。平壌近辺なんか笑っちゃうよ」

ちょうど通路をテ上士が歩いてきた。ユガンを見下ろし、テが朝鮮語で問いかけた。

「なにを笑うって?」

「いえ」ユガンがあわてぎみに居住まいを正した。「なんでもありません」

「きょうは平壌へ行く。ふだんとは逆に日本語は禁止だ。母国語を話せ」テ上士の視線が結衣に移った。「体育の実戦訓練で活躍したそうだな」

結衣は背筋を伸ばした。「ありがとうございます《カムサハムニダ》」

テ上士が眉《まゆ》をひそめた。「日本語訛《なま》りの朝鮮語もきょうはよせ。癖になってるのか？　保安署員に目をつけられるぞ」

「失礼しました。カムサハンニダ」

日本人の感覚としてはムに近いが、そもそも朝鮮語には、ンの発音が三つある。瞬時に口を閉じンと発声するのは、日本人にはやや特殊だった。

ただし結衣は、日本語にない母音や激音、濃音について、ひそかに独学で練習してきた。喋《しゃべ》ろうと思えばなんとかなる。結衣は微笑とともに朝鮮語でいった。「どうしても発音が切り替えにくくて」

「いや」テ上士の表情も穏やかになった。「ちゃんと使い分けてるじゃないか。語学学習について誰にも悟られないようにな。きみらは極秘裏に養成されてるんだ」

テ上士が立ち去った。結衣はひそかに安堵《あんど》した。言語を習得できるだけの日数があったのは幸いだった。ネイティブっぽい発音に慣れてきた以上、もうしばらくは凌《しの》げるかもしれない。

到着した平壌駅は規模が大きかった。吹き抜けのホールにも圧倒されたが、外にでて振りかえると、高さ五十メートル近い八角形の時計塔がそびえ立っていた。例によって金日成と金正日の肖像画が掲げられている。

より近代的なバスに乗って市内観光が始まった。タイル張りの歩道は幅広く、通行人の数が少なく、空間的なゆとりがたっぷりある。みな歩調がのんびりとしていた。首都というより日本の地方都市という印象が強い。

ただしビル群は圧巻だった。上海と同じように、近未来風の景観にするためか、どの建造物もいちいち風変わりな形状をしている。特に黎明《リヨミヨン》通りのビルはやたらカラフルだった。カン教諭が説明してくれた。金日成総合大学や平壌外国語大学がある。一転して古風な錦繡山《クムスサン》太陽宮殿はかつての官邸で、いまは霊廟《れいびょう》として、金日成と金正日の遺体を安置しているという。

トーチの形状を模した大石塔、主体思想塔は百七十メートルもあるため、市内のいたるところから眺められる。凱旋門《がいせんもん》はパリの絢爛《けんらん》豪華さに対し、質実剛健な装飾が特徴的だった。牡丹峰《モランボン》という小さな丘には、ソウルでも見かけた朝鮮風の楼閣が残る。こちらは高句麗《こうくり》時代の遺跡らしい。

中学生のころ、結衣は児童養護施設の福祉を利用し、射撃場めあてにソウル旅行を繰りかえした。意外というべきか、本来は同じ国ゆえ必然というべきか、平壌は随所でソウルに似ている。文化や街並みが異なっていても空気感が共通する。

豪華なレストランで昼食をとったのち、バスはムンス遊泳場に向かった。これはもう八景島《はっけいじま》シーパラダイスにそっくりだと結衣は思った。のんびりした雰囲気や敷地の広大さは、東京サマーランドに近いかもしれない。

バスを降車すると案内板が目に入った。併設されるビルにはサウナやジム、トランポリン、ビリヤード場、ボルダリング施設に、カフェや美容院まで備わっている。写真を見たかぎりでは、どの内装も昭和っぽいが、かえって洒落《しゃれ》ているといえなくもない。

屋内プールは巨大なホールだった。宮殿風の柱が独特の雰囲気を醸しだす。自由行動の時間だとカン教諭がいった。クラスメイトらは歓声をあげ、水着のレンタル受付に走っていった。

結衣は同調せず、ひとりホールのエントランス付近にたたずんだ。自由といっても施設をでられるわけではない。この辺りには不案内なばかりか、整然とした市街地には紛れられる雑踏もない。逃亡したところで身を隠せる当てはない。依然として脱出の手段が見つからなかった。

テ上士とド教諭が歩み寄ってきた。神妙な顔でテ上士がいった。「チェ・ユンスル。一緒に来てくれ」

生徒のうち結衣だけが、なぜか外に連れだされた。建物の外に黒塗りの大型セダンが待機している。北朝鮮では禁輸品のはずのメルセデス・ベンツだが、平壌市内の公道にはよく見かける。後部座席に乗りこんでみると、内装は高品質の極みで、偽物とは思えない。こんなクルマがどういう経緯で輸入されるのか、まったく謎に満ちた国だった。

運転手は軍の制服を着ていた。テ上士は助手席に、ド教諭は結衣と並んで後部座席に座った。慎重な運転で近くの建物に運ばれる。門のわきに警備兵が立っていた。古風な鉄筋コンクリート造の母屋は、省庁関連の施設に思えるが、敷地内は軍服ばかりだった。

降車後、一行は受付のホールを抜け、書斎風の部屋に入った。テ上士は帽子をとった。大元帥の肖像画が飾られた室内には、大きなエグゼクティブデスクが据えてある。国旗や軍旗も立てられていた。

迎えたのは三人の軍服だった。肩章によれば少将、大佐、上佐になる。少将は白髪頭の丸顔で、柔和な面持ちに見えるものの、目は笑っていなかった。

テ上士が緊張しながらかしこまって立った。ド教諭は恐縮した態度で背を丸めている。結衣が倣うべきはテ上士だった。まっすぐに姿勢を正して立つ。

少将が声をかけてきた。「ソヌ・ウォンバル少将だ。チェ・ユンスルだな、よく来た。座って楽にするといい。同志テ・ギョンチョル、きみもだ」

テ上士が一礼した。結衣が先に着席するべきと思ったらしく、立ったまま待機している。結衣は長椅子に腰掛けた。テ上士が隣に座った。ド教諭は背後に控えている。テーブルを挟んだ向かいの椅子に、ソヌ少将が腰を下ろした。大佐と上佐はくつろいだ姿勢のまま立ちつづける。

ソヌ少将はテ上士にきいた。「彼女が特務局日本語職員候補の最優秀生徒か」

「はい」テ上士が背筋を伸ばした。「過去を遡《さかのぼ》っても最高の生徒といって差し支えありません」

まずい展開だと結衣は思った。人目を引かず潜伏し、国外脱出の機会をうかがうはずが、どんどん存在感を増す一方のようだ。本当は日本人の結衣に対し、ほかの生徒がいかに日本人になりすまそうとしても、誰ひとり勝てないのは当然だった。しかもここにきて、いわば優莉家の幼少期からの教育内容こそが、最大限に評価される学校に在籍している。どんな理由にせよ、過度に注目されるのは好ましくない。

ソヌ少将は結衣に向き直った。「学校からの報告によれば、きみは身も心も日本人になりきっているようだとか」

「ありがとうございます」結衣は返事した。朝鮮語風のンの発音にも気を配った。

「日本の近況をどれだけ知ってる？」

社会科の授業で知りえたことだけを口にすべきだ。結衣はいった。「内閣総理大臣矢《や》幡《はた》嘉《か》寿《ず》郎《お》の通算在職日数が過去最高を記録後、宮村邦夫《みやむらくにお》に交代しました。独島《トクト》問題、慰安婦問題、徴用工訴訟問題、レーダー照射問題などにより、南朝鮮との関係が悪化しています。震災以降は稼働されない原子力発電所が増え……」

大佐が遮った。「それらは少し前の日本だ」

ソヌ少将が片手をあげ大佐を制した。結衣に目を戻すと、ソヌ少将は低い声を響かせた。「知らないのも無理はない。わが国では報道自体が制限されているが、全寮制高校ではその報道にすら、ろくに触れられんだろう。人民にも国外へのインターネット接続が許可されとらん」

上佐が険しい顔で告げてきた。「日本は最悪の脅威になりつつある」

「そのとおりだ」ソヌ少将が身を乗りだした。「我々は日本の異常な指導者を葬り去らねばならん。警備は厳重で暗殺は困難だ。とはいえ指導者にしてみれば、自国民かつ警戒の対象になりえぬ弱者に対しては、多少なりとも心を許すだろう。幼児や老人なら最適だが、その年齢でまともに動ける潜入工作員はいない」

それで白羽の矢が立ったのが、十八歳で日本の女子高生になりすましうる、黄州選民高校特務科の最優秀生徒というわけか。身に余る光栄、いまはそんな顔をしなければならないのだろう。実際に喜びの感情も湧いてくる。暗殺者として日本に送りこまれるかもしれない。帰国できる。

真顔を維持しながら結衣はたずねた。「質問してもよろしいでしょうか」

「なんでもきくといい」

「異常な指導者とおっしゃいますと、宮村邦夫総理のことでしょうか」

大佐が鼻を鳴らした。「宮村は操り人形にすぎん」

ソヌ少将もうなずいた。「日本はいまやひそかに、独立する勢力により乗っ取られている」

胸騒ぎを禁じえない。日本の現況を知らされるのは、北朝鮮に来てから初めてのことだ。しかも悪い予感が的中しつつある。結衣は努めて無表情を保った。「裏の権力が存在するのですか」

「裏の権力とは的確な表現だ」ソヌ少将がじっと見つめてきた。「愚鈍な日本国民は知りもしないが、いまやあの島国を牛耳っとるのは、弱冠二十四歳の若造でな。処刑された凶悪犯の長男で、名を優莉架禱斗という」

12

黄州選民高校には体育館兼講堂のほかに、日本の大学と同じく雛壇《ひなだん》状の大教室がある。午前中の臨時集会で、特務科の全生徒が座席を埋め尽くした。結衣もヨヌと並んで座った。前方正面の演壇にはスーツ姿の教員らと、軍服姿の顧問たちが列席し、生徒の群れと向かい合っている。

北朝鮮の国旗を背にした演壇で、顧問の代表たる四十代、イ・シニャン特務上士がマイクに声を張った。「おはよう」

三－BⅡAだけでなく、特務科全体の集会のため、イ特務上士の挨拶《あいさつ》は朝鮮語だった。制服の生徒らがいっせいに起立する。一糸乱れぬ動きは集団行動の基本だった。朝鮮語でおはようございますと応じ、きびきびと着席する。

イ特務上士は硬い顔でいった。「けさ諸君には重要なことを伝えねばならない。気づいている者も少なからずいるだろうが、本校で授業中に伝えられる近隣諸国の情報は、最新のものではない。堕落した資本主義搾取文化の悪影響を懸念し、情報を制限しているのは、諸君への思いやりのためだ」

生徒たちは特に驚きをしめさない。ものはいいようだと結衣は思った。北朝鮮政府にいわせれば、報道規制も相互監視社会も人民を想ってのことだろう。

「だが」イ特務上士はつづけた。「諸君は特務局の将来を担う存在である。よって日本の激変について正確に知る必要がある。なおわが国では報じられていない機密事項ゆえ、口外はいっさい禁止とする。詳細はファン・ネサン上士が伝える」

三十代の面長、ファン上士がマイクに口を近づけた。「日本の宮村内閣は度重なるテロの発生を受け、緊急事態庁なる部署を発足させた。既存の法律や指揮命令系統を差し置き、全権が集約される危機対応の専門部署だ。現在の日本を広義の危機的状況下と解釈し、実質的に緊急事態庁がほぼすべての政策を決定している」

生徒らは静まりかえっていた。固唾《かたず》を呑《の》んで傾聴している、そういうべきかもしれない。みな寝耳に水にちがいない。結衣も平壌でソヌ少将からきかされたとき、少なからず衝撃を受けた。危機管理の専門部署は世界的にめずらしくないが、日本の保守的な土壌において、こうも迅速に成り立つとは予想もしていなかった。

ファン上士は語気を強めた。「ところがこの緊急事態庁とは、じつは国際軍事活動資金提供団体シビックの出先機関だと判明している。諸君がシビックという名をきくのは、これが初めてだと思うが、中華人民共和国、インド、シンガポール、ベトナム、イスラエルの資本家らによる出資に基づく多国籍グループだ」

国際軍事活動資金提供団体。シビックをそんなふうに捉《とら》えているのは、北朝鮮政府が過去に何度もシビックの世話になっているからだ。ソヌ少将は結衣にそう打ち明けた。この国の軍人にとって、シビックによる資金提供とは、真っ当な軍事活動への手厚い支援なのだろう。実際にはテロリストへの投資を専門とする、国際闇金グループでしかないのだが。

なんにせよ北朝鮮政府と朝鮮人民軍は、以前からシビックとつながっていた。だからこそシビックが日本政府を脅迫した事実をつかんだ。現在の日本はシビックの傀儡《かいらい》だった。

ファン上士の表情が険しさを増した。「問題はシビックが緊急事態庁を通じ、日本に深く根を下ろしていることだ。雲英《きら》グループは緊急事態庁の後ろ盾を得て、日本の排他的経済水域内で試掘井《しくつせい》掘削を急速に推進した。結果、五か所の試掘井で原油を掘り当てた。推定可採埋蔵量は約五百億バレル、一日の総産出量約四百万バレル」

北朝鮮の名門校の集会でざわつくことは許されない。それでも大半の生徒が動揺をしめしている。結衣より数列前の席で、シン・ヘギョが片手をあげた。「質問をよろしいでしょうか」

大将の娘だからだろう、ファン上士がうなずいた。「許可する」

立ちあがったヘギョが戸惑いとともに発言した。「父はシビックという団体について、その名をいちども口にしていません。日本は不況に陥っており、わが国からの弾道ミサイルの発射実験に、ひたすら怯《おび》えるばかりであると……」

ため息とともにファン上士が応じた。「座っていい、シン・ヘギョ。お父上でさえシビックをご存じなくて当然だ。我々もつい先日、朝鮮労働党幹部から知らされたばかりだからな。人民軍でシビックと接触してきたのは、元帥と次帥のみになる」

面食らったようすのヘギョが茫然《ぼうぜん》と椅子に沈《しず》んだ。軍の事情に精通していることを鼻にかけるヘギョにとって、よほど衝撃的な報せだったようだ。

ファン上士がより深刻な面持ちになった。「非資源国から資源国に急変した日本は、わが国を含む周辺国との力関係を、根底から覆し始めた。豊富な原油を背景に強気の外交交渉を展開している」

壇上に居並ぶ教師陣のなかで、年配のひとりがファン上士に申し立てた。「わが国は中華人民共和国から秘密裏に原油を輸入しているではありませんか。日本の要求などに耳を傾けなくても……」

ィ特務上士の声がスピーカーから反響した。「たしかに大慶《ターチン》油田から地下パイプラインを通じ、平安北道《ピョンアンプクト》の烽火《ポンファ》化学工場に輸入している。諸外国には伏せているが、烽火化学工場は原油精製施設だ。だがこのパイプラインは爆破された」

別の教師が驚愕《きょうがく》のいろを浮かべた。「爆破ですって？」

「そうだ」ィ特務上士はテーブルの上で両手を組み合わせた。「場所は大慶油田寄りの中華人民共和国領内。シビック傘下の反政府組織、ヤンタオによる犯行とみられる」

「中華人民共和国の出資に支えられているシビックが、同国の反政府組織を後押ししたというのですか」

「ああ。シビックは成長を支えてきた出資各国を裏切り、代わりに日本を実効支配することで永続的な資金を獲得、同時に日本を今後の拠点とする意向だ」

ファン上士があとを引きとった。「巧妙な戦略といえる。宮村内閣を隠れ蓑《かくみの》とし、緊急事態庁として合法的に権限を行使している。ゆくゆくはアフガニスタンのタリバン同様、シビック独自の政権を樹立させるかもしれない。突然の石油バブルに沸く国民が腑抜《ふぬ》けになり、無抵抗が浸透しきった時点で」

「しかし」今度はカン教諭が当惑ぎみに発言した。「シビックという団体は、どうやってそこまでの力を得たのですか。そもそも誰がどのような経緯で発足させたのですか？」

「日本の元死刑囚、優莉匡太の長男、優莉架禱斗がインターネット上に設立した。当初は本部など持たず、ISやアルカイダで活動していた架禱斗が、有料でテロを請け負う窓口にすぎなかった。のちに大々的に出資を募り、世界のテロ活動を支援する団体へと急拡大した」

「創始者は日本人だったんですか」

「シビックの設立時、架禱斗は十八歳で、現在二十四歳だ。年端もいかない若者が、インターネットを武器にのしあがり、多国籍グループを結成。拠点を持たないがゆえ、どの国からの課税をも逃れてきた。グーグルやアマゾンといった資本主義社会の膿《うみ》と同じ成長過程といえる」

「そのシビックが日本を丸めこむと同時に、原油の掘削に成功したのですか。あまりに奇跡的ではありませんか」

イ特務上士が苛立《いらだ》たしげにいった。「日本は次世代エネルギーとして、メタンハイドレートの掘削に熱心だったが、有効活用の目処《めど》が立たず非資源国の立場に甘んじてきた。海底は傷だらけになり、MHコンシール弁でメタンの泡の噴出を防ぐ体たらくだった。資源国への転換などまったく予期できなかった」

「シビックはわが国の原油パイプラインを断ち……。日本からの輸入に頼らざるをえないよう仕向けたわけですか」

「わが国だけが標的ではない。中華人民共和国もパイプラインの破壊を受け、一時的に大慶油田の稼働を中断した結果、精製済みの原油が凝結し、パイプ詰まりを起こしてしまった。黒竜江《こくりゅうこう》省産の原油には、蠟燭《ろうそく》の原料となるパラフィンが多く含まれるからだ」

「それもシビックの狙いだったと?」

「むろんだ」

「しかし中華人民共和国には、ほかにも油田があるでしょう。たしかに大慶は最大の油田でしょうが、勝利《ションリー》やカラマイにも……」

「勝利油田には技術的欠陥がある。もともと地質構造が複雑で開発効率が悪く、原油自体も重質で供給不足が懸念される。カラマイ油田は新疆《しんきょう》ウイグル自治区にあり、大陸全体の需要の三割を供給するにすぎない。中華人民共和国は経済発展後、自国の原油生産では賄いきれなくなり、輸入国に転向して久しい」

「日本に頼らずとも、サウジアラビアとロシアから輸入できているはずですが」

「シビック傘下の武装勢力が、中東からのタンカー航路と、ロシアからのパイプラインを遮断した。中華人民共和国も日本の原油輸出に依存せざるをえなくなっている」

別の教諭が身を乗りだした。「すると日本は、東アジアの支配をもくろんでいるのですか。なにか具体的な要求はあったのですか」

イ特務上士が苦々しげに吐き捨てた。「あったとも。南朝鮮はすでに独島を手放した。中華人民共和国も尖閣《せんかく》諸島を放棄する方針だ。わが国からは拉致《らち》被害者を奪還したと、日本政府が声高に主張している」

「拉致被害者を……?」

「でっちあげだ。わが国は日本からのいかなる交渉にも応じていない。だがどんなに否定しようとも、無知蒙昧《もうまい》な国際社会は、わが国が日本に屈服させられつつあると見る」

とうとう生徒がざわめきだした。どの顔も戦々恐々としている。隣でヨヌが不安げにささやいた。「結衣。どうなるの……? 抗日戦争の再来? 第三次世界大戦になっちゃうの?」

ファン上士の声が大教室に響き渡った。「静粛に。生徒諸君。日本を支配下に置くシビックは、傘下の武装勢力を巧妙に操り、アジアの勢力図を書き換えんとしている。わが国はどうでるべきと考える？」

男子生徒のひとりが挙手し立ちあがった。「徹底抗戦あるのみです！　銀河《ウンハ》六号ミサイルで、日本の油田のいくつかを破壊し、思い知らせてやるべきです」

生徒らがいっせいに拍手しだした。ヨヌも瞳孔《どうこう》が開ききった目で、さかんに手を叩《たた》いている。結衣は不審がられないていどに同調してみせた。

列席者は一様に難しい顔のままだった。テ・ギョンチョル上士が冷静な声を響かせた。「日本は我々に撃たせようと挑発している」

ふたたび沈黙がひろがった。イ特務上士がいった。「わが国が先制攻撃すれば、アメリカに反撃の口実をあたえる。中華人民共和国とロシアがわが国を支援、全面戦争に発展する。もともと代理戦争の舞台だった朝鮮半島こそが、第三次世界大戦の震源地となる。わが民族は滅亡の憂き目に遭う」

大教室は静まりかえった。女子生徒の嗚咽《おえつ》がきこえてくる。多くの生徒たちが狼狽《ろうばい》を隠しきれずにいた。ずいぶんピュアだと結衣は感じた。北朝鮮に生まれ育ち、朝鮮人民軍の一組織に属する運命でも、戦争は遠いことに思っていたようだ。

「諸君」ファン上士が生徒らを見渡した。「全面戦争を避けんがため、特務局の働きこそが最重視されている。日本の傀儡《かいらい》政権など打倒しても意味がない。我々はシビックのリーダーたる優莉架禱斗を暗殺する。日本国憲法に準拠する従来の政治体制に戻せば、当面の危機は回避される」

イ特務上士がつづけた。「しかし緊急事態庁は海上自衛隊による防衛力を、かつてないほどに引き上げており、密航は極めて困難だ。加えてわが国は、以前にシビックと手を結んだ際、特務局の情報を共有してしまった。現役の潜入工作員の顔と氏名は、シビック側に知られていると考えるべきだ」

「よって」ファン上士が前のめりになった。「朝鮮人民軍上層部の指令により、諸君のなかから実行部隊を選抜する」

どよめきに近い声があがった。特務科の集会では異例のことだった。ファン上士が静寂を呼びかけても、なおしばらく騒々しさが尾を引いた。

ようやく静かになってくるとテ上士がいった。「最優秀の生徒には、すでに作戦の概要が伝達されている。本人から説明してもらう。チェ・ユンスル」

ヨヌが目を瞠《みは》る。ざわっとした反応がひろがる。結衣はゆっくりと立ちあがった。雛壇《ひなだん》のなかの通路を通り、前方の演壇へと降りていく。

朝鮮語の発音を繰りかえし練習してきた。訛《なま》ったり滞ったりせず流暢《りゅうちょう》に話さねばならない。試練だと結衣は思った。だがこの場を無難に乗り越えられねば、しょせん未来などない。

列席者らの前に演説台が設置されている。結衣は演説台に立ち、雛壇の生徒らを見渡した。朝鮮語でマイクに告げる。「三－BⅡA、チェ・ユンスルです。ソヌ・ウォンバル少将から伝達された作戦内容を説明します。現在、日本は非常事態宣言のもと、緊急事態庁が入国者を厳格に審査しています。このため生半可な潜入工作では看破されます。よって南朝鮮を経由し日本をめざします」

真剣な顔ばかりが結衣を見つめるなか、同じクラス内でも鬼神チームだった男女生徒たちは、蠟人形《ろうにんぎょう》のように表情を凍りつかせている。特にヘギョは鳩が豆鉄砲を食ったような顔のままだった。

結衣は説明を続行した。「三－AⅢAから六名、三－BⅡAからわたしを含む三名で、南朝鮮におけるK－POPのガールズグループを偽装します。日本には南朝鮮の芸能人に対する需要があり、入国審査が簡略化されているからです。特務局の正規職員がスタッフに化け、南朝鮮までは同行しますが、その先はわたしたちだけです」

泡を食ったようにひとりの女子生徒が挙手した。「三－AⅢAのムン・ヨンソです。

わたしたちのクラスでは、たしかに南朝鮮に潜入すべく、ソウル公演芸術高校の生徒を装うなどの訓練を積んできました。しかしなぜ日本語クラスの三－BⅡAが三名交ざるのですか」

結衣は答えた。「九人グループに三人ほど日本人メンバーがいれば、日本のマスコミに歓迎されるからです」

「でも……。警戒されず日本入りできるのは、かなり有名どころの芸能人でないと……」

「特務局がそれらしい宣材を作成し、チャート上位の記録を捏造《ねつぞう》してくれるそうです。入国審査さえ騙《だま》せれば問題ないというのが特務局の判断です。ただし現代風に洗練されたグループで、ファッションから身のこなしまで、最新のスタイルが要求されます。従来の三－AⅢAの授業内容では時代遅れです」

クラス単位で表情が曇ったが、結衣は気にもかけなかった。本当のことだから仕方がない。

ファン上士がマイクを通じ声を張った。「選抜された者には別途、特殊訓練が施される。日本に入国するのは九人だけだ。情報を収集し、優莉架禱斗に接近する手段を模索、計画を立案し実行に移す」

ィ特務上士が締めくくりに入った。「なおきょうから諸君全員に、情報を刷新するため特別授業を受講してもらう。最新の日本および国際情勢について学ぶこと。以上だ」

生徒らがいっせいに起立した。演壇の列席者らがそれぞれに立ちあがる。緊張が解けると大教室内にざわめきがひろがった。

カン教諭が結衣のもとに歩み寄ってきた。汗だくの顔でカンが激励した。「よかったな、ユンスル。わがクラスの誇りだ。しっかり頑張ってこい」

ファン上士やテ上士がカン教諭に近づいた。テ上士が声をかけた。「カン教諭。しばらくユンスルと、ほか二名を借りることになるが」

「はい。それはもう、光栄なことと存じております」

顧問と教師の会話が長引きそうだった。結衣はなにげなくその場を離れた。

生徒たちはぞろぞろと退場を始めている。ヨヌが駆け寄ってくると、信じられないという顔で見つめてきた。「だいじょうぶ、結衣？　最後まで任務を果たせそう？」

むろん無理だと結衣は思った。多くの日本人が結衣の顔を知っている。架禱斗は特にだ。どの段階で抜けだせるか、千載一遇のチャンスをうかがうしかない。

13

社会科Ⅳ日本情勢の授業は、三十代半ばの男性教師コ・ソンロクが担当する。授業では新しい教科書が配布された。前の教科書より分厚く、製本も上質だった。本来は学校を卒業し、特務局入りを果たしてから支給される、より現実的な情報の載ったテキストのため、寮に持ち帰ることは許されない。放課後には回収されるという。

教壇に立つコ教諭がいった。「きょうは優莉架禱斗について生い立ちから学ぶ。教科書一一七ページを開け。第四部『日本の凶悪犯』、第三章『優莉家』」

結衣は息を呑《の》んだ。周りの生徒らがみな教科書のページを繰る。隣のヨヌも該当箇所を開いた。結衣が固まったまま教科書に手を伸ばさないのを見て、ヨヌが訝《いぶか》しく思ったらしい。目でうながしてくる。結衣はあわてぎみに教科書を取りあげた。

一一七ページ。第三章『優莉家』第一項『優莉匡太』。父親の写真が大きく何枚も掲載されていた。大半は日本のメディアが報じた画像だが、なかには結衣も初めて見るものが交ざっている。

悪ぶった四十代の半グレ。その顔を目にするだけで幼少期に戻った気になる。写真のフレームの外まで容易に想像がつくのは、教室内で結衣だけだろう。最も有名な横顔の写真は、六本木オズヴァルドのカウンターだった。父はタバコの煙をくゆらせている。撮ったのはホステスのひとりのはずだ。当時の父は大井《おおい》競馬場の現金を根こそぎ奪う計画を立案中だった。写真の隅に腕だけ写っているのはタキこと顆磯《つぶいそ》だった。与《よ》野《の》木《き》農業高校で再会したとき、農具で串刺《くしざ》しにしてやったのを思いだす。

コ教諭が声を張った。「主体暦一〇六年、日本の暦で平成三十年、死刑囚優莉匡太は処刑された。罪状は四十七の殺人罪、二十六の殺人未遂罪、二十九の殺人予備罪のほか、逮捕監禁致死罪、武器等製造法違反、死体損壊罪、薬事法違反などだ。優莉架禱斗はこの男の長男になる。では一一九ページ。第二項『優莉匡太の子供たち』に進め」

ページをめくる音が教室じゅうに響く。結衣は緊張に全身を凍りつかせていた。教科書に這《は》わせた手が震える。顔写真が掲載されているだろうか。

ヨヌが見つめてきた。「結衣。一一九ページだよ？」

顔をあげるのも難しい。ヨヌを見かえすことは不可能だった。ためらっていても始まらない。結衣はページをめくった。

優莉匡太の子供たち。見開きに兄弟姉妹の顔写真が並んでいた。架禱斗、篤志、健《けん》斗《と》、凜香も載っている。智沙子の項目だけはない。だが次女の結衣について、掲載写真は架禱斗に次ぐ大きさだった。

結衣は啞然《あぜん》とした。兄弟姉妹はみな本人の顔写真だ。ところが結衣だけはちがう。そこに載っているのは、ホンジュラスから帰国する貨物船内で見た顔だった。本物のチェ・ユンスルが、澄まし顔でカメラを見つめている。服装は襟もとまで写りこんでいた。武蔵小杉高校の制服だった。

本文は結衣について詳細に綴《つづ》っている。生年月日から身体的特徴、学校の成績までおおむね正確だった。武蔵小杉高校事変や阪神《はんしん》甲子園球場事件、田代家との抗争などに加わった疑いがあるものの、日本の警察はいまのところ逮捕起訴できていない、そんなふうに記されている。

情報はまちがっていない。なのに顔写真だけが別人。チェ・ユンスルが結衣を名乗っていたはずがない。武蔵小杉高校に在籍していたわけもない。巷《ちまた》の遺影と同じで、首から下は合成だろう。

ほかの生徒たちは教科書に目を落とし、ただコ教諭の声に耳を傾けている。コ教諭の授業はつづいていた。「この子供たちは母親が異なる。父親の逮捕後、大半が途中から義務教育に参加した。長男の架禱斗は行方不明とされていたが、実際には諏訪野《すわの》猛《たける》なる偽名で、幹部とともに日本を出国。パキスタンに渡り、カタールにあるタリバンの事務所を訪ね、ケシ畑の警備という仕事を得る。のちにアルカイダを紹介され戦闘員となり……」

ふいにドアが開いた。コ教諭が言葉を切った。戸口に顧問のテ・ギョンチョル上士が立っていた。

テ上士がいった。「授業を邪魔して悪い。チェ・ユンスル。来てくれ」

生徒たちが沈黙したまま結衣を見つめてくる。結衣は立ちあがった。席を離れドアへと向かう。結衣が廊下にでると、テ上士はドアを閉め、足ばやに歩きだした。

結衣はテ上士の背につづいた。不穏に感じられるのは、自分のなかにある気まずさのせいか。動揺するほど小心者ではないが、それでも緊張は募る。態度にはしめさないよう努めながら歩いた。

着いたのは同じ階の兵棋《へいぎ》演習室だった。テ上士がドアを開け、先になかに入った。

室内は教室より狭く、三方を書棚が囲んでいる。中央の大きなテーブルには、東アジア全域の地図がひろげてあった。地図は演習ごとに異なる。基地や艦船、部隊の位置を表す駒が、無数に置かれていた。

周りには小さなテーブルも複数あり、それらには朝鮮版将棋チャンギの盤が据えてあった。チェスに類する世界じゅうのボードゲームも用意されている。中国の象棋《シャンチー》や日本の将棋も含まれる。いずれも兵棋演習の授業で活用するうえ、それぞれの部活動もある。

部屋の隅に若い兵士が立っていた。その隣で男が椅子に腰掛けている。結衣は思わず立ちすくんだ。

男の顔は火傷《やけど》で皮膚が爛《ただ》れ、頭には包帯を巻いている。ギプスで固めた右腕を三角巾《さんかくきん》で吊《つ》っていた。見た顔だと瞬時に気づいた。男のほうもそんな表情をした。

貨物船の船倉にいた北朝鮮人の乗組員。チェ・ユンスルの死を看取《みと》った、ふたりのうちのひとりだった。韓国の海洋警察庁に無差別発砲したなかの一員でもある。

男が立ちあがった。ふらつきながら歩を踏みだす。敵愾心《てきがいしん》に満ちた目で結衣を睨《にら》みつけると、おぼつかない足取りで通り過ぎ、ドアから廊下へと消えていった。

テ上士は無表情だった。無言で兵士に指示する。兵士は敬礼し、ただちに退室した。

兵棋演習室にいるのは結衣とテ上士、ふたりだけになった。

「優莉結衣」テ上士が朝鮮語の発音でそう呼んだ。

ため息が漏れる。結衣はテ上士を見つめた。「武装してきたほうがよかったんじゃないですか」

「銃なんか持ってない。兵士たちに包囲させたりもしない。おまえはむしろそんな状況を好むだろう。混乱を引き起こし武器を奪うのが常だ。父親譲りの戦法だな」

「だからってふたりきりで会うのは危険だと思いますけど」

「俺を人質にし、盾にしながら脱出を図るか？　どこへ？　あいにく人民保安局も朝鮮人民軍も、人質が上士と知れば遠慮なく撃ってくるだろう。軍関係者の犠牲など日常茶飯事だからな。授業で習わなかったか？」

武器を持って結衣に近づけば、かえって反撃の手段をあたえてしまう。集団で包囲すれば犠牲者が増える。それが結衣についての解釈らしい。皮肉な話だが、日本の警察や反社どもより、北朝鮮のほうがずっと学習能力がある。もともと大量殺戮《さつりく》者の心理を知る国だからかもしれない。

結衣はテ上士にいった。「勇気がありますね」

「代表しておまえに接触する立場を買ってでたことがか。俺も馬鹿じゃないからな。おまえを小娘と侮ったりはしない。いまこの瞬間が命がけだと認識してる」

貨物船にいた指導班のひとりが生き延びていた。だがそれで初めて事実に気づいたわけではないだろう。生存者による面通しがおこなわれたのは、あくまで最終確認にすぎない。そう思う根拠を結衣はつぶやいた。「教科書の掲載写真を差し替えるには、あるていど日数がかかると思いますけど」

「あれは特別授業の開始を受け、特務局用のテキストを緊急増刷しただけだ。差し替えもほんの二、三日前におこなった。確証はまだだったが、疑惑は充分に深まっていたからな。日本での報道写真も特務局が把握した。不運だったな」

「なかなか逃げられなかったので」

「こういってはなんだが、この国の人民管理システムには難がある。まして他者と接触させず、指導班ごとに隔離状態で育成する下級工作員ならなおさらだ。管理も指導班まかせで、顔写真一枚すら未確認だったんだからな」

「誰が気づいたんでしょうか」

「普遍宿舎で会ったオ・ソンジェ中士だ。もう少し自分が有名人だという意識を持ったほうがいい。シビックとつながりのあったわが国が、創始者の妹を知らないと思うか」

「先生がたもみんなご存じなんですか」

「いや。特務局に属する顧問の軍人にかぎられる。教員たちは写真が差し替えられていることに気づいてない」

校内に優莉結衣がいる。それを知った顧問はどんな考えを持つだろう。結衣はつぶやいた。「妹を人質にとっても架禱斗は喜ぶだけ。シビックとの交渉の切り札にはならない」

「それも期待してない。いくつかの武装勢力から情報が入った。架禱斗はおまえがホンジュラスで死んだと考えている。だから逆の意味で切り札に使いたい」

「なんのことですか」

「このままわが国に留《とど》まり、朝鮮労働党と朝鮮人民軍のために、シビック国家日本を倒すため尽力してもらう」

結衣は皮肉めかした。「進路指導もせずに就職決定ですか。進学を希望してるんですけど」

「おい優莉結衣」テ上士はじれったそうに椅子に腰掛けた。「常識で考えろ。これが温情ある措置なのは理解してるな？　本来ならおまえは拷問の末、射殺される運命だ」

「試せばいいでしょ」

「挑発するのは武器に近づくためだろう？　やめておく。チュオニアンやテグシガルパを生き延びた狂犬に、首輪を巻こうと近づくのは愚かだ。わが軍は兵力不足に喘《あえ》いでいる。おまえに何人か殺害されたり、設備を壊されたりするだけでも大打撃だ」

「なら放し飼いにしてくれるんですか」

「それも不可能だ。おまえにとっても無駄なことだろう。この学校で大暴れして、行方をくらませたとしても、その後はどうなる？　駅にも行けないことはもうわかってるな？　国外逃亡など夢のまた夢、いずれ命が尽きる運命でしかない。しかし我々としては、おまえに国土を掻《か》きまわされるのは迷惑だ。だから譲歩してる」

「日本に行かせてくれれば架禱斗を殺してきてやります」

「残念ながらそうはいかん。南朝鮮の芸能人に化けるなど、最初から無理だとわかっていただろう？　どこかで隙を見て脱出しようとしていたな」

「結果は架禱斗の死。同じことです」

「いくらおまえでもひとりだけでは架禱斗に近づけん。兄妹《きょうだい》だけに、向こうに寝返らないともかぎらん」

「冗談」

「ああ。テグシガルパで殺されかけたのは知ってる。心から憎悪を抱いていることもな。しかし特務局には慎重論がある。おまえをこのまま国内に留め、主体思想に再教育し、国家のために奉仕させる。架禱斗を殺す作戦を立案させ、指揮をとらせる」

結衣は鼻を鳴らした。「拉致《らち》した日本人を工作員の教育係にしてきた国家だけに、朝飯前だって？」

「世界のどこにおまえの居場所がある？　シビックの傀儡《かいらい》政権の下、日本の警察がおまえの生存を知れば、ただちに指名手配に踏みきる。わが国ならおまえの生活を保障できる」

たしかに居場所は失った。優莉匡太の次女で大量殺戮魔。シビックが支配する日本にとっては天敵。ならず者国家の北朝鮮だけが、抗日戦略の切り札として匿《かくま》ってくれる。ほかの国ならありえない。

結衣は思いのままを口にした。「断ってもただちに射殺はされない。ただ国外に逃げきるのは無理ってだけ。ならわざわざ指示にしたがう必要もない」

テ上士が真顔になった。「そうでもない。おまえは失うものがなにもないと思っているようだが、それはちがう。おまえの逃亡は多大な犠牲を生む」

「なんのことですか」

「この学校だ。優莉架禱斗の妹と知らず、おまえを受けいれていた責任を問われ、学校長や教員は処刑される。顧問の俺たちもだ」

室内は静かになった。近くのクラスから授業の声が漏れきこえてくる。教師が朝鮮語で優莉家の脅威を語っていた。

結衣はささやいた。「ありえないでしょう」

「本気でそうは思っていないだろう？　俺は覚悟をきめている。顧問や教員ばかりではない。特務科の生徒たちはおまえの顔を知った。特務局と学校の不手際が広まるのはまずい。よって全員の口が封じられる」

いつしか兵棋演習の地図を眺めていた。無数の駒が陸地と海原に影を落とす。朝鮮半島から日本は近い。だがいまは果てしなく遠かった。

テ上士がきいた。「詭弁《きべん》だと思うか？」

「いえ」結衣はつぶやいた。「北朝鮮ならやりかねない」

「北朝鮮か」テ上士が視線を落とした。「祖国をそんなふうに呼んだ時点で処刑の対象となる。多くの日本人には理解しがたいことだろうな」

日本人でも優莉家に育てば感性が異なる。いや優莉家でなくとも、虐待の家庭に生まれれば、世の理不尽を信じられる。貧困に喘ぐ一方、身内を平気で抹殺してしまう、無慈悲な親が存在することを。

国家の敵たる優莉架禱斗の妹と触れあった生徒たち。万が一にも感化された可能性は否定できない。それだけで充分に処刑の理由になりうる。ここはそんな人権無視の国家にほかならない。

結衣はテ上士にたずねた。「事実を知ってるのは特務局だけですか」

「いまのところはな。とりわけ政治家に近い軍の上層部には知らせていない。優莉架禱斗の妹がいると気づけば、連中がパニックを起こすことは必至だからだ」

「もし知れば生徒たちを逮捕連行ですか」

「そんな生やさしいことはしない。特殊作戦軍の地域掃討部隊が緊急出動する。本校特務科は皆殺しにされる。優莉結衣とその影響を受けた不穏分子を根絶やしにするために」

「……エリートの生徒ばかりなのに、保護者が黙っちゃいないでしょう」

「日本が潜入させた部隊による虐殺と断定されるよ。復讐《ふくしゅう》を叫ぶ声がひろがり、また日本への強硬論が高まるだろうが、これまでのようにはいかない。緊急事態庁が発足した日本は、緊張の高まりをむしろ好機とみて、戦争を吹っかけてくる。上層部はそれがわかっていない」

ヨヌやユガン、クラスメイトらの顔が目の前をちらつく。弥勒院結衣ことチェ・ユンスルが、じつは優莉結衣だったと知れば、みな憎悪を剝《む》きだしにするだろう。それでも結衣は特務科の生徒たちを、ただ見殺しにはできなかった。

誰もが将来のため、もがき苦しみながら、ひたすら努力している。教育内容は物騒であっても、ここは高校にちがいない。生徒たちに罪はない。いずれ特務局入りし、潜入工作員となる運命でも、現時点で命が奪われるべきではない。未来は変わるかもしれないからだ。

とはいえ犠牲者がでるのはおそらく避けられない。結衣はささやいた。「ひどい国」

「本当の意味のエリートは将来、高級官僚になる愛国科や、公務員をめざす普通科にいる。特務科の生徒にも名家出身者は多いが、愛国科よりは格下のあつかいだ。しょせん潜入工作員になる運命だからな。身体を張らないと給料をもらえない連中とみなされてる」

「だから抹消してもかまわないって？」

「優莉架禱斗の妹を殺せるのならお釣りがくる。党と軍の上層部はそう判断する」

「そこまで喧嘩腰《けんかごし》の国家を維持してなんになるの」

「地図を見ろ」テ上士が落ち着いた声を響かせた。「逆さまにな。ロシアと中華人民共和国。巨大な陣営の最前線に、わが朝鮮民主主義人民共和国がある。角《つの》を突き合わせる対極には南朝鮮、それに日本」

「共産圏から見れば日韓《にっかん》が敵って話？　いまさらって感じ」

「そこまで単純ではないぞ」テ上士は立ちあがった。「人民が飢餓に苦しんでるのに、弾道ミサイル発射実験を繰りかえすわが国を、国際社会は異常とみている。人命を無視してまで軍事費を浪費する愚行におよぶばかりだと。だが事実はちがう」

この学校の授業で習った。結衣はいった。「中露からミサイル発射実験や、欧米諸国への挑発を委託されてるんですよね。代償として食料や原油などをもらえる。北朝鮮政府は自国民を救うため、中露の手先になってる」

「嫌な言い方だ。日本人が事実を知った場合、そんなふうに捉《とら》えるわけか。だがまちがってはいない。第二次大戦以降、半島が南北に分断され、双方が代理戦争を演じてきた。主権国家の矜恃《きょうじ》を保ちつつも、大国の意に添うことが、最前線の小国にとって存続の鍵《かぎ》だった」

「ならず者国家として振る舞うのは、後ろに控える大国のせいと責任転嫁したところで、拉致も弾道ミサイル発射も事実でしょ」

「日本と南朝鮮も同じ立場だろう。おまえらの言い方を借りれば、西側陣営の最前線基地、対共産圏の防波堤だ」

「もっとまともな国だと思いますけど」

「ちがうな。自国民には気づかせないだけだ。その点もわが国と同じだ。特に日本。後ろ盾となっているアメリカがはるか遠くにあるため、独立国家だと錯覚させられている。しかし」テ上士はチェス盤に手を伸ばした。白の兵卒《ポーン》を黒のキングの斜め前に置く。遠くから白のクィーンやビショップがポーンを守る。「これが日本だ。敵陣の手前で孤立無援。はるか彼方《かなた》から大国が守っているおかげで、攻撃されずに済んでいる。わが国も日本も、白黒両陣営のポーンだ。双方の小競り合いは、全面核戦争をダウンサイジングした泥仕合の代行。大国どうしの勝負が、限定された升目のなかの、たった二、三個のポーンに託されてる」

北朝鮮の軍人のわりには冷静なものの見方だった。結衣はテ上士を見つめた。「偉大なる将軍様の国が、大国の駒にすぎないと軽んじるなんて、発言としてまずくないですか」

「誰かにきかれたら処刑だろうな。しかし事実だ。チェスの駒でなければ犬どうしの喧嘩だ。どちらも飼い主に見放されるわけにはいかない」

「ちがいはありますよ。北朝鮮は放し飼いの猛犬。日本は鎖につながれた庭の奥から吠《ほ》えるだけ」

「これまではそうだった。いみじくもそれで奇妙な均衡が保たれてきた。ところが日本の飼い主が変わった。アメリカからシビックに」

結衣は黙って地図を見下ろした。特務科の顧問だけあって、テ上士の説明はわかりやすい。教員より指導力があるかもしれない。国家の存亡がかかった事態、その緊急性はたしかに伝わってくる。

だがこの国には致命的な欠陥がある。危機に対処するための予算が乏しく、作戦も頼りない。結衣は首を横に振った。「K－POPグループを装っても、日本には迎えいれられません。時代遅れの高校生による付け焼き刃の歌とダンスでは、新大久保《しんおおくぼ》の焼き肉屋のイベント出演すら無理です」

「それがおまえの意見か？」

「事実です。ここ数年はガールズグループでも驚異的なダンスをこなします。チャートの工作をしても、パフォーマンス映像がなければブーイングがあがるし、人気のなさをSNSで揶揄《やゆ》されるでしょう。日本のスポンサーは食いつかず、メディアも出演要請しません」

「出演要請は現地に潜伏する工作員が捏造《ねつぞう》する」

「K－POPに不案内な年寄りの政治家が日本を仕切っていれば、うまくだましおおせるでしょう。でも架禱斗がいたんじゃ無理です」

「どう無理だというんだ？」

「父が逮捕される寸前、まだ十五歳だった架禱斗は、サイの『江南《カンナム》スタイル』を聴いてました。東方神起やエクソも。緊急事態庁の管理下で、K‐POPアーティストの入国審査を緩和する場合、実力と人気を調べさせるでしょう。九人とも殺されますよ」

テ上士が表情をこわばらせた。「どう対処すればいい」

「わたしを日本に送ってくれれば、架禱斗を殺すといってるでしょう」

「おまえを放し飼いにはできない！　国内に留《とど》まり、作戦の立案と指揮を担当しろ。俺たちはもう運命共同体だ。おまえが死ぬときには俺や顧問、教師、生徒もみな死ぬんだぞ！」

結衣は深く長いため息をついた。地図ではなくチェス盤に目が落ちる。白のポーンが黒の陣地に深々と切りこんでいる。黒のキングに手を伸ばす。王手詰《チェックメイト》みのごとく、キングの駒を指で弾《はじ》き、盤上で横倒しにした。

「正直ほっとしてます」結衣は低くつぶやいた。「K‐POPガールズグループのメイクをせずに済んだから。しかも時代遅れの」

14

テ上士による説得は部屋を変えたうえで、なおも延々とつづいた。結衣は拒否しなかったものの、明確な返答を避けつづけた。始業と終業のチャイムを何度もきいた。ようやく解放されたとき、もう放課後になっていた。

まだテ上士が一緒に廊下をついてくる。テ上士がぶつぶつといった。「三－AⅢAの生徒なら、特訓を積めば最新のK－POPに対応できると思うんだがな」

結衣は歩きながら首を横に振った。「韓国で『ガールズプラネット999』ってサバイバル・オーディション番組が放送中です。いまの時代はダンスの動きが圧倒的に洗練されてます」

「サバイバル・オーディション？　南朝鮮は命がけの生存競争を見世物にしてるのか」

「本当の意味のサバイバルじゃないですよ。殺し合いはしません」

「ああ、そうなのか。どうやって放送中の番組を観た？　わが国では不可能のはずだ」

有樹ことユガンから『ガルプラ』の海賊版データをもらった。ケプラーの結成まで一気見した。もちろんそのことは他言しない。鑑賞した理由は、自分が日本の女子高生だから、そこに尽きる。パグェとは衝突してばかりだがK－POPは好きだった。

三－BⅡAの教室の前まで来た。きょうの授業を終えた生徒らが、ちらほらと廊下にでてくる。もう極秘の話はできないと思ったからだろう、テ上士は浮かない顔で立ち去りだした。

するとカン教諭がテ上士に声をかけた。「すみません。ちょっとよろしいですか」

ヨヌが歩み寄ってきた。「結衣。どうしたの？　ずっと帰ってこなかったよね」

「まあね」結衣は返事を濁した。議論の内容を伝えるわけにはいかない。

ふいにテ上士が驚きの声を発した。「一冊なくなってる？」

カン教諭とテ上士は廊下で立ち話をしていた。深刻な顔のカン教諭がうなずいた。

「何度確認しても一冊足りないんです。社会科Ⅳ日本情勢のテキストは持ち帰り厳禁と、生徒にさんざん釘《くぎ》を刺しておいたんですが」

テ上士の目がちらと結衣をとらえた。不安を感じているのがわかる。結衣の顔写真が差し替えられた本だ。偽の情報が掲載されている以上、校外へは持ちだされたくないだろう。

ふたりの女子生徒、晴美ことイェジンと、すずことダミが廊下にでてきた。顧問と教師が難しい顔で話し合っているのを見て、なぜかふたりとも心もとなさをのぞかせた。ためらいをしめしながらもイェジンがいった。「先生。教科書のことなら、たぶん景子が持ち帰ったと思います」

カン教諭が驚きのいろを浮かべた。「景子？　ヘギョが？　なぜだ」

ダミがおずおずと答えた。「以前から図書室の資料を無断で持ちだしてたんです。学校は情報が制限されてるから、詳しいことを知るためだといって……。クラスメイトの誰も知らないことを知ってるのが、景子にとっての誇りみたいで」

たしかに家柄によって、社会情勢をどれだけ知っているか、生徒間に格差があると感じる。陸軍大将の娘として、人一倍プライドの高いヘギョは、やたらマウントをとることに熱心だった。

ほかの生徒は授業中にしか読めない教科書。それを持ち帰り、隅々まで読みこもうとしているのだろうか。ヘギョなら充分にありうる。

社会科のコ教諭が小走りに近づいてきた。「カン先生。シン・ヘギョに外出許可をあたえたのですか」

カン教諭が眉《まゆ》をひそめた。「いいえ。なぜですか」

「さっき寮以外に向かうバスに乗ったからです。きょうは外出許可日じゃないだろうといったんですが、カン先生には伝えてあると」

テ上士が険しい表情で歩きだした。「ユンスル。一緒に来い」

なぜ結衣ひとりを呼んだのか疑問に思ったのだろう、カン教諭がテ上士の背にきいた。「どちらへ行かれるんですか？　結衣になにか用が……？」

「教員室に戻って寮に連絡し、本当にヘギョが自室に帰ってないかどうか、ただちに確認するように。ひとまず対処はそれだけで構わない」

結衣はテ上士を追った。ヨヌが啞然《あぜん》と見送っている。イェジンやダミ、カンとコの両教諭も、狐につままれたような顔をしていた。だがテ上士は階段に差しかかるや、あわただしく駆け下りだした。結衣も同じ速度でつづいた。

テ上士がなにを危惧《きぐ》しているのか、結衣には手にとるようにわかった。ヘギョの父親は陸軍大将だ。人民には制限される海外情勢にも触れられる立場にある。優莉結衣の顔ぐらい知っていてふしぎではない。ヘギョが教科書を見せたら一大事になる。

グラウンド側ではなく校舎の裏手にでた。すでに陽が傾きだしている。テ上士は教職員用の駐車場に向かった。モスグリーンに塗装された、サイドカー付きの軍用バイクがある。テ上士がヘルメットをかぶり、バイクにまたがった。「乗れ」

結衣はサイドカーに乗りこむと身体を沈めた。硬いシートだったが両脚を伸ばせる。シートベルトはない。路面すれすれに座り、頭だけを外にのぞかせる体勢になった。結衣はテ上士を仰ぎ見た。「どこへ行くんですか」

「シン陸軍大将の別邸だ」テ上士がバイクのエンジンをかけた。スロットルを噴かすと、サイドカーにも振動が伝わってくる。爆音に掻《か》き消されまいと、テ上士が大声を張りあげた。「大将は空軍基地の視察のため、よくこの辺りに立ち寄られる。外出許可日と重なった場合、ヘギョは父親に会いに行くときいた」

バイクが発進した。急激に速度が上昇していく。風圧ばかりか砂埃《すなぼこり》をまともに顔に食らう。左右に振られるように蛇行した。ハンドルをとられがちな乗り物らしい。さらに推進力が増すと安定しだした。

ゲートに差しかかり、テ上士がバイクを減速させつつ敬礼する。警備兵が遮断桿《かん》を上げた。サイドカー付きバイクは山道へと飛びだしていった。

木立に囲まれた狭い道路だった。結衣のまるで知らない方角になる。テ上士はカーブに差しかかっても、バイクを傾けたりはせず、ハンドル操作だけで進路を変える。サイドカーと一体化しているバイクは、単体とは異なる運転が必要のようだ。低速域ではバイクの側に逸《そ》れがちで、速度をだすとサイドカーに慣性が働くのか、結衣の乗るほうへ進路が逸れてくる。やたら蛇行しやすい暴れ馬を、テ上士がなんとか手なずけて乗りこなす。翻弄《ほんろう》されるうち、結衣は乗り物酔いの気分の悪さを味わいだした。

行く手はずっと上り坂だった。高台に向かうこと自体がめずらしい。前後にほかの車両は見当たらなかった。ただしセダンと二度すれちがった。どちらも軍用車ではなく自家用車だ。この先にまっているのは軍事施設ではなく住宅街だろうか。

やがてバイクは緑のトンネルを抜けだし、切り立った崖《がけ》の上を走っていった。サイドカー側の眼下に、広大な谷底がひろがっている。黄州選民高校とは異なる地域だった。空軍基地でもない。だが広範囲にわたり舗装された軍用施設がある。地上の建物は管制塔が数基のみ。直径約二十メートルの円形の穴が、二列に三つずつ、計六つ存在する。いまはどの穴も金属製の蓋《ふた》で閉じてあった。

ミサイルサイロにちがいない。円柱形に深く掘られた縦穴一本ごとに、一発の弾道ミサイルがおさまっている。こんなところにミサイル基地が存在したのか。学校からそう遠くない。敷地内に軍用鉄道のホームが見えている。線路はミサイルサイロの近くを起点とし、山の斜面に開いたトンネルへとつづく。ヨンジュがいったとおり、濃縮ウランの製造工場がある寧辺と結ぶ路線だろう。ここには核弾頭が運びこまれている。

バイクはふたたび木々の生い茂る一帯に入った。途中で別の幅広な車道と交わった。そちらにはバス停らしき立て看板があった。この辺りに乗客を運ぶ需要があるのだろうか。

答えは前方の視界が開けると同時にあきらかになった。山林を切り開いた斜面に高級住宅街がある。西洋風の屋敷が段々畑のような宅地に連なる。バイクは坂道を駆け上り、頂上付近のひときわ大きな豪邸の前に横付けした。

立派な洋館とはいえ、別邸にすぎないから柵《さく》や門もなく、庭はタイル張りの狭い空間だった。テ上士はヘルメットを脱ぎ、バイクを降りると玄関に向かった。結衣もサイドカーから跳躍するように脱し、テ上士の後につづいた。

玄関ドア脇の呼び鈴をテ上士が鳴らす。邸内からはなんの反応もない。空は赤みを帯び、辺りは暗くなってきている。にもかかわらず窓明かりも点《つ》いていなかった。

そのとき結衣は二階の小さな窓に、かすかな動きを見てとった。ブラインドが揺れている。誰かが外をのぞいたのち、あわてて窓辺を離れたようだ。

結衣はひとり屋敷の外壁に沿ってまわりこんだ。離れとの狭間《はざま》に自転車が停めてある。建物の裏手から駆けてくる人影があった。黄州選民高校の制服を着た女子生徒が、カバンを胸に抱えている。まぎれもなくヘギョだった。

ヘギョは自転車に駆け寄ろうとして、結衣の存在に気づいたらしく、はっとして立ちすくんだ。警戒心をあらわにしながら後ずさる。唸《うな》るような朝鮮語でヘギョがささやいた。「なんでここに……。なにしにきたの」

邸内からはなにもきこえない。けれどもヘギョが裏から抜けだす以前に、屋敷にはほかの誰かがいたのだろう。なんらかの変化がなければ、ヘギョがこんなに取り乱したりはしない。

声をききつけテ上士が駆け寄ってきた。ヘギョはテ上士を見ると気まずそうにたたずんだ。

テ上士が硬い顔で距離を詰める。ヘギョに手を差し伸べ、朝鮮語で要求した。「カバンを寄越《よこ》せ」

なおも躊躇《ちゅうちょ》の素振りをみせたものの、抵抗しきれないと思ったらしい。ヘギョは怯《おび》えた顔で、カバンを抱き締める腕の力を緩めた。

すかさずテ上士がカバンをひったくる。なかをまさぐり、社会科Ⅳ用に配布された教科書をとりだした。「これはなんだ。なぜ持ちだした。誰が寮以外の場所に帰っていいといった？」

「……いつものことですよ」ヘギョは震えながらも居直りだした。「新しい教材を得たら、父に見せていろいろ教えてもらうんです。授業で習うことだけじゃ不充分なんです。ほかの選民高校から上がってきた受験生に負けますから」

「学校への批判は懲罰の対象になる」

ヘギョの目がさまよった。結衣を一瞥《いちべつ》したのち、またテ上士に向き直った。「彼女の正体を知っていますか？　チェ・ユンスルじゃありません。朝鮮人ですらないんです」

鼻息の荒さがのぞく。テ上士が驚きの反応をしめすのを、ヘギョは期待しているようだ。

ところがテ上士は黙っていた。むしろ当惑のいろを漂わせる。ヘギョが表情を凍りつかせた。茫然《ぼうぜん》とした顔でテ上士を見つめる。

やがてヘギョが責めるような口調でささやいた。「知ってたんですね」

「シン・ヘギョ」テ上士は低い声で諭した。「これは高度な機密事項に属する。余計なことを触れまわるな」

「余計なことって？　テ上士。父は陸軍大将ですよ。その父が教科書を見た瞬間、言葉を失ったんです。優莉結衣はこんな顔じゃないって。将官だけが共有するデータベースで、日本の報道を見せてくれました。この女が優莉結衣ですよ」

「……ヘギョ」テ上士が辛抱強くいった。「お父上は陸軍を統括なさる立場だが、特務局が把握する情報とは乖離《かいり》がある。データベースの表層だけをとらえ、短絡的なものの見方に走ることは……」

「お言葉ですけど、なにが短絡的なんですか。シビックの優莉架禱斗が日本を支配しているんですよね？　優莉結衣は妹ですよ。名を偽って学校に潜伏してる。それは動かしがたい事実でしょう」

「情報を制限することの意義は授業でも教わったはずだ。事実であってもより大きな目的のため、曲げざるをえないこともある」

ヘギョは冷やかな面持ちになった。「その可否を判断なさるのは偉大なる将軍様です。偉大なる将軍様に嘘をつくのは厳禁、それが原則じゃないですか。特務局が勝手に情報を抱えこみ、教科書の写真を入れ替えるなんて、謀反に等しい行為……」

「きけ」テ上士がじれったそうにヘギョに詰め寄った。「優莉結衣は架禱斗と敵対関係にある。わが国で身柄を確保しておくことによって、戦略的優位に立てる可能性が生じるんだ」

「父はそう思っていません」

「きみは一生徒にすぎない。お父上にであっても、いたずらに情報を漏らすのはよせ。

特務局職員候補としての信頼に関わるぞ」

「事実の隠匿に加担するほうが信頼を損ねるでしょう。国家に正確な情報を伝えるのが特務局の役目のはずです。わたしは務めを果たしました。父はすぐ会議にかけるといって、平壌へ発《た》ちました」

「なんだと!?」テ上士はヘギョの両肩をつかんだ。「特務局の情報管理が、軍によって評価される謂《いわ》れはない。それぞれ独立した命令系統だ。きみはお父上に横槍《よこやり》をいれさせる気か」

ヘギョはテ上士の手を振りほどこうともがきながら、怒りの籠《こ》もった目を結衣に向けてきた。しかし罵声《ばせい》を浴びせてこようとはせず、ヘギョはあくまでテ上士に対し抗議しつづけた。「敵を匿《かくま》うのは情報管理じゃありません! 父にもそういえるんですか? 学校の顧問にすぎないテ上士に、父の判断が……」

エンジン音が響き渡った。甲高いブレーキ音をともなう。テ上士とヘギョが屋敷の正面前方に目を向けた。結衣も振りかえった。

旧ソ連版ジープ、UAZ469が停車し、ふたりの兵士が降り立った。いずれも軍事基地の所属とは制服がちがう。黄州選民高校でよく見かける警備兵だった。高校から脱走する生徒を取り締まるのが専門になる。

警備兵らは戸惑いをしめした。ひとりがテ上士にうかがいを立てる。「シン・ヘギョが寮に帰らず、勝手に抜けだしたとの連絡を受けたのですが」

「ああ」テ上士がヘギョに顎《あご》をしゃくった。「彼女だ」

すると警備兵は結衣にも視線を向けてきた。「こっちは？」

テ上士が淡々と応じた。「チェ・ユンスルは俺が連れて行く。シン・ヘギョ。寮へ戻れ」

ヘギョがさも不本意だといいたげにテ上士を見かえした。「冗談でしょう。この女がいる学校になんか戻れない」

「法にも校則にも背くつもりか」

「……どうせ父がほどなく迎えにきます」ヘギョは忌々しげに結衣を睨《にら》みつけたのち、ひとり車両へと歩きだした。警備兵らがヘギョにつづく。

いつしか斜陽が辺りを真っ赤に染めていた。結衣は重苦しい気分でテ上士にささやいた。「わたしが投降すれば……」

「意味がない」テ上士が憂鬱《ゆううつ》そうに遮った。「俺はこの国を知っている。これで特務科の生徒と教師、顧問の全員が処刑される。おおげさでなく日常茶飯事だ。地図から消えた村も数限りなくある」

15

暗くなってから結衣は寮に戻った。いつもとはちがう空気を感じる。部屋の外をうろつく生徒をほとんど見かけない。たまに女子生徒が立ち話する場に差しかかると、結衣を目にするや誰もがそそくさと逃げだし、それぞれの自室に隠れてしまう。人の口に戸は立てられない。ヘギョはかなりの人数に触れまわったのだろう。ただしいまのところは噂をきいたほうも半信半疑にちがいない。でなければ結衣を敬遠するていどにとどまるはずがなかった。みな退避するか、それとも徒党を組んで攻撃してくるか、なんにせよじっとはしていられないだろう。

結衣が自室に帰ると、ルームメイトのヨヌがメモリーカードを差しだしてきた。いつもどおり目を細め、たどたどしい日本語でいった。「これ有樹がくれた最新のアニメ。『異世界食堂』っていうんだけど、すごく面白いよ」

もやもやした気分で結衣は机に向かった。「第一期なら中二のころに観た」

ヨヌが困惑をしめした。まだ顔に笑みが留まっている。「中二って……？」

ため息が漏れる。結衣は椅子をまわしヨヌに向き直った。「昭子。いえヨヌ。違法な海外ドラマやアニメのデータは、今夜じゅうに消去しといて。私物を調べられてもだいじょうぶなようにしておくの。ユガンにもそう伝えて」

「……ユガンって。有樹でしょ。学校じゃいつでも日本人名で呼びあうのが規則……」

「いいから。ヨヌ。部屋は同じだったけど、わたしたちは他人どうし。特に仲良くもなかった。そう肝に銘じておいて」

「結衣」ヨヌは動揺をしめした。「なんでそんなことというの？　わたしたちは友達でしょ」

まだヘギョの吹聴する噂を耳にしていないらしい。結衣に近しい仲間だと思われているせいで、誰もがヨヌを警戒し、話しかけずにいる。ユガンやナムギル、イルら双龍チームだった生徒たちも、同じ境遇にあるかもしれない。結衣の一派とみなされると、みな爪弾《つまはじ》きにあってしまう。

いまさら海賊版データを破棄したところで、優莉結衣と接触していれば、それだけで重罪と断じられる。それでも規則違反の物証が皆無であれば、多少なりとも情状酌量をしめされるかもしれない。テ上士の話では、問答無用で皆殺しにあう公算が高いようだが。

「とにかく」結衣は机を離れた。「データはひとつ残らず消して」

返事をまたず、結衣はふたたび部屋の外にでた。通路の遠方に、こちらのようすをうかがうような、男女生徒らが群れをなす。結衣の姿を見ると、あわてたように走り去っていった。

結衣はその場にたたずんだ。懐かしさすらおぼえる。武蔵小杉高校事変が起きるよりも前、ずっとこんな毎日を送ってきた。優莉匡太の次女というだけで排斥の対象になっていた。孤独や孤立無援こそが友達だった。

このほうが性に合っている。空気が肌に馴染《なじ》む。どうせ血のにおいしかしない。殺し合いが起きがちな人生に仲間などいらない。

翌朝早く、学校の上空は薄曇りで、まだほの暗かった。特務科の朝礼は大教室ではなく、体育館でおこなわれることになった。結衣がテ上士にそう頼んでおいたからだ。

椅子のない体育館で、生徒たちは戸惑いがちに、いくつかのグループに分かれ立ち話をしている。どの顔もいつになく硬い。教員たちも同様だった。壁際に整列する軍服姿の顧問らに、なにが始まるのかと、誰もがたずねている。テ上士たち顧問は黙りこくっていた。

体育館には日本の学校と同じく、講堂としても使うための舞台がある。舞台の袖《そで》から結衣は館内のようすを眺めていた。

あまり長くまたせる必要はない。結衣は壇上にでていった。ひそひそと話す声がフェードアウトしていく。

真っ先に目についたのは館内後方、ヘギョと取り巻きたちだった。なにやら熱心に喋《しゃべ》っていたヘギョが、壇上の結衣に気づくや表情をこわばらせ、無言に転じ視線を逸《そ》らした。イェジンやダミらも、怯《おび》えたようにうつむき、重い足取りで動きだす。

生徒らは整列せず、ただ緊張の面持ちで舞台に近づいてきた。教師たちも交ざっている。怪訝《けげん》そうに結衣を見上げるのはヨヌやユガンだけではない。カン教諭から学校長らしき高齢者まで疑問のいろを浮かべている。なぜ結衣が舞台に立つのかと不審がっているようだ。

結衣は顧問の列を眺めた。テ上士が緊張の面持ちで見かえす。静寂がひろがった。真実を告げるときがきたようだ。

スタンドマイクはなかった。結衣は壇上から朝鮮語で声を張った。「申しあげます。わたしはチェ・ユンスルでも弥勒院結衣でもなく優莉結衣です」

驚きの反応はじわじわとひろがるかと思っていたが、日本人とは国民性が異なるようだ。まるでガソリンに火をつけたかのように、激しい反応が一瞬にして燃えあがった。恐怖や戦慄《せんりつ》の表情を隠そうともせず、生徒も教員もパニックを起こしている。喧《けん》噪《そう》のなかでヘギョが興奮ぎみに朝鮮語で怒鳴った。「ほら！　いったでしょ、あいつは優莉結衣！　日本人なのに潜りこんでいたんだって！」

顧問の軍服らが当惑顔で動きだした。混乱を鎮めようと館内に散り、取り乱す生徒らをなだめてまわろうとする。生徒のなかには結衣を指さし、憤激をあらわにまくしたてる者もいた。罵声《ばせい》はどんどん増えていくが、大勢がいっせいに怒鳴っているせいで、なにを喋っているかさだかではない。

騒然とするのは学校関係者ばかりではなかった。警備兵がふたり壇上に駆けこんでくる。ひとりが拳銃《けんじゅう》を抜き、もうひとりは銃剣付きのＡＫＭを携えていた。

顧問らの意図しないことにちがいない。テ上士が警備兵らに声を張った。「やめろ！」

警備兵が結衣を取り押さえる、そう見込んだからだろう、白髪頭の学校長が舞台に駆け上ってきた。学校長は汗だくの顔で館内に呼びかけた。「諸君、静かに！　異端分子はすぐ取り除かれる。とにかくいまは静粛に……」

結衣の意識は学校長になど向いていなかった。接近してくる警備兵ふたりに対し、結衣はみずから猛然と駆けだし、瞬時に距離を詰めた。ぎょっとする警備兵のひとりが、拳銃で狙い澄まそうとするが、至近過ぎて腕が伸びきらない。結衣は身体を横に振り、勢いをつけるや逆方向に振りつつ、拳銃を握った敵の手を包みこむようにつかんだ。重心を崩しながらひねることで、発砲を封じながら敵の関節を極《き》める。

もうひとりは、やはり近すぎてアサルトライフルを構えられず、銃剣で突き刺しにかかってきた。結衣は身体をねじり、すでに捕らえた敵を盾にし、銃剣を退けた。苛《いら》立《だ》ちをのぞかせたAKMの警備兵が、何歩か退き銃撃の体勢をとる。近すぎてはアサルトライフルで狙えないからだ。

だが結衣はその動作を予測していた。手首の関節を逆方向にひねると、敵が激痛に叫び声を発し、握力が弱まった。拳銃を奪うや敵を蹴《け》り飛ばす。チェコスロバキア製Cz75、北朝鮮がライセンス生産した白頭山《ペクトウサン》拳銃だった。丸腰になったうえ蹴られた警備兵が、ふらふらとAKMのほうに向かっていく。もうひとりは銃剣をあわてて逸らした。すなわち銃口がほかを向いた。ふたりがぶつかった瞬間、結衣は跳び蹴りを浴びせた。警備兵らは絡み合いながら揃って転倒した。AKMが壇上に投げだされた。

館内に悲鳴がこだまする。結衣はAKMを蹴り、学校長のほうへと滑らせた。あわてふためく学校長に駆け寄ると、片足でAKMを踏みつけ、学校長をひざまずかせる。後頭部に拳銃を突きつけた。

いまや館内は阿鼻叫喚《あびきょうかん》の大騒ぎになった。失神し倒れる女子生徒らもいる。結衣はいった。「静かに」

逃げだせば学校長が銃撃される。その事実があればこそ、誰もが館内に釘付《くぎづ》けになる。みな学校長の命を案じているわけではない。たとえ自分が生き延びたとしても、のちに学校長銃殺の責任をとらされてしまう。そんな全体主義に特有の恐怖が、生徒や教員らをすくみあがらせている。

テ上士が血相を変え結衣に呼びかけた。「やめろ！　手荒なことはするな」

「しーっ」結衣は冷静にささやいた。「校長先生のお話です。特に女子、貧血を起こさずにちゃんときくように。学校長、名前は？」

「ユンだ」学校長は震えながら応じた。「ユン・ウンス」

「じゃユン学校長。みんなにわたしの話をきくように伝えて」

「しょ、諸君！　優莉結衣から発言があるそうだ。黙ってきけ」

生徒らは戦々恐々としながら沈黙した。だが体育教師のド教諭が声を張った。「結衣、見損なったぞ！　この悪辣《あくらつ》な日本人の手先が……」

結衣は一瞬、学校長の後頭部から銃口を逸らし、ド教諭の足もとに発砲した。轟《とどろ》く銃声に女子生徒らが悲鳴をあげた。命中させるつもりはなかった。跳弾の火花とともに床板の一部が弾《はじ》けた。ド教諭は真っ青になり、その場に尻餅《しりもち》をついた。

また静寂が戻った。結衣はふたたび学校長の後頭部に拳銃を突きつけた。「ヘイトスピーチお断り」

ユン学校長が震える声で一同にうったえた。「みんな、なにも喋るな」

ヨヌと目が合った。いまにも泣きだしそうな顔をしている。ユガンも信じられないという表情でヨヌに寄り添っていた。そこから離れた場所で、ヘギョは慄然《りつぜん》としながら、イェジンやダミと抱き合っている。

ひとまず耳を傾けてくれればそれでかまわない。結衣はつぶやいた。「優莉結衣に学校生活を送らせていた黄州選民高校特務科は、全員が処刑の対象となる」

誰もが表情を凍りつかせた。おろおろと周りを眺め、それからまた結衣に向き直る。カン教諭が真っ先に嘆いた。「そんな馬鹿な！　理不尽だ」

結衣は首を横に振った。「学校ぐるみで優莉結衣を匿《かくま》ったか、あるいは授業を受けさせ機密をバラしたか、日本の悪しき資本主義搾取文化に影響を受けたか。疑惑を追及するより、疑わしきは抹殺ってのがこの国でしょ。みんな死ぬ」

女子生徒のひとりが声高にうったえた。「そんなのありえない！　理不尽じゃないですか。優莉結衣ひとりが処刑されて終わりのはずです。わたしたちは関係ない。そうでしょ!?」

みな必死の形相で学校長を見つめる。ユン学校長はひざまずいたまま、哀れなまなざしを一同に向けた。

返答に窮したらしく、ユン学校長は顧問らに助けを求めた。「誰か意見を……」

顧問たちが苦渋の表情を突き合わせる。テ上士が低い声でいった。「学校長はおわかりでしょう。教員諸氏も……。密入国者が紛れていただけでも、村ひとつが全体責任を問われ、ひとり残らず処刑されるのが常です。ましてここは国家機密に属する学校であり、しかもよりによって優莉結衣が……」

狼狽《ろうばい》の呻《うめ》きがあちこちで漏れだし、ほどなく喚《わめ》きあうほどに声量を増した。またパニックが起こりつつある。

ヘギョが激しくうろたえだした。「こんなの認められない！　あの女を受けいれた先生たちの責任でしょ！　わたしは父が助けにきてくれる。あんたたちとは一緒じゃない！」

取り巻きがいっせいにヘギョにすがろうと押し寄せる。ヘギョはイェジンとダミスら力ずくで遠ざけにかかった。揉《も》み合いが発生する一方、館内のそこかしこで女子生徒が絶望に打ちひしがれ泣き崩れる。男子生徒らが教師につかみかかっては、顧問たちが割って入る。喧噪が一気に拡大していく。

騒々しさのなかでも、結衣は体内時計で時間経過を計りながら、絶えず天井に目を配った。さっきの銃声から間もなく三分。グラウンドにいる警備兵が、スナイパーライフルを用意し、体育館の屋根に登るはずだ。そろそろ狙撃位置につく。

結衣は天窓から射しこむ陽光が、わずかに遮られるのを見てとった。すばやく片膝《かたひざ》をつくと、ＡＫＭを拾いあげ、学校長の肩にハンドガードを載せる。ニーリングの姿勢で天窓を狙った。狙撃兵が顔をのぞかせた瞬間、すかさずトリガーを引き絞った。

拳銃より強烈な反動と銃声、硝煙の香りに包まれる。薬莢《やっきょう》が宙に舞ったとき、天窓から人影が落下してきた。ガラス片が降り注ぎ、真下の生徒らが逃げ惑う。スナイパーライフルのストラップが全身に絡みついた状態で、狙撃兵は床に叩《たた》きつけられた。床に血の海がひろがっていく。生徒や教員たちがどよめきとともに退いた。

さらにばたばたと女子生徒が倒れる。今度は男子生徒も何人か気絶したようだ。教師のひとりが甲高い声で叫んだ。「殺した！　あいつ、警備兵を撃ち殺したぞ！」

結衣は立ちあがり、また拳銃を学校長の後頭部に突きつけた。「向こうが撃つ気だった。学校長に当たるのもかまわずに」

ユン学校長が息を呑《の》んだのがわかる。さらなる殺害の責任をとらされるわけにいかないからだろう、生徒や教員、顧問らが静まりかえった。

女子生徒のひとりが床に両膝をついた。「お願いです、優莉結衣さん。わたしたちのクラスは、ちゃんとK－POPガールズグループを偽装するメンバーを選出しました。わたしはメンバーじゃないけど、みんなで身辺の世話に追われてます。義務は果たしてます。必要な存在のはずです」

まだあどけない顔の男子生徒がうったえた。「僕らは一年生です！　特別授業を受け日本との情報戦に備えてきました。特務局も将来、人員不足になったら困るでしょう。優莉さん。僕たちを見逃してください。お願いします！」

ヘギョが憤怒《ふんぬ》をあらわにした。「みんな正気なの⁉　優莉結衣に命乞《いのちご》いするなんて。ここにいる全員でいっせいにかかれば、あんな女ひとりやっつけられる。顧問の先生たちもなにしてんの。早く取り押さえてよ！」

イェジンが涙ながらに叫んだ。「無理！　顧問は事実を知ってた。だから教科書の写真が差し替えられたって、ヘギョもいってたじゃない。わたしたちを助けちゃくれない」

ダミがヘギョにすがりついた。「お父様に頼んで！　わたしも連れてってよ！　処刑されるなんて嫌！」

「落ち着いてよ！」ヘギョは苛立《いらだ》たしげにダミを突き放した。「みんな帰ればいい。こんな学校にいる必要はない。わたしたちは大人の陰謀に巻きこまれただけ。貴重なエリートばかりなんだから、きっと別の学校に編入される」

同意をしめす声があちこちであがった。踵《きびす》をかえそうとする者もいる。ところがユン学校長がつぶやくような声を響かせた。「誰も校外へはでられん」

またも沈黙が降りてきた。生徒らが固唾《かたず》を呑んで学校長を見つめる。コ教諭がユン学校長にきいた。「どういう意味ですか」

ユン学校長は肩を落としながらいった。「けさ人民軍上層部から指示があった。最高人民会議直属の中央軍事裁体からの申し渡しだ。特務局本部の意向を差し置き、最優先の命令として従わねばならない。本日、本校特務科の教員、生徒、顧問は全員、校内に留《とど》まり通常どおり授業をこなすこと」

静寂が長く尾を引いた。カン教諭は顔面を紅潮させつつ、途方に暮れたようにたたずんだ。「学校長。それは……。逃げるなということでしょうか」

「命令には絶対服従だ」ユン学校長が唸《うな》るような声で説明した。「なぜわざわざそんなふうに通達してくるのか疑問だったが……。愛国科と普通科には、早々に下校するよう指示があった。本日の授業は特務科だけだ。優莉結衣と接触した特務科だけ…

生徒たちの悲痛な叫びが館内にこだまする。女子生徒が号泣しながらわめいた。

「そんなぁ！　処刑されるのをまてっていうの⁉」

ヘギョがあわてだした。「わたしは？　父の使いが迎えにくるときいてませんか」

テ上士が険しい表情をヘギョに向けた。「あいにくだが……。たぶん特殊作戦軍の地域掃討部隊が送りこまれることは、お父上に伝えられないと思う」

「地域掃討部隊って……」

「集落を丸ごと抹消するときの常套《じょうとう》手段だ。軍の有力者の身内が住んでいても、事実が有力者に伝達されるのは作戦完了後になる。どんなに理不尽だろうと、誰も朝鮮労働党に抗議はできない。偉大なる将軍様には逆らえない。お父上もだ」

絶句したヘギョが逃亡を図ろうとする。取り巻きがまたも包囲し、ヘギョに救いを求める。その真んなかでヘギョがわめき散らした。「なんでよ！　お父様！」

平常心を失っているのは生徒ばかりではない、教師らも小競り合いを始めている。

結衣は心が冷えていくのを感じた。まるで優莉匡太が統治する国だ。父による国家転覆のテロが成功していれば、日本はこんなふうになっていただろう。現にいまそうなりつつある。架禱斗が父の遺志を受け継ぐ以上は。

結衣は拳銃をスカートベルトに差した。ＡＫＭを片手に舞台から飛び降りる。体育館を歩きだすと、周りの生徒らが唖然《あぜん》として見つめてきた。

テ上士が立ちふさがった。「結衣。どこへ行く気だ」

「一緒にいちゃ迷惑でしょ」結衣はテ上士の脇を通り過ぎた。「行方をくらます」

「戻れ」テ上士が呼びかけた。「おまえがいてもいなくても、地域掃討部隊は送りこまれる」

男子生徒の怒声が響いた。「俺たちで優莉結衣を殺せばいい！　仲間じゃないことを証明できる」

その声が合図になったかのように、男子生徒の群れが結衣に突進してきた。生徒らのなかでも気性の荒い連中にちがいない。誰もが殺意をあらわに押し寄せてくる。

だが結衣はそんな反応を予想済みだった。片脚を軸に急速回転すると、間合いに到達する男子生徒から順に、力いっぱい連続回し蹴《げ》りを食らわせた。顔を蹴られた生徒がもんどりうち、次々と床に背を叩きつける。回転速度はスカートの翻る角度で推し量れる。骨を砕かないていどに勢いを弱めるのに重宝する。

あるていど男子生徒を叩きのめしたが、なおも加勢しようとする連中が後を絶たない。至近距離の生徒らを蹴り飛ばしたのち、結衣はＡＫＭで天井を掃射した。びくっいた生徒たちが静止する。

静寂が戻ると結衣はつぶやいた。「すぐ内ゲバに走る。一丸となって戦おうとしない。それじゃみんな死ぬ」

結衣は歩きだした。館内後方に血の海がひろがっている。そこへ踏みこんでいき、狙撃兵の死体が抱えるスナイパーライフルをつかむ。ロシア製のSV98、ボルトアクション式だった。ストラップが絡みついている。留具を外したのち、結衣はスナイパーライフルを片手で振り、付着した血を飛ばした。

狙撃兵といっても、ついさっきまで生徒の脱走に目を光らせていた警備兵にすぎない。装備もたいしたことがない。胸ポケットの膨らみに、もしやと思ったものの、中身は手榴弾《しゅりゅうだん》でなく同じサイズの鉄球だった。校内ゆえ殺傷能力の高い武器は制限されている。警備兵の装備も予算節減の憂き目に遭っている。理由はそれらふたつだろう。

ふいにヨヌの叫び声がきこえた。「やめて。放して！」

女子生徒の集団がヨヌをひざまずかせ、リンチを始めようとしている。周りで見守るほかの生徒も阻止しようとはしない。ヨヌは泣きじゃくりながら両手を振りかざし抵抗していた。

結衣は鉄球をぶん投げた。加害側の中心になっていた女子生徒の顔面に勢いよく命中した。女子生徒は鼻血を噴きながら後方に吹き飛んだ。

恐れおののいた女子生徒らが後ずさる。みな恐怖にすくみあがっている。ヨヌさえもひきつった顔を向けていた。

結衣は生徒たちにいった。「内ゲバはやめろってんだよ。今度やったら殺す」

誰もが瞬《まばた》きひとつせず凍りついている。結衣は一同に背を向け、体育館の出入口へと歩きだした。

背後で男子生徒のうわずった声が響き渡った。「みんなきけ。内輪《うちわ》揉《も》めをやめ、一丸になるのは正しい。優莉結衣を倒すためにな」

別の男子生徒が申し立てた。「先生、みんなに実習用の銃を配ってください！優莉結衣がここにいるのは侵攻と同じです。非常時には生徒も武装するのが原則だったでしょう！」

賛同の声がいっせいにあがるのを、結衣は背後にききながら歩きつづけた。それでいいと結衣は思った。地域掃討部隊とやらが攻めてきても、生徒が弾を撃てれば、武蔵小杉高校よりはましだろう。

外にでるや結衣は跳躍し、瞬時に柱をよじ登った。鉄製の庇《ひさし》の奥で俯《うつぶ》せになる。

出入口を駆けだしてくる集団の靴音がきこえた。男子生徒の怒鳴り声がした。「いないぞ！　どこへ消えた!?」

結衣は鼻を鳴らし仰向《あおむ》けになった。腹の上でスナイパーライフルの装弾をたしかめる。

クラスメイトはみな日本製の銃で武装するだろう。結衣は白頭山拳銃《けんじゅう》、AKM、SV98の北朝鮮三点セットだった。日本への潜入工作員を育てるクラスが、日本製の銃を揃えたのと同じ理屈だ。この国の弾ならいくらでも手に入る。

16

クラス内で昭子と名乗っていたペ・ヨヌは、瑞興《ソフン》郡の役所で働く公務員の娘だった。父の社会的地位は低くなく、家柄も上の部類に属するはずだ。でなければヨヌは黄州選民高校に入学できない。

けれどもいまは父を頼れない。連絡をとる手段がなかった。やがて両親は娘の死を知るのだろう。日本による侵攻との説明を受け、おおいに猜疑心《さいぎしん》を募らせようと、異論は唱えられない。ここはそんな国だ。

ヨヌは異様な状況に身を置いていた。窓の小さな教室の薄暗さが不安に拍車をかける。隣の席を見た。結衣の姿はない。だがほかの生徒たちは、ヨヌと同じように、それぞれの席に身を硬くし座っている。机の上にはいちおう教科書が開かれていた。とはいえ誰も授業に集中できていないだろう。

教壇に立つカン教諭でさえ、声がうわずり裏がえっている。「とにかく日本語というものは、擬音語や擬態語がやたら多い。パタンといったら、小さく硬い物どうしが軽く衝突しあう音。書棚の本が倒れたときなどだ。バタンはそれより重い音で、ドアが閉じるときなどにあたる。これを直感的に連想できないと日本人から不自然とみなされ……」

窓の外に動きがあった。ヨヌはカラスが羽ばたいていると気づいたが、窓際の男子生徒は、顔をあげるや驚きの声を発した。机に立てかけてあったアサルトライフルをつかみ、わめきながら立ちあがる。ほかの生徒たちもびくっとした。クラスの約半数が震える手で銃を窓辺に向ける。残りの半数は机の下に潜りこんだ。

カラスが飛び去るのが見えた。男子生徒が気まずそうに一同に向き直った。みな悪態をつきながら銃を机に叩《たた》きつける。怯《おび》えきった女子生徒らが、机の下から這《は》いだしてくる。

晴美ことイェジンが、そばかす顔を憤りに歪《ゆが》め、朝鮮語で叫んだ。「もう嫌！　こんな状況で授業だなんてふざけてる！」

カン教諭が日本語で叱った。「晴美。日本語を話せ」

すずことダミも立ちあがった。「この期におよんで日本語？　先生、正気ですか。よけいに敵性分子に思われちゃうでしょう」

「よせ」カン教諭が声を荒らげた。「みんな学業のみに集中しろ。授業をちゃんと進めないと、それだけで処罰の対象になる」

景子ことヘギョがうんざり顔で腰を浮かせた。「先生。処罰がなんですって？　わたしたち全員、処刑されるのをまってるんじゃないんですか」

「……まだわからん」カン教諭も朝鮮語になった。「確定したわけじゃないんだ。軍の上層部が不条理な決断を下すとは信じたくない」

ヘギョは鼻を鳴らした。「不条理を絵に描いたような国のくせに」

「おいシン・ヘギョ。お父上の名誉に関わるぞ。そんな発言は許され……」

「父がいってたんです！　この国は不条理だって。国際社会から孤立しても、なお憎まれ役をつづけざるをえない。中華人民共和国とロシアの庇護《ひご》なしには成立しない国だから」

純一ことジュンが座ったままいった。「ヘギョ。いまさらそんなことといっても始まらない」

「なにが？」ヘギョはジュンにも食ってかかった。「父は高麗《こうらい》酒で酔っ払っては愚痴をこぼす。いまさら国連の提案を受け容《い》れようにも、諸外国から過去の国家犯罪への賠償を突きつけられて、経済破綻《はたん》は目に見えてる。支配者一族も断罪される。だから偉大なる将軍様は、習近平《シージンピン》やプーチンの言いなりだって」

カン教諭が血相を変え怒鳴った。「ヘギョ、暴言が過ぎるぞ！　校則の上でも懲罰が妥当だ。顧問にきかれてみろ、ただじゃ済まん」

「顧問はとっくに党の裏切り者じゃないですか！　優莉結衣の存在を隠そうとしたんですよ。あの人たちのせいで、わたしたちは追い詰められてるんです」ヘギョは言葉を切った。ふいに鼻で笑い、ヘギョはつぶやきを漏らした。「パタンとバタン？　優莉結衣なら正確に答えられて当然ですよね。日本人だから成績も最優秀。どこが授業？　茶番じゃないですか」

「いいからもうよせ！　教員の私まで巻きこむつもりか？」

ヘギョはあからさまに嘲笑《ちょうしょう》した。「巻きこむって？　先生。むしろわたしに土下座して命乞《いのちご》いしたほうがいいですよ。わたしの父は朝鮮人民軍の方針に影響をあたえうるんです。先生や顧問たちよりずっと大物です。父を説得できるのはわたしだけです。

わたしだけがこの学校を救え……」

窓際で男子生徒が切迫した声をあげた。「ヘリが来た!」

生徒たちがはっとし、いっせいに窓辺に押し寄せていく。ヨヌもそのなかに加わっていた。鈴なりになって屋外のようすを眺める。

特務科だけに飛行体の機種ならひととおり教わっている。曇り空を飛来する二機のずんぐりとした巨体。縦列複座のタンデム形状のコックピット、プレクシグラスが昆虫の複眼のようだ。真上に五枚羽のメインローター、後部に三枚羽のテイルローター。機体の両脇からは斜め下方にスタブウィングが突きだす。左右それぞれに三基ずつ兵器の搭載装置がある。いまは対戦車ミサイルやロケット砲が取り付けられていた。ほかに固定兵装として機銃も備える。

ロシア製攻撃ヘリ、ハインド。戦闘と兵員輸送を併用するため大型になっている。わが国では空軍にしか配備されていないはずだが、機体の塗装が異なっていた。とはいえ赤い五芒星がペイントしてあるからには、朝鮮人民軍の兵器にちがいない。

二機のヘリは高度を下げ、特務科の校舎がある丘の正面、グラウンドに降下しようとしている。砂嵐が吹き荒れた。ポールの国旗や校旗が激しくはためく。風圧でサッカーゴールが倒れ、ベンチが転がった。並木も大きくしなっている。

爆音に交ざり、なぜか奇妙なことに、はしゃぐような声も耳に届いた。強風のなか女子生徒が七、八人、丘の斜面を駆け下りていく。校舎から抜けだしたらしい。誰もが助けを求めるように両手を高々と振っていた。

ダミが吐き捨てた。「ずるい！　あいつら二年生？　自分たちだけ助かろうって？」

ヨヌはふと寒気をおぼえた。彼女たちはヘリを救出部隊と思っているようだ。あるいは優莉結衣ひとりを討伐に来た、それがヘリの飛来した理由なのだろうか。嫌な予感しかしない。その危惧《きぐ》はすぐ現実になった。

ハインドはうつむくように機首を下方に向けた。女子生徒らが驚いたように足をとめる。

乾いた機銃掃射の音が響き渡った。三十ミリ機関砲の威力は凄《すさ》まじく、女子生徒らは蜂の巣にされるというより、瞬時に肉体が粉砕され、細切れになって飛び散った。

教室内にけたたましい悲鳴と絶叫が反響した。生徒たちは弾《はじ》けるように窓辺から退避し、いっせいに廊下へと逃げだした。ヨヌもそのなかに呑《の》まれた。押し合いへし合いのなか、周りの生徒たちが銃器類を手にしていることに、ヨヌは気づいた。三種の銃は自分の机に置いていたが、さっき手にせず窓際に向かったため、いまは丸腰だった。けれども取りに戻れる状態ではない。生徒らが教室から廊下へと雪崩を打ち押し寄せる。ヨヌは踏みとどまれないばかりか、たちまち教室から遠ざけられてしまった。

廊下はいっそうの混乱に包まれていた。ほかの教室からも生徒たちが飛びだしてきたからだ。身動きひとつできない。ヨヌは周囲から圧迫されていた。それでもみな脱しようと身悶《みもだ》えしだした。怒号や罵声《ばせい》、嗚咽《おえつ》が交ざりあううち、喧噪《けんそう》に発展していった。

人混みのなかで生徒たちがカン教諭に群がっている。女子生徒が泣きながらうったえた。「先生、なんとかしてください！　殺されちゃいますよ！」

さすがに授業に戻れとはいえないらしい。カン教諭は真っ青な顔で震えあがっていた。眼鏡の奥で目を剝《む》き、あたふたと周りを見まわすばかりだ。

ヘギョのわめく声がきこえた。「どいてよ！　こんなところにはいられない。わたしは救助してもらうの！　わたしを外にだして！」

ブーイングに似た非難の声が、廊下に沸き起こった直後、機銃の掃射音が耳をつんざいた。廊下側の窓ガラスがすべて同時に割れ、突風が吹きこんでくる。生徒たちは叫び声をあげ床に伏せた。身を隠すというより将棋倒しに近かった。ヨヌも不可抗力に押し倒され、折り重なる集団のなかに埋もれてしまった。

隙間なく思えた過密状態にあって、ひとり残らず突っ伏しうるとは意外だった。誰もがそれだけ死にものぐるいになっている。

圧迫に息苦しさをおぼえ、ヨヌは這いだそうと必死にもがいた。ようやく顔をだし、頭上を仰ぎ見た。みな倒れているため、窓から見える曇り空が、はっきりと視界にとらえられる。

ヨヌは心臓が凍りつく思いにとらわれた。校舎のすぐ外に浮かんでいるのは、さっきのハインドではない。戦闘機だった。垂直離着陸機《VTOL》のＹａｋ38が至近距離に空中停止飛行《ホバーリング》している。たったいま廊下に機銃掃射したのは、このＹａｋ38にちがいない。廊下の状態を眺め渡すかのように、機首をゆっくりと水平に振る。生徒たちはそこかしこで起きあがりだしていた。まずいとヨヌは思った。みな伏せたにすぎないと知れば、Ｙａｋ38はもういちど攻撃してくる。

ところがＹａｋ38は轟音《ごうおん》を響かせ、垂直方向に上昇していった。校舎の屋根より高く舞い上がるや、水平飛行に転じ消え去った。

なぜ退散したのだろう。疑問の答えはやはり窓の外にあった。

双発の中型輸送機が、何十機もの編隊を組み、学校上空を横切っていく。アントノフ24だった。側面のスライド式ハッチが開け放たれ、兵士らが続々と空に飛びだす。おびただしい数のパラシュートが開き、いまや天を埋め尽くしている。

Ｙａｋ38は退去したのではない、部隊の降下を邪魔しないため、一時的に場を離れたにすぎなかった。パラシュートとともに兵士らの姿が徐々に大きくなる。迷彩服に防弾ベスト、各種プロテクターを身につけていた。アサルトライフルを携えている。敵地侵攻に相当するフル装備だった。

またうろたえる声がひろがりだした。生徒らが起きあがろうともがく。ヨヌは突き飛ばされ倒れこんだ。また混乱のなかに埋もれそうになる。じたばたするばかりでいっこうに脱出できない。こうしているあいだにも降下中の部隊が地面に降り立ってしまう。

すると誰かに腕をつかまれた。力ずくで引き立てられたヨヌの目の前に、ひょろりとした長身の男子生徒が立っていた。思いのほか腕力がある。クラスでは政志と呼ばれていたイルだった。体育での模擬戦闘では双龍チームでスナイパーを担当した。いまもスナイパーライフルを肩に吊《つ》っている。

イルと一緒にいるのは、同じ模擬戦で活躍した男子生徒、小柄ながらたくましい和夫ことナムギルだった。ナムギルはスナイパーライフルを腰の高さに吊り、拳銃《けんじゅう》をベルトに挟み、アサルトライフルを携えていた。

「行こう」ナムギルがうながした。「一か所に留《とど》まってちゃ駄目だ」

廊下の混乱はつづいていたが、大半が起きだし階段へと退避していく。おかげで混雑が緩和されつつあった。ヨヌはナムギルやイルとともに廊下を駆けだした。

走りながら脇に目を振ったとき、窓の外の真横に、降下中の兵が見えた。ゴーグルをつけた顔がはっきり視認できるほど近かった。ここは四階だ。ヨヌは窓辺から眼下に視線を向けた。すでに降下兵の第一波が、校舎脇の中庭に降り立っている。地上を逃げ惑う男女生徒らがいる。生徒らの動きは大きく二分された。兵士を見て逃げだす者と、救いを求め駆け寄る者が半々いる。ところが兵士は生徒を区別しなかった。水平に構えたアサルトライフルが火を噴く。生徒たちが次々と撃ち倒されていった。

ヨヌは思わずひきつった声を漏らした。膝《ひざ》から崩れそうになるが、ここでへたりこんではいられない。無我夢中で廊下を走りつづけた。フルオートの掃射音がそこかしこで鳴り響く。両手で耳を塞《ふさ》ぎ、ヨヌはひたすら走った。

開け放たれたドアの向こう、教室内のようすが一瞬見えた。窓の外に降下兵がしがみつき、室内で泣き叫ぶ生徒たちを、アサルトライフルで掃射する。血飛沫《ちしぶき》が散るのを目にした。ヨヌはもう左右に顔を向けることさえできなくなった。

なるべく周りを見ないようにしながら、廊下を駆け抜けていくうち、耳におぼえのある男子生徒の声をききつけた。「誰か助けてくれ！」

はっとして足をとめる。ナムギルとイルも揃って立ちどまった。

半開きになったドアの奥は、教室よりひとまわり狭い部屋、地図室だった。床には大判の地図が散らばっている。倒れた棚の下敷きになり、仰向《あおむ》けでもがく男子生徒の姿があった。有樹ことユガンだとわかった。眼鏡はなくしたようだ。

ヨヌは駆け寄った。「こんなところでなにをしてるの!?」

「ああ、ヨヌ」ユガンは力なくいった。「学校から逃げても、どこへ行けばいいかわからないから……」

ナムギルが近くにひざまずいた。「周辺の地図を探そうとしたのか。あきれた奴だ。武器は?」

「拳銃だけベルトに挟んでる。ほかは机に置いてきちゃった」

イルも姿勢を低くし棚に手をかけた。「持ちあげよう。せえの」

ふたりの男子生徒が力をこめる。ヨヌもそこに加わった。とんでもなく重い棚だった。なかなか浮きあがらない。それでも歯を食いしばるうち、棚はわずかにユガンの身体から離れた。ユガン自身も両手を棚に這《は》わせ、リフトアップしようと躍起になっている。

やがて棚が少しずつ横にずれていった。棚を水平方向に排除しつつある。あと少しでユガンを救いだせる。

ところがそのとき、ふいにイルが驚きの声をあげた。ヨヌははっとした。顔をあげイルの視線を追ったとき、衝撃の光景をまのあたりにした。

窓に降下兵がしがみつき、片手でアサルトライフルを構えている。銃口はまっすぐこちらに向けられていた。

あわてたのか逃げだそうとしたのか、ナムギルが棚から手を離した。イルが呻《うめ》き声を発し、満身の力をこめ棚を浮かせつづける。ヨヌもとっさに支えた。ユガンががむしゃらに棚を遠ざけようとする。かろうじて棚がユガンを押し潰《つぶ》す事態は回避した。

ナムギルは利己的な行動にでたわけではなかった。ほぼ反射的に拳銃を抜き、窓めがけ矢継ぎ早に数発を撃った。

兵士のゴーグルがひび割れた。ひと筋の赤い液体が尾を引く。眉間《みけん》を打ち抜いたのは確実だった。のけぞった兵士が脱力しきり、窓辺から落下していった。

ヨヌは愕然《がくぜん》とした。ナムギルもこわばった表情で、いまや無人と化した窓を見つめている。

イルが唸《うな》るようにいった。「ナムギル。もう限界だ」

はっと我にかえったナムギルが、拳銃をベルトにおさめ、また棚に手をかける。全員が力を合わせた。棚は横にずらされていき、ついに床に放りだされた。ユガンが痛そうに身体を起こす。怪我はないようだ。ありがとうとユガンが苦しげにささやいた。だがナムギルとイルは沈黙したままだった。やっちまった、顔にそう書いてある。誰も窓辺に寄りつこうとしない。ヨヌも凍りついていた。外を見下ろす勇気などなかった。

朝鮮人民軍の兵士に弓を引いてしまった。撃たなければ撃たれていた。それはたしかだ。ほかにどうしようもなかった。

校舎内のあらゆる方向から銃撃音と悲鳴がきこえてくる。硝煙の匂いが濃厚に漂いだしていた。いつしか火災報知器のベルも鳴り響いている。

「ねえ」ヨヌは男子生徒らにささやいた。「窓の下に兵士が死んでるのなら……。ほかの兵士もこの辺りを見に来る」

「ちがいない」ナムギルが立ちあがった。「ここを離れよう。急げ」

ユガンが手で胸もとを押さえ、よろめきながら起きあがろうとする。イルとともにヨヌはユガンに手を貸した。窓の外に目が向く。パラシュートはなおも降ってくる。降下中の兵士はむろん、地面に横たわる同胞の死体に気づきうる。また新たに兵士が窓にしがみつかないともかぎらない。

ヨヌたちは廊下にでた。とたんに足がすくんだ。ガラス片が埋め尽くす床の上、はるか遠くまで点々と、血まみれの男女生徒たちが倒れている。至近の女子生徒の死体が目に入った。銃弾が身体を貫いた痕《あと》がある。息がないのはあきらかだった。

涙で胸が詰まり、呼吸が苦しくなる。咳《せ》きこみながらもヨヌは駆けだした。三人の仲間とともに廊下を走った。どこへ行くべきかわからない。どうすべきかも知らない。

大量の血と、死体の放つ酸っぱい臭《にお》い、鼓膜の破れそうな銃声。それが戦場だと教科書にあった。そんななかでも怯《ひる》まず思考を働かせろとも書かれていた。いまはなにも考えられない。ただひたすら怖い。この悪夢から逃れたい。

17

チョン・ビョンヒは四十六歳の若さで、朝鮮人民軍の特殊作戦軍で大将の地位に登り詰めた。南朝鮮海軍特殊部隊との衝突で、何度となく戦果をおさめてきたからだ。

将官に昇進してからというもの、本部のオフィスにあがってくる提案に対し、承認印を捺《お》すことだけが仕事になった。血なまぐさい戦場を離れて久しい。だがきょうは戻ってきた。陣頭指揮をとる必要があったからだ。命令も作戦行動も記録に残すわけにいかない。

中型輸送機アントノフ24の編隊は、キャビンに降下兵をぎっしり詰めこんでいたが、この司令部を兼ねる編隊長機だけは内部が異なる。キャビン片側の内壁に、レーダーのモニター装置がずらりと並び、オペレーターが列席している。

編隊長機はほかの兵員輸送機にくらべ高高度を維持していた。黄州選民高校上空を緩やかに旋回飛行しつづける。よって機体の傾斜はほとんどなく、チョン大将がキャビンを歩きまわるのにも支障がなかった。

ヘッドセットをつけたオペレーターのひとりが報告した。「ウォン中佐から報告が入りました。全部隊降下完了」

双発ターボプロップ機のなかでは、エンジン音が大きすぎて声が届かない。チョン大将もヘッドセットを装着している。イヤホンとマイクにより、操縦席のパイロットらを含む、機内の全員と会話を交わせる。チョン大将はオペレーターにきいた。「ウォンと話せるか」

「いま通信をおつなぎします」オペレーターがコントロールパネルに向き直り、スイッチ類を操作した。「どうぞ」

チョン大将は立ちどまった。「ウォン」

「こちらウォンです」聞き慣れた男の明瞭《めいりょう》な声が耳に届いた。「現在、校舎南東部に待機。部隊はすでに展開、掃討作戦進行中」

別のオペレーターがモニターを見ながらいった。「位置を確認」

モニターにはワイヤーフレーム状の校舎と、各班リーダーの位置情報がマーキングされていた。全部隊を束ねるウォン中佐の居場所は赤い表示だった。

朝鮮民主主義人民共和国はアメリカのGPSに頼らない。代わりに中国の衛星測位システム〝北斗航法〟で、発信器の位置を把握できる。

いま地上に送りこんだ兵力は三百。航空狙撃旅団を中心に、偵察旅団と軽歩兵旅団から選抜した特別編制になる。咸鏡北道《ハムギョンブクト》の延社郡《ヨンサ》で労働者区の集落を殲滅《せんめつ》したときより、作戦行動に迅速さが求められる。標的も若者ばかりで体力に余裕があるため、制圧に時間がかかれば逃亡の危険性が増す。

「ウォン」チョン大将はいった。「三十分以内に片をつけろ。顧問や教職員も残らず殺せ」

「了解」

チョンはオペレーターに指示した。「爆撃機のパイロットに無線を切り替えろ」

ノイズと電子音ののち、兵員輸送機のアントノフ24とは別のI l 28編隊、その隊長機につながった。「ホン大佐です」

「大佐。三十五分後にモニターで地上部隊の退避を確認しだい爆撃開始。ナパーム弾二十発投下」

するとキャビンに立っていた五十一歳、シン・ギョンフン陸軍大将が振りかえった。

「爆撃? しかもナパーム弾だと?」

キャビンに立つ者どうしの会話もヘッドセットを経由する。チョン大将はうんざりしていった。「シン大将。三十五分後の話だ」

朝鮮人民軍に特有の大きな制帽も、丸顔のシン大将がかぶると小さく見える。厳《いか》めしい表情のシン大将が歩み寄ってきた。「娘を救出するまで作戦行動はないはずだろう。もう銃撃が始まってるじゃないか」

痩《や》せた体形のリュ・ジェウ中将が振りかえり、シン大将に近づいた。「お嬢様がお持ちの発信器の電波を受信しています。攻撃しないよう細心の注意を払っておりますのでご心配なく」

シン大将が憤りをあらわにした。「なにが細心の注意だ。ヘギョがかすり傷ひとつ負っただけでも、おまえを軍法会議にかけてやる」

リュ中将があきれ顔をチョン大将に向けてくる。チョンはしらけた気分でキャビン内をうろついた。階級はシンのほうが上でも、実質的に全面戦争が起こりえない現在、陸海空軍など過去の遺物にすぎない。朝鮮人民軍は特殊作戦軍と戦略軍が支える。リュ中将はチョン大将の部下で、特殊作戦軍の所属だった。陸軍大将にやれやれという態度をしめすのも無理はない。

なおもシン陸軍大将が怒りをしめした。「だいたいナパーム弾を大量に投下する必要がどこにある。やむをえないとはいえ国家の子供たちだぞ。命を奪ったうえに焼き払うのか」

「手厚く茶毘《だび》に付すといってもらおう」チョンはシン大将を見つめた。「われわれが手を下すのではない、日本のしわざだ。物証など残すわけにいかない」

「日本の自衛隊は専守防衛が原則だぞ。国際社会が納得せん」

「以前はな。緊急事態庁が台頭し、先制的自衛権が声高に唱えられるようになった。むろん優莉架禱斗の差し金だが、おかげでいまの日本ならやりかねないという空気が蔓延《まんえん》している」

「だが現に日本は侵攻していない」

「そうかな」チョン大将はシン大将に背を向け、モニター群を見渡した。「優莉結衣が潜んでいた。教員生徒らに悪影響をあたえた可能性がある。事実として顧問はたぶらかされ、結衣の存在を隠蔽《いんぺい》しようとした。一種の侵攻と同じだ」

「生徒たちの親がどう思うか……。きみの息子も金日成軍事総合大学にいるだろう。同じ目に遭うと想像してみろ。疑惑だけで殲滅させられたらどんな気分か」

「ありえん。黄州選民高校については疑惑だけではない。授業を通じ、優莉結衣は機密情報のいくつかを知った。日本の戦争行為を無視するわけにはいかん」

「それが拡大解釈の極みなのは自覚しているな？」

シン陸軍大将が睨《にら》みつけてきた。チョン大将は黙ってシンを見かえした。射るような目から顔を背けられない、一瞬だがそんな気分を味わった。

オペレーターが告げてきた。「戦略軍のクァク大佐から報告です。弾道ミサイル、燃料充塡《じゅうてん》完了」

戦略軍は陸海空軍とは別に、弾道ミサイルの運用を統括する。チョン大将は応じた。

「よし。一時間以内の発射に備えるよう伝えろ」

またシン大将が目を剝《む》いた。「弾道ミサイルだと⁉」

リュ中将が諫《いさ》めた。「いい加減に落ち着いていただけませんか。状況を考慮すれば当然の判断でしょう」

チョン大将はうなずいてみせた。「そのとおり。日本が先制的自衛権を盾に、わが国の学校を攻撃した。ただちに報復に踏みきらねば、攻撃を受けたとの主張が嘘ではないかと怪しまれる」

「異常だ！　宣戦布告に受けとられるぞ。在日米軍が動きだしたらどうする」

「陸軍大将は国際情勢を正しく把握しておられないようだ。プーチン大統領がひそかにウクライナ侵攻を画策していることをご存じないのか？　国連がまともに機能しない現在、武力行使による領土制圧に、西側諸国はただちに反撃したりはしない。どの国の首脳も世界核戦争を恐れ、弱腰になっているからだ」

シン陸軍大将は退かなかった。「弾道ミサイルはどこを狙う？　黄州基地にある六発は、日本の六大都市に標的を定めているはずだ。日米の防衛システムにミサイルは撃墜される。ダメージをあたえられないうえ、わが国の都市部が攻撃されかねない」

「ご忠告は結構だが、シン大将。これまで〝飛翔体《ひしょう》〟を日本近辺に撃って、いちども撃墜されたかね。奴らは着弾位置を事前予測できない。発射前から情報を得ていなければ撃墜など不可能だ。東京を含む六大都市が消滅、日本の国家機能は完全に麻痺《まひ》する」

「正確に六大都市を狙い撃てるというのか？」

「プーチン大統領は、ロシアの全地球航法衛星システムＧＬＯＮＡＳＳを、わが国の戦略軍に提供してくれた。地理的に高緯度に位置するわが国にとって、従来の北斗航法に基づく弾道ミサイル制御より、はるかに精度を高められた」

リュ中将が澄まし顔で同意した。「そうです。日本に当てない自信があるからこそ、このところ〝飛翔体〟を頻繁に撃ちました。当てる自信も当然あります」

シン大将が顔面を紅潮させた。「黄州選民高校を焼き払う自作自演を機に……。日本への核攻撃の口実にするつもりか。在日米軍の猛攻を食らうぞ！」

チョン大将は苛立《いらだ》ちをおぼえた。「さっきもいったはずだ。中華人民共和国やロシアとの核戦争を恐れるアメリカは、ウクライナが侵攻されようが、日本の六大都市が破壊されようが、表立って攻撃はできない。日米安保同盟？ 絵に描いた餅《もち》だ。極東のいざこざに首を突っこめるほど、アメリカにはかつての権力も経済力もない」

「……東西両陣営の均衡を崩すのか。危険すぎる賭《か》けだ」

「助言があるなら偉大なる武力最高司令官同志に具申なさるといい。すべての決定を下されたのだからな」

実際にはプーチンの強制でしかない。そのプーチンとて六発の弾道ミサイルを、本当に六大都市に着弾させろといったわけではない。いつもどおり日本列島を飛び越え、EEZ外に着水させるのが筋だと考えている。だがチョン大将はひそかに命令を変更した。

若造のテロリスト、優莉架禱斗に操られた主体性のないエセ民主国家。石油採掘に成功したため、急速に経済力をつけ、周辺国への傲慢《ごうまん》ぶりを増長させている。いまのうちに叩《たた》いておくにかぎる。これは好機だ。日本を打倒すれば国家先鋭英雄の称号も夢ではない。

地上の映像が表示されるモニターが複数ある。ドローンの視点だった。オペレーターが報告した。「地域掃討部隊が校舎を完全包囲。逃亡者二十七名を射殺。現在のところ優莉結衣の存在は確認されていません」

「見つけだせ」チョン大将は指令の声を響かせた。「優莉架禱斗の妹を仕留めた者は、第一級戦士栄誉勲章の受勲候補に推薦する」

18

ヨヌは必死に階段を駆け上った。上の階ほど濃厚に黒煙が立ちこめている。火薬のにおいに酸性の悪臭が混ざりあい、絶えず嘔吐《おうと》感を引き起こす。

踊り場の割れた窓ガラスの周辺に、血まみれの男女生徒らが突っ伏している。みな息絶えていた。床にアサルトライフルや拳銃《けんじゅう》が投げだされている。ヨヌはなにも武器を持たず丸腰だった。戦場では死んだ兵士の装備を拾えと授業で習った。だがとても手がだせない。

小柄ながら屈強な身体つきのナムギルがうながした。「ヨヌ。足をとめるな。行くぞ」

ナムギルは三種の銃で武装している。一緒に行動する長身のイルも同じだった。及び腰のユガンも拳銃だけは握っている。四人で階段を駆け上っていく。

特務科の校舎は六階建てだった。いま五階にまで達した。廊下はやはり地獄絵図で、生徒や教員の群れが逃げ惑っている。誰ひとり窓から地上に反撃を試みる者はいない。当然だった。生まれてからずっと国家への忠誠を誓わされてきた。あるていど大きくなり、断片的に事実がわかるようになってからも、故意に疑うことを遅らせてきた。誰もがそうだ。朝鮮人民軍に逆らう意思など生じようがなかった。

五階廊下を走りだそうとしたとき、行く手に落雷のような閃光《せんこう》が走った。なにが起きたかわからない。廊下にいる生徒らが一瞬、レントゲンのように肉体が透け、骨格が浮きあがって見えた。直後、轟音《ごうおん》が耳をつんざき、激しい爆発が巻き起こった。炎の壁が急速に迫ってきた。

ナムギルがあわてぎみに怒鳴った。「伏せろ！」

ヨヌはユガンと抱き合いながら倒れこんだ。近くでイルも長身を丸め小さくなった。火炎放射器による実習訓練なら、二年生のときに経験済みだ。水平方向に噴出する炎はかならず上方に逸《そ》れる。そうはいっても授業では耐熱服を着ていた。いまは誰もが制服姿だった。熱風が猛然と押し寄せる。全身が焼けるようだった。髪の毛の焦げるにおいが鼻をつく。息ができない。

火炎地獄は数秒つづいた。横倒しの火柱が天井を舐《な》めていき、ほどなくすべてが黒ずんだ。炭化した天井材がぼろぼろと降ってくる。煙に含まれる微粒子のせいで目が痛くなる。ヨヌは咳《せ》きこみながら身体を起こした。

視野が涙に揺らぎだしたのは、漂う煙ばかりが原因ではない。そこかしこに小さな火がくすぶる、無残に焼け尽くした廊下に、黒焦げの死体がいくつも転がっていた。ヨヌはあわてて仲間たちの無事をたしかめようとした。周りでナムギルやイル、ユガンがゆっくりと立ちあがる。みな煤《すす》にまみれていたが負傷はなさそうだった。だが廊下には見るかぎり、ほかに生存者はいない。

ヨヌは言葉を失った。こんな残酷な仕打ちがあっていいのか。

イルが深刻そうにささやいた。「酷《むご》いな。焼夷弾《しょういだん》か？」

「ああ」ナムギルがうなずいた。「地上から撃ちこみやがった。おかげで天井を中心に延焼した。伏せてなきゃ一巻の終わりだった」

そのとき廊下の真んなかでドアがひとつ開いた。教室から男子生徒が転げだしてきた。やはり全身煤だらけだった。最前線の兵士のごとく、せわしなくアサルトライフルをあちこちに向ける。静止は死を意味する、そんな強迫観念に駆られている。動作は機敏で、まさしく陸軍の突撃兵そのものに見えた。

クラスメイトだと気づいた。聡司ことサンギョン。人民軍の訓練にも参加させられた優等生だ。体育の模擬戦では鬼神チームの要《かなめ》だった。

そのサンギョンが窓辺に駆け寄った。ガラスの失われた窓から地上を見下ろすや、サンギョンは愕然《がくぜん》とする反応をしめした。包囲する大部隊を目にしたからだろう。ところがサンギョンはアサルトライフルを構えたりはせず、ただ眼下に両手を振った。

「おおい！」

ナムギルは声を張った。「馬鹿！　なにをやってる」

サンギョンがはっとした顔を向けてきた。いまになって廊下にひとりきりでないと気づいたようだ。ところがいきなり銃撃音が鳴り響いた。窓枠から天井にかけ跳弾の火花が散る。

三－BⅡAの生徒のなかでは最も兵士に近い、鍛えた身体つきのサンギョンが、窓の下にうずくまり震えだした。信じられないという顔で虚空を見つめる。攻撃を受けているにもかかわらず、いっこうに反撃に転じようとしない。

ヨヌら四人がいる階段近くと、サンギョンがうずくまる廊下の真んなかは、かなり離れていた。ナムギルがさかんに手招きし、サンギョンを呼び寄せようとする。しかしサンギョンの頭上には、絶え間なく弾丸が飛んできては天井を砕く。いまサンギョンがいる窓の下は、壁に鉄骨が通っているおかげで、かろうじて遮蔽《しゃへい》の役割を果たしているようだ。とはいえ廊下を横移動すれば、コンクリート壁の脆《もろ》い部分を、掃射された弾が突き破ってくる。走るのはギャンブルだった。だがサンギョンがいつまでも同じ場所に留《とど》まっていれば、より強力な火器が撃ちこまれてしまう。

ほどなく銃撃がやんだ。サンギョンが目を瞬《しばたた》かせる。伸びあがり窓の外をのぞいた。とたんにまた銃声が鳴り響いた。サンギョンはびくつき姿勢を低くした。

ヨヌは奇妙に思った。いまの銃撃は水平方向からだ。恐怖に震えながらもヨヌは、わずかに目線を高くし、屋外のようすをたしかめた。

はっと息を呑《の》んだ。愛国科の校舎の屋上にスナイパーがいる。サンギョンを狙撃していた。隣の校舎といえど、かなりの距離があるものの、スナイパーの腕は正確だった。サンギョンの潜む辺りに確実に着弾させ、しかもだんだん狙いを定めつつある。弾がコンクリート壁を突き破り、開いた穴から外光が射しこむ。光線がしだいに増えていく。サンギョンが怯《おび》えたように、丸めた全身を硬直させた。

スナイパーに狙われているせいで、サンギョンはいっそう身動きがとれなくなった。状況は絶望に等しかった。ヨヌは鳥肌が立つ思いだった。

ふいに別の銃声が耳をつんざいた。スナイパーライフルの発射音、だが距離はもっと近かった。校舎内、それも同じ廊下に反響している。

数発の銃声ののち、愛国科の屋上でスナイパーがのけぞった。頭部に被弾したとわかる。スナイパーは倒れこみ、それっきり姿が見えなくなった。即死にちがいない。

サンギョンが茫然《ぼうぜん》と辺りを見まわす。ヨヌは廊下の反対側の端から、人影が駆けてくるのを目にした。精悍《せいかん》な面立ちの男子生徒。純一ことジュンだった。携えるスナイパーライフルの銃口から煙があがっていた。愛国科の屋上にいたスナイパーを倒したのはジュンだった。ジュンはサンギョンに駆け寄ると、片手で引き立たせた。ふたりで廊下をこちらに駆けてくる。

地上からの銃撃が再開した。ナムギルとイルが窓から銃口を俯角《ふかく》に突きだし、援護射撃を始める。ヨヌは怖くなり両手で耳を塞《ふさ》いだ。

ユガンがさかんに呼び寄せる。「急げ！　もっと早く走れ！」

ジュンとサンギョンが姿勢を低くし全力疾走してきた。ようやくヨヌら四人と合流するや、ふたりは床に転がった。

息を切らしつつサンギョンが怒鳴った。「ジュン、おまえ馬鹿か！　人民軍兵士を撃つなんて……」

「なにいってる」ジュンも荒い呼吸とともに身体を起きあがらせた。「状況を考えろ。俺たちは皆殺しにされる」

「……なんでだよ」サンギョンが涙声になった。「俺たちはみんな特務局職員候補だろ。人民軍の一部じゃないか。どうしてこんな目に遭う」

「理由なんかどうだっていい」ジュンは片膝《かたひざ》をつき、スナイパーライフルのスコープをいじった。「どうにか生き延びて逃げるしかない」

「逃げるって……。いったいどこへ行きゃいいんだよ」

みな煤だらけの顔を見合わせた。党員や軍人ですら、海外へ逃亡する者が後を絶たない、そんな実態を授業で習った。南朝鮮や日本が脱北と呼ぶ行為だ。万死に値する国家の裏切り者という位置づけだった。自分にはありえないと常々思ってきた。だがいまにわかにその選択肢が脳裏をよぎる。

ユガンが半泣き顔で首を横に振った。「でも家に母が……。父もどうなるか」

一同が沈痛な面持ちになった。ヨヌの目の前にも両親の姿がちらついた。国を捨てれば家族が処刑されてしまう。

校舎が轟音とともに激しく揺れた。工事現場のドリルの音に似た掃射音が、建物全体を振動させる。ナムギルがすばやく窓の外をのぞきこみ、また姿勢を低くした。

「突入してくる」ナムギルがいった。「昇降口に兵士が群がってる。たぶん一階から二階を制圧中だ」

イルが上り階段を仰いだ。「上へ逃げるしかない。行くぞ」

ジュンとサンギョンが加わり、六人になった一行が、必死に階段を駆け上る。サンギョンが疑問を呈した。「屋上に降下兵は?」

「いないよ」ジュンが否定した。「あいつらは地域掃討部隊だ。特殊作戦軍の兵士で構成されてるし、航空狙撃旅団の段取りを踏まえてる」

パラシュート降下する部隊が、建物の占拠を目的とするとき、屋根や屋上に降り立ったりはしない。着地できる兵の数は限定され、たちまち孤立無援になってしまうからだ。授業で教わったとおりだった。人民軍兵士は油断なく校舎を包囲し、一階から突入を開始した。

最上階の六階に着いた。だが廊下にはより凄惨《せいさん》な光景がひろがっていた。男女生徒らはアサルトライフルや拳銃《けんじゅう》を手にしながらも、ひたすら右往左往するばかりで、血飛沫《しぶき》をあげては突っ伏していく。窓のなかを動きまわる人影を、地上から狙い撃ちしているのはあきらかだった。六階の教室にも逃げこめない。ヨヌたちはさらに階段を駆け上った。

ユガンが嘆いた。「屋上にでるのはまずいよ！　上空から一目瞭然《りょうぜん》だろ」

先頭のナムギルは足をとめなかった。「ほかに行くところがあるのかよ！」

階段を上りきり、金属製のドアを開け放った。とたんに外気が吹きこんでくる。階段塔から屋上にでた。がらんとしたコンクリートの広場に薄日が射している。見るかぎりここには誰もいない。六人は駆けだしていった。ナムギルとイルが落ちていた廃材を拾い、ドアの把《と》っ手《て》に閂《かんぬき》の代わりに挿した。施錠ほどの頑丈さはないが、兵士たちが上ってきても、ただちに突入されずに済む。

ヨヌは屋上の真んなかで足をとめた。ひと息つこうにも、上空を無数の機体が旋回している。まるで禿鷹《はげたか》の群れだ。いつ急降下してくるかもわからない。

ジュンが緊張の声でささやいた。「これからどうする？」

「しっ」イルが静寂をうながした。「この音は？」

微震とともに重低音が轟《とどろ》く。はるか上空の編隊から生じる音とは思えない。もっと間近にきこえる。そう感じるやノイズが急激に音圧を増した。

校舎の端から屋上へと、巨大な機影がせり上がった。垂直離着陸機《VTOL》のYak38だった。キャノピーのなかに操縦士の姿が見えるほど、間近に空中停止飛行《ホバーリング》している。屋上に嵐のような突風が吹き荒れた。Yak38は機首を下げ、まっすぐこちらを見下ろした。

六人は茫然とたたずんだ。ヨヌはすくみあがった。後ずさることもできない。死神に睨《にら》まれた。打つ手はなにもない。戦闘機が目の前に浮遊している。間もなく機銃掃射の餌食《えじき》になる。

そのとき別の掃射音が鳴り響き、戦闘機のキャノピーに火花が散った。居並ぶ男子生徒らがびくっとする。Yak38がダメージを受けたようすはなかったが、パイロットは驚いたらしく、機首を上昇させた。ジュンやイルが後方を振りかえる。ヨヌも彼らの視線を追った。

あまりの衝撃にヨヌはまたも凍りついた。階段塔の上で、結衣が仁王立ちになり、アサルトライフルをフルオート掃射している。Yak38のキャノピーは撃ち抜けずとも、機体があわてぎみに機首を上下させ、水平を維持しようと躍起になっている。結衣が階段塔から屋上に飛び降りた。階段塔の脇にあった備品、消火用ホースを引っ張りだすと、ドアの把っ手から廃材を引き抜いた。ホースを廃材に結びつけ、結衣は立ちあがった。Yak38がふたたび機首を下げ、こちらを狙い澄ましてくる。結衣は駆けだした。助走をつけ槍投《やりな》げの要領で、ホース付きの廃材を力いっぱいぶん投げた。

廃材は直線に飛び、コックピット脇のエアインテークに、突き刺さるようにおさまった。エンジン吸気ダクトの入口だけに、すさまじい吸引力でホースを呑みこんでいく。やがてホースの芯《しん》が金属製のカバーごと宙に舞い、戦闘機めがけ飛んでいった。カバーがエアインテークに激しく衝突する。機体は推力を失い横回転しだした。操縦不能になったのは明白だった。Yak38は裏返しになり、片側の翼を屋上に強く叩《たた》きつけた。バランスを失い、校舎の外に落下していく。火山噴火のような震動が突きあげるや、巨大な火球が膨れあがった。無数の破片が空高く舞いあがる。熱風が吹きつけたが、それも一瞬にすぎず、太い火柱と黒煙だけが残った。

ヨヌは唖然《あぜん》と立ち尽くしていた。五人の男子生徒らも同じありさまだった。ほどなくサンギョンがへたりこんだ。ヨヌもくずおれそうになった。Yak38が校舎近くの地上に墜落した、その事実を把握するのがやっとだった。

前方に優莉結衣が立っている。振りかえるとこちらに歩いてきた。熱風に生じる陽《かげ》炎《ろう》に全身が揺らいで見える。

尻餅《しりもち》をついていたサンギョンが、目を怒らせながら跳ね起きた。拳銃を両手で構えると、銃口を結衣に向けた。サンギョンはわめいた。「この国家の敵……」

だが結衣の両手が、蛇のような迅速さで繰りだされた。ヨヌが気づいたときには、サンギョンの握る自動拳銃のスライドが、一瞬にして後方へと抜き去られていた。スライドを失った拳銃は撃てない。ぎょっとしたサンギョンの顔面を、結衣が左のこぶしで殴りつけた。鼻血を噴きつつサンギョンが天を仰いだ。がら空きになった顎《あご》を結衣が容赦なく連続して殴打する。サンギョンがふらつきながら後ずさると、結衣は軽く跳躍し、胸部に前蹴《げ》りを食らわせた。急速に後退したサンギョンは、階段塔に背を打ちつけ、反動で前のめりに倒れた。

ヨヌは愕然《がくぜん》とした。結衣はどうやったのか、スケルトン状態の拳銃自体も、いつの間にかサンギョンの手から奪っていた。スライドをかぶせ、ふたたび一体化させると、完成した拳銃をヨヌの胸に押しつけてきた。

結衣がつぶやいた。「丸腰じゃ駄目でしょ」

かっと頭に血が上った。ヨヌはとっさに両手で拳銃を構え、至近距離から結衣を狙い澄ました。銃身が震える。視野が涙に揺らぎだした。ヨヌはかろうじて声を絞りだした。「この裏切り者。あなたのせいでわたしたちは……」

自分にトリガーが引けるかどうか、それすらも考える余裕がなかった。結衣の掌打が射出されたように襲いかかり、ヨヌの顎を突きあげた。耳鳴りとともに身体が浮き、意識が遠のきかける。このまま仰向《あおむ》けに倒れるにちがいない、ヨヌは頭の片隅でぼんやりとそう思った。

ところが激しい衝撃とともに、ヨヌははっと我にかえった。結衣に胸倉をつかまれていた。倒れる寸前に支えられた。脳震盪《のうしんとう》を起こしたのか、めまいがおさまらない。ヨヌは身じろぎひとつできなかった。

ユガンが泡を食ったようすで、結衣の背後から駆け寄ろうとする。「ヨヌ！」

だが結衣はヨヌをつかんだまま、振り向きもせず真後ろに高い蹴りを放った。稲妻のようにすばやいキックが、ユガンの顔面に命中した。ふらついたユガンが膝《ひざ》から崩れ落ちた。ナムギルとイルが呆気《あっけ》にとられたようすでユガンを見下ろす。

「酷《ひど》いよ」ユガンが鼻血にまみれた顔を手で押さえた。「アニメの録画データをあげたのに」

結衣は無表情でこぼした。「いまさら魚人島編なんか観ても面白くない」

愕然とするユガンを尻目《しりめ》に、ジュンが真顔で結衣を見つめた。「怒らないできいてくれ。この惨劇はきみのせいだ。それは事実だろ」

しかし結衣は淡々と反論した。「自国民の高校生を平気で抹殺する大人たちを崇《あが》めるなんて、とんでもなく救いようのない馬鹿の集まり。誰のことかわかるでしょ」

ナムギルが顔をしかめた。「おい。犯罪者の家系のくせに、俺たちを非難するのか」

「血筋信仰から離れたらどう。それが第一歩」結衣はヨヌの胸倉をつかむ手を離した。

ヨヌはふらついた。直立を維持できず尻餅をついた。ヨヌに背を向けた結衣が、階段塔へと歩きだす。冷静な物言いで結衣が告げた。「特務局職員候補の高校生は人民軍の駒でしかない。政府はそんな解釈。不要な駒は場合により切り捨てられる。大人たちに罪悪感がないのは、この状況からわかるはず」

まだ地上から銃声が矢継ぎ早に響いてくる。イルが途方に暮れたようにいった。

「結衣、俺たちはこれからどうすれば……」

サンギョンはまだへたりこんでいた。忌々しげにサンギョンが吐き捨てた。「敵にきいてどうするんだよ！」

結衣は振りかえらなかった。「ヘギョを捜して合流して」

ジュンが眉《まゆ》をひそめた。「ヘギョ？　なぜだ」

「I1 28の編隊が旋回しつづけてる。爆撃機でしょ。なのにさっさとナパームを投下せず、先に兵隊を送りこんできた。生徒を皆殺しにできないから」結衣は階段塔の外壁をよじ登りだした。「あいつらはヘギョを救出するつもり。発信器で位置を把握してるだろうし、ヘギョと一緒にいれば機銃掃射を浴びずに済む」

「きみはどうする？」

階段塔の上で片膝をついた結衣が、そこに置いてあったスナイパーライフルを取りあげる。ハンドガードを右手で支え、グリップは左手で握る。ストックを肩にあて、空に向けライフルを仰角に構えた。いきなりトリガーを引いた。銃声が轟《とどろ》く。ジュンたちが結衣の撃ったほうを振りかえった。ヨヌもそちらに目を向けた。空中でドローンが破裂した。大小の部品が飛び散り、ばらばらに降ってくる。

結衣がいった。「顔を見られた。わたしと一緒にいると仲間だと思われる。早く行って」

サンギョンが周りをうながした。男子生徒たちが階段塔のドアに駆けこむ。ヨヌも同調しながら、ふと結衣の姿を仰ぎ見た。結衣はなおも仰角にスナイパーライフルを撃ち、ドローンを破壊しつづけている。

ヨヌはドアを入った。暗がりの階段を一同が駆け下りていく。だがヨヌの足は自然にとまった。

ユガンが振りかえり、じれったそうな声を響かせた。「ヨヌ！　なんで立ちどまるんだよ」

なぜかためらいが生じる。このまま結衣をひとり置き去りにし、逃げおおせるべきなのか。国家の敵にして人民軍の標的、そこには疑いの余地がない。だがいま集団抹殺の憂き目に遭っているのは、本当に結衣のせいなのだろうか。

19

チョン大将は息を吞《の》み、アントノフ24編隊長機のキャビンを、つかつかと横切った。着席するオペレーターの肩をつかみ、半ば押しのけながら身を乗りだし、コントロールパネルのモニターを凝視した。

ドローンからリアルタイムで送信されるカメラ映像が表示されている。ついさっきＹａｋ38がいきなり墜落した、その原因をたしかめるため、屋上に向かわせたドローン群だった。八分割された画面が、被弾によるカメラの故障により、次々に暗転していく。残る一機のドローンがとらえた映像が、モニターいっぱいに切り替えられた。

総毛立つとはこのことだった。優莉結衣だ。黄州選民高校の制服を着て、階段塔の上に立っている。こちらを見上げながらスナイパーライフルを連射する。獲物を狙う豹《ひょう》、いや鷹《たか》のごとく鋭い目が、まっすぐカメラを睨《にら》みつける。虹彩《こうさい》は焦点を瞬時に自動調節する、高性能の狙撃用スコープのようだ。しかしそんなさまを観られたのは一瞬にすぎず、ドローンに弾が命中するや、最後の映像も消え去った。

チョン大将のなかで怒りの炎が燃えあがった。「ハインドはどこだ」

別のオペレーターが答えた。「四機が東西南北に展開、逃亡者もしくは不審者の警戒にあたっています。いまのところ周辺地域に問題なし」

「呼び戻せ！」

シン陸軍大将が目のいろを変え、チョン大将のもとに駆け寄ってきた。「なにをする気だ!?　校舎の砲撃を意図してはいまいな？　娘はまだ救出できていないんだぞ」

リュ中将も近づいてきた。「シン大将、どうか冷静に。位置信号のモニターをご確認ください。お嬢様は四階に釘付《くぎづ》けです。屋上からは離れています」

モニターを観たシン大将が、今度は気遣わしげな表情になった。「一歩も動かない。まさか負傷してるんじゃないだろうな。あるいは……」

チョン大将はうんざりしながらオペレーターに命じた。「発信器に脈拍センサーも付いてるな？　表示しろ」

オペレーターがキーボードに指を走らせる。位置情報の画面内にウィンドウが開いた。四階にいるシン・ヘギョのマーキングに、心拍数が重なる。数値は150／毎分を超えていた。

極度に怯《おび》えているか、過度の緊張状態なのはまちがいない。父親は予想どおりの反応をしめした。シン大将が吠えた。「娘をいますぐ救出しろ！」

議論に時間を費やすのが無駄に思える。チョン大将は醒《さ》めた気分でオペレーターに問いかけた。「ウォン中佐はまだ外だな。状況を確認できるか」

「はい。ドローン一機がウォン中佐の本隊とともにあります」

「なら画面にだせ」

さっき結衣の映像が途絶えたモニターに、新たな映像が表示された。約十メートルの高度から、地面を俯角《ふかく》にとらえている。校舎のすぐ外らしい。本隊だけに精鋭が集結している。迷彩服ばかりのなかにあっても、ウォン中佐の容姿はひときわ目を引く。帽子はなく、スキンヘッドの頭には縫合の痕《あと》、左目を黒の眼帯が覆う。全身は傷とタトゥーだらけだが、その風貌《ふうぼう》が表すとおり歴戦の勇士だった。

チョン大将はヘッドセットのマイクで呼びかけた。「ウォン」

画面のなかのウォンが耳に手をやり、指先でイヤホンを押しつけた。「こちらウォンです」

「Yak38の墜落は事故ではなかった。屋上に優莉結衣がいる」

ウォンが空を仰いだ。右の独眼が鋭くカメラを見上げ、次いで校舎に向く。低い声でウォンがいった。「四班までが校舎内に突入し、三階を制圧中です」

「ハインドを呼びかえした。結衣は階下へ退避するはずだ。ほかの生徒たちは各班にまかせ、本隊は結衣を仕留めろ」

「了解」ウォンが周りの部下をうながす。「動くぞ。装備を確認」

シン陸軍大将が割って入った。「本隊はまず四階にいる娘を確保してくれ！　優莉結衣はそのあとでいい」

チョン大将はため息まじりにウォンに指示した。「何人か四階にまわせ。発信器の位置情報に基づきシン・ヘギョを救出。ほかの生徒が一緒にいたら処分しろ。ヘギョひとりをすみやかに連れだしたのち、兵力を制限せず優莉結衣の殺害に注力のこと」

なおもシン陸軍大将はマイクに声を張った。「いいか、ウォン中佐。娘の顔は知っているな？　優莉結衣が発信器を奪い、娘になりすます可能性もある。しっかり確認しろ」

画面のなかのウォンが眉をひそめた。神経質すぎると思ったのだろう。だが苦言を呈することもなく、本隊の精鋭らを引き連れ、ウォンは移動を開始した。

校舎のすぐ脇に黒煙が立ちのぼっている。墜落したYak38の残骸《ざんがい》が燃え盛る。近くにウォン中佐の本隊が向かう昇降口があった。迷彩服の群れが校舎内に消えていくと、ドローンは外に留《とど》まったまま上昇し、各階の窓を巡回し始めた。

しばらくはウォン中佐と本隊の動きを映像で確認できない。ワイヤーフレーム内に表示される位置情報だけが頼りになる。チョン大将は身体を起こした。シン陸軍大将と目が合う。皮肉めかした態度でチョンはシンにきいた。「満足か？」

シンは口を固く結び、さっさと遠ざかっていった。

リュ中将がおどけたような顔を向けてくる。チョン大将は鼻を鳴らし呼応してみせた。厄介者の陸軍大将だ。だがこんな煩わしい人間関係もほどなく終わる。次帥、いや元帥になったあかつきには、忌まわしい過去の遺物をひとり残らず放逐してやる。

20

結衣は階段塔の上で片膝《かたひざ》をつき、スナイパーライフルの銃身を下ろしていた。雲の動きが速い。吹きすさぶ風の音に耳を傾ける。

ヘリの爆音らしきものをききつけた。すばやく周囲に目を配る。四方にそれぞれ一機ずつ、攻撃ヘリのずんぐりした巨体をとらえた。ハインドだった。さっき二機が校舎を威嚇したが、さらにもう二機いたようだ。

四機ともこちらをめざしているものの、まだ距離があった。結衣は撃ち尽くしたスナイパーライフルを残し、アサルトライフルを片手に、階段塔から身を乗りだした。壁面のわずかな突起に足をかけ、数歩下ってすぐ、屋上に飛び降りた。スカートベルトからずれ落ちそうになった拳銃《けんじゅう》を、しっかりと押しこんでおく。

ドアを入り、階段の暗がりを駆け下りた。踊り場に差しかかったとき、手すりではなく壁側に沿って動き、わざと遠回りをした。待ち伏せを警戒してのことだった。ほどなく五階に降り立った。

廃墟《はいきょ》のようなありさまだった。さっきＹａｋ38が墜落寸前、屋上にぶつかったときの衝撃で、天井材がすべて剝《は》がれ落ちている。見るかぎり生徒の姿はない。みな階下に避難して当然だった。

廊下に投げだされたアサルトライフルから、マガジンを数本抜きとり、スカートのポケットにいれておく。日本語クラスでなければＡＫＭも使っているようだ。さっき屋上から地域掃討部隊の装備を一瞥《いちべつ》したが、奴らのアサルトライフルはバレルの短い、トップフォールディングストック式の98小銃だった。ヘリカルマガジンに百五十発もの5・45×39ミリ弾を備える。このAKMの7・62×39ミリ弾とは相容《い》れない。倒した敵から随時、弾を補給するつもりだったが、そこだけは当てが外れた。

さらに階段を下っていく。結衣が踊り場をまわろうとした瞬間、手すりの陰から男子生徒ふたりが飛びだしてきた。わめきながらサバイバルナイフで襲いかかろうとする。しかし結衣は手すりから距離を置いていた。予想より距離があることに面食らったようすのふたりに、結衣はすかさず跳躍し、左右の足で同時に蹴《け》りを食らわせた。ふたりは階段を転げ落ちていった。

結衣はゆっくりと階段を下りていった。四階の廊下に到達した。男子生徒ふたりが痛そうに身悶《みもだ》えしながら横たわっている。廊下の先に目を転じると、ロッカーの陰に潜む男女生徒らが、怯えたように顔をひっこめた。

やれやれ。結衣は壁に掛かった受話器を手にとった。内線用の受話器は校舎内のいたるところにある。校内放送は5番と記されていた。5をプッシュすると、結衣は送話口にいった。「外を見てよ。わたしがいようといまいと、あんたたち生徒は片っ端から殺されてる」

声は校舎じゅうのスピーカーから反響した。四階の廊下でも、身を隠した生徒たちが、わずかに顔をのぞかせた。一様にうろたえる反応をしめす。

結衣はつづけた。「わたしを恨むのは勝手だけど、あんたたちが襲ってこないかぎり、わたしのほうから仕掛けることはない。それより地域掃討部隊から身を守ることを第一に考えて。生きたきゃ自分の力で生き延びるしかない」

受話器を置いた。かちりと耳に残る音が響き、校内放送は途絶えた。

生徒たちはなおも物陰に隠れたまま、茫《ぼう》然《ぜん》とため息とともに結衣を眺めている。まだ警戒のいろは消えないものの、問答無用に殴りかかってこないのは、多少なりとも現状を理解しつつあるからかもしれない。

床に積もった瓦礫《がれき》のなかに、やたら大きな分度器があった。半径三十センチもある半円だった。教師が黒板用に使う備品だろう。廊下に落ちている理由は、授業中に教師が取り乱し、手にしたまま飛びだしたからにちがいない。地域掃討部隊の襲撃を恐れつつも、教師らが半信半疑だったことが如実に読みとれる。

そのときスピーカーにまたノイズが響きだした。校内放送がまたオンになった。低い男の声が反響した。「特殊作戦軍のウォン中佐だ。いま二階にいる。わが軍は三階まで占拠した。生徒諸君、優莉結衣の発言に惑わされるな。諸君は朝鮮人民軍の一員である。優莉結衣を殺害した者は、命がつながれるばかりか、卒業後に尉官として登用される」

結衣は唇を噛《か》んだ。また廊下の空気が殺気を帯びだした。結衣の校内放送をきいた敵のリーダー格が、二階の受話器をとり反論してきた。これでは堂々めぐりだった。結衣が校内放送でさらなる異議を唱えようが、ウォン中佐なる男は主張を繰りかえすのみだろう。マイクパフォーマンスで競いあっている場合ではない。

突然、近くの物陰から男女生徒らが飛びだし、廊下を逃げ惑いだした。結衣ははっとして前方に目を向けた。

廊下のはるか先で、三人の男子生徒が片膝をついている。真んなかのひとりが肩に担いだ筒状の武器で、こちらを狙い澄ましていた。槍《やり》型の弾頭を有するロケットランチャー、RPG7だった。両脇のふたりも同じ武器を携えているが、まだ発射の姿勢はとっていない。

三－CⅡA、重火器クラスの男子生徒らにちがいなかった。結衣はすかさず前転し、瓦礫のなかから分度器を拾いあげた。すぐさま立ちあがり、床を蹴るや全力疾走した。RPG7を抱える三人の男子生徒めがけ、結衣は猛然と駆けていった。

ロケットランチャーと呼ばれてはいるが、実際には発射時に後方からガスを噴射し、反動を相殺する無反動砲だ。誤射を防ぐためのセキュリティもアナログの極みで、いくつものレバーの解除が必要になる。男子生徒が操作に手間取っているのがわかる。それでも結衣が到達する前に発射準備が整った。弾頭がまっすぐ結衣に向けられる。じきにトリガーが引かれる。

だが結衣はそのことを予測済みだった。二十メートル以内に距離が縮まれば問題ない。結衣は走りながら、左手で分度器の端をつかみ、垂直に振りあげた。ブーメランを投げるときのディングルアームスロー、ピンチグリップぎみに握る。分度器を振り下ろし、投げる瞬間に三十度の角度まで倒す。分度器は高速回転しながら、勢いよくRPG7の正面へと飛んでいった。

男子生徒がトリガーを引き絞り、弾頭が射出された。しかしRPG7の場合、発射機構は無反動砲のため、射出直後の弾頭は目で追えるほどゆっくりと飛ぶ。ロケットに点火し、一気に加速するのは、数メートルを飛んだあとだ。分度器は加速直前の弾頭をとらえた。衝突の寸前、結衣は滑りこむように伏せた。男子生徒らもあわてたように後退した。

廊下に閃光《せんこう》が走り、轟音《ごうおん》が校舎全体を揺るがした。激しい爆風が瓦礫の類《たぐ》いを吹き飛ばす。辺りの空気が熱を帯びたものの、耐えきれない温度に達する前に、たちまちクールダウンした。それでも廊下のあちこちがくすぶっている。

結衣は身体を起こした。全身が煤《すす》だらけになった。廊下の行く手で男子生徒ら三人も、灰をかぶった状態で横たわっている。やがてもぞもぞと動いた。大きな負傷はないようだ。

爆発のせいで甲高い耳鳴りがする。だが結衣のなかに動揺はなかった。しょっちゅう経験してきたことだ。耳鳴りとは本当になにかが鳴っているわけではない。一時的な難聴でしかない。脳が聴覚を補うために過度に反応し、蝸牛《かぎゅう》神経の電気信号を増幅させる。そのせいで高音が鳴り響くように錯覚する。

耳鳴りがおさまってくると、結衣はまた近くの受話器を手にとった。「いったでしょ。今後わたしに襲いかかってきたら殺すから」

結衣の声は校内放送により、校舎じゅうのスピーカーに反響した。にもかかわらず近くでわめき声がした。大柄な男子生徒が椅子を振りあげている。

懲りない奴。結衣はすかさず足払いをかけ、男子生徒の重心を崩すや、背負い投げを見舞った。背を床に叩《たた》きつけた男子生徒が、痛そうに顔をしかめる。結衣は拳銃《けんじゅう》を抜き、銃口を男子生徒の頭に向けた。男子生徒が恐怖に目を瞠《みは》った。

トリガーを数回つづけて引いた。銃声も同じ回数だけ響き渡った。廊下にいる女子生徒らが悲鳴を発した。

男子生徒は白目を剝《む》き、口から泡を吹いた。失神したようだ。弾は男子生徒の頭部の両脇に、ほとんどかすめるぐらいに、わずかに外して撃った。怪我はしていない。それでも周りの生徒の目には、結衣が男子生徒を射殺したように見えただろう。誰もが慄然《りつぜん》とし立ちすくんだ。

壁には受話器が外れたままぶらさがっていた。校内放送はつながったままだ。結衣はまた受話器を手にとった。「ウォン中佐だっけ。生徒をけしかけてないで、自分でわたしを殺しに来たら？　五階まで上がってくる勇気はないのかよ」

受話器を戻す。廊下はしんと静まりかえった。ふと気づくと、さっき屋上にいたクラスメイトらが、近くに歩み寄ってきている。ヨヌとユガン、ナムギルにイル、ジュンにサンギョンだった。六人とも結衣に対し、依然として警戒心をあらわにしながらも、銃を向けてこようとはしない。

ナムギルが結衣を見つめた。「いま五階っていったよな？　ここは四階だぜ？」

「知ってる」結衣は応じた。

爆音がきこえた。窓の外から響いてくる。巨大な攻撃ヘリ、ハインドが校舎のすぐわきに迫っていた。四階の高さよりもやや上方に空中停止飛行《ホバーリング》する。ここから見えるのはハインドの底部だけだった。

だしぬけに機銃掃射の音が鳴り響いた。生徒らが悲鳴や絶叫を発し、廊下でいっせいに伏せた。天井板が崩落し、大量の砂埃《すなぼこり》が降り注ぐ。激震が校舎を襲っていた。ハインドによる五階への機銃掃射。一機ではない、西と北の二方向にハインドが浮かんでいる。いずれも三十ミリ連装機関砲をけたたましく発射しつづける。

やがて機銃掃射がやんだ。五階の壁も柱も隈《くま》なく粉砕されたにちがいない。四階の廊下では、積もった瓦礫のなか、そこかしこで生徒らが起きだしていた。真っ白に染まった男女生徒の顔は、みな戦々恐々としている。

無理もないと結衣は思った。結衣が五階にいると告げるや、ウォン中佐はハインドに攻撃を命じた。たちまち五階は粉砕された。生徒らがいれば皆殺しだった。

じつは五階に誰もいなかった。その事実を知ったからだろう、二機のハインドが徐々に降下してくる。

結衣は廊下を走りだした。さっき重火器クラスの男子生徒三人が持っていたRPG7のうち、二本は撃たないまま投げだされている。うち一本を瓦礫《がれき》のなかから引っぱりだした。

小柄ながら鍛えた身体つきのナムギルが、結衣の近くで片膝《かたひざ》をついた。ナムギルもRPG7をつかみあげた。

やるべきことはあきらかだった。結衣はRPG7を肩に担ぐとナムギルにいった。

「わたしは北のをやる」

「俺は西だ」ナムギルも筒状の武器を肩に担ぎ、崩落した外壁に向き直った。

結衣は弾頭を窓の外に向け、照準器をのぞいた。十キロほどの重さがあるが、対戦車砲としては軽いほうだ。セキュリティレバーをすべて解除し、トリガーに人差し指をかける。

映画でランボーは、爆薬付き弓矢でハインドを撃ち落とした。父によれば公開当時、荒唐無稽《むけい》のそしりを受けたシーンらしい。だが父は真顔で結衣にいった。あれを馬鹿にするほうが無知ってもんだ。たしかに爆薬付き弓矢なんて、この世にはありゃしねえ。だがハインドってヘリは、機体上部にエンジンが並列配置されてる。そこを狙えば一発ってことよ。アフガニスタンでも旧ソ連のハインドを、ゲリラがRPG7で次々に撃墜してやがるんだぜ。

あれをきいたのは西新宿の和民《わたみ》だった。父たちが暴力団との抗争に勝ち、飲み会を開いていた。酔っ払いの戯言《たわごと》だと思ったが、まさか本当にあの御託が役に立つとは。

ハインドが四階の高さに降下してきた。操縦席のヘルメットがこちらを向いた。ぎょっとする反応をしめした。

廊下では重火器クラスの三人の男子生徒らが、失神から覚めたらしく身体を起こした。三人はこちらをぼんやりと眺めていたが、すぐにあわただしく動きだし、ナムギルの背後に立っていたヨヌの手を引いた。

声をかける手間が省けたと結衣は思った。真後ろに立つのは言語道断だ。RPG7は無反動砲だ。発射時の威力と同じだけのガスを後方に噴出する。

結衣はハインドのエンジンに照準をさだめるや、ただちにトリガーを引いた。一瞬だけ顔が炎に包まれる。焼き尽くすような熱風に晒《さら》され、発射音が耳をつんざく。射出された弾頭は緩やかに飛び、そこからロケットに点火するや、猛然と加速した。弾頭が機体上部に命中した直後、キャノピーのなかに火球が膨張した。炎はプレクシグラスを突き破り、四方八方へと噴出し、機体を粉々に打ち砕いた。校舎内にも火の粉や破片が飛んでくる。女子生徒らの悲鳴がこだまする。

燃えさかる機体の残骸《ざんがい》は、力なく回転しつづけるメインローターごと、垂直に下降していった。結衣はナムギルのほうに目を向けた。ほとんど同じ光景がそちらにもあった。火だるまになったハインドが校舎の外を墜落していき、地上に叩きつけられた瞬間、強烈な縦揺れが突きあげた。もういちど爆発音が轟《とどろ》き、校舎の西と北に黒煙が立ち上った。

熱風がまた急速に冷えていく。結衣はナムギルを見つめた。ナムギルも振りかえり結衣を見かえした。

ひとことも言葉を交わす必要がない。ほかの生徒たちは廊下にへたりこんでいる。どの顔も砂埃と煤に染まり、茫然《ぼうぜん》自失のまなざしが虚空を眺める。状況をまだ受容しきれないのだろう。

だがぼうっとしている暇はない。結衣は発射済みのRPG7を投げだし、ゆっくりと立ちあがった。敵は階下に迫っている。ハインドもまだ二機が健在だ。

学校を戦場にしながら、ここまで追いこまれたのは初めてだ。それでもこんなところを墓場にするわけにいかない。

ふとひとつの考えが脳裏をよぎった。墓場。ああ、そうかと結衣は思った。ここは墓だったのか。それなら……。

21

ウォン中佐は歯ぎしりした。畜生、優莉結衣は四階にいたのか。

部隊の中核を引き連れ、ウォンは急ぎ三階に上った。廊下の眺めは凄惨《せいさん》を極めている。生徒や教師の死体が折り重なり、黒焦げの床に血の海がひろがっていた。突入班が死体の山を脇にずらし、幅一メートルほどにわたり、歩行可能な通路を作りだしている。冬場の歩道の雪掻《ゆきか》きと同じだ。

兵士たちが片っ端から教室に踏みこみ、なかのようすを確認してまわる。この階に生存者がいたとしてもごく少数だろう。ウォンはなんとも思わなかった。〝脱北者〟を三十八度線の非武装地帯まで追いまわし、確実に仕留めるのを長年の任務にしてきた。陸軍の腰抜けどもは人民に銃を向けたがらないが、国を捨てようとする輩《やから》はすでに人民ではない。非武装地帯では仲間が地雷を踏み、至近距離で吹き飛んだ。ウォンも巻き添えを食った。南朝鮮軍との銃撃戦も日常茶飯事だった。何度か深刻な傷を負ったものの、まだ生きている。

平和など意識したことはない。ずっと戦争状態に身を置いている、そう自覚してきた。そんなウォンにとって、この場は血がたぎる局面にほかならなかった。日本を支配するこざかしい若造、優莉架禱斗の妹。凶悪な小娘に感化された学校関係者を殲滅《せんめつ》、当事者たる優莉結衣も殺す。これほど栄えある任務がほかにあるだろうか。

迷彩服のひとりが駆けてきた。突入班長のハン少佐が報告した。「誰も三階に下りてくる気配はありません。ハインドが機銃掃射した五階も、ドローンの映像によれば無人のままです。生徒らは四階に留《とど》まっているものとみられます」

ウォンは98小銃《ライフル》を真上に向けフルオート掃射した。銃撃音に周りの兵士らがびくっと身構える。

トリガーを引く指の力を緩めた。掃射が中断する。天井材は破壊できたが、鉄製の梁《はり》とコンクリートの平面がのぞくのみだった。

「糞《くそ》が」ウォンは悪態をついた。「どの階も分厚いコンクリート敷の床か」

ハン少佐がいった。「校舎は遮音を重視しているからでしょう。選民学校は特殊な教育施設なので、建物自体も頑丈なようです」

祖国解放戦争のころには別の建物だったらしい。山林を切り拓《ひら》く費用を惜しみ、開けた土地に建てたはいいが、あとで墓墳だったと判明した。遺跡であることは人民に伏せ、やがて学校が建設された。この国ではよくあることだ。歴史を重んじると内外に主張しながら、じつは軽視している。まちがっていないとウォンは思った。南北の戦争状態は継続しているも同然だ。過去に縛られていては焦土作戦すら実行できない。

ウォンはハンに目を向けた。「残るハインド二機に四階を攻撃させろ」

「それは……」ハン少佐が憂いのいろを浮かべた。「シン・ヘギョの位置信号も四階です。機銃掃射を浴びせるわけにはいきません」

忌々しい状況だった。そもそもシン陸軍大将を介入させること自体が大きな過ちだ。苛立《いらだ》ちを抑えながらウォン中佐は歩きだした。「四階に攻めいるしかない。全員つづけ」

ハン少佐が兵士らに命じた。「二列になってつづけ！」

精鋭らを率いながら進軍する。廊下の真んなかまで来た。階段まであと数十メートル。敵性分子と化した小僧どもを皆殺しにし、かならず優莉結衣の首をとってやる。

地域掃討部隊の迷彩服とはちがう。教室のドアから、ぞろぞろと軍服の群れが繰りだしてきた。するとと行く手の教室のドアから、

軍服の集団は動こうとしない。

ウォン中佐は足をとめた。ハン少佐がウォンの耳もとでささやいた。「この学校の顧問です。特務局から派遣されてます」

「顧問」ウォンは声を張った。「なんの真似だ。そこをどけ」

三十代の軍服が進みでて敬礼した。「テ・ギョンチョル上士です。ウォン中佐に申しあげます」

ハン少佐が高圧的な声を響かせた。「テ上士。顧問がでしゃばるな。おまえらも粛

清の対象だぞ」

テ上士が表情をこわばらせた。「どうか生徒たちの命を奪うのはおやめください。国家の未来を担う宝です」

「殺させたのはおまえたち顧問だ。優莉結衣の潜伏を助けた」

「では私たちの命と引き換えに、生徒らを救ってはもらえませんか」

顧問らが一様に切実な目を向けてくる。固い決意の感じられるまなざしだった。どうやら生徒たちに情が移っているようだ。戦争ではありがちなことではある。

ウォンは冷やかな気分に浸った。「おまえたちはむろん撃ち殺す。そのうえで四階に進軍し、優莉結衣と生徒をひとり残らず征伐する。それが俺の任務だ。人民軍の端くれなら理解できるな？」

地域掃討部隊がいっせいにアサルトライフルを構える。無数の銃口に晒され、顧問たちが表情を硬くした。

「そうか」テ上士がつぶやいた。「なら仕方がない」

テ上士は右のこぶしを突きだした。手のなかに見慣れない物体が握られていた。黒く薄いリモコン装置。大きめのボタンにテ上士が親指を這《は》わせた。

眼帯が覆わない左目を凝らす。ウォン中佐はきいた。「それはなんだ」

「本校舎は特務局の機密事項だ。当然ながら自爆可能になっている」

ハン少佐が首を横に振った。「ハッタリはよせ。選民高校に大規模破壊が可能な量の火薬は持ちこめない規則だろう」

だがテ上士の顔いろは変わらなかった。「ガス管だよ。各階で電線に直結してる。これを押せば瞬時にガスの延焼爆発が発生する」

兵士たちがたじろぎだした。見るかぎりリモコンのボタンは浅い。射殺しようにも、テ上士は被弾した瞬間、ボタンを押しこむかもしれない。緊張に満ちた態度から、反射神経をすべてボタンにかけた指に集中している、そう推察できる。ガスに電線のスパークにより点火、起爆するという仕組みであれば、たしかに設計は可能だろう。

ウォン中佐はテ上士を見つめた。「要求は?」

「いったん撤退してほしい。優莉結衣は私たち顧問とともに投降する」

「できないといったら?」

「校舎ごと爆破するしかない。あんたたちも巻き添えにしたうえでだ」

ハン少佐がじれったそうに声をあげようとした。ウォン中佐は片手をあげハンを黙らせた。

リモコンを握るテ上士の手が震えている。ウォンは恐怖を感じるどころか、むしろほくそ笑んだ。この昂揚《こうよう》感がたまらない。死に直面してこそ生の実感を得られる。膠《こう》着《ちゃく》状態にはちがいないが、命を駆け引きする楽しみがある。

これはパズルだ。奴をどう撃ち殺せばボタンを押させずに済むか。ウォンはその一点のみに思考をめぐらせた。顧問どもの要求など検討にも値しない。パズルを解き進撃する。わずか一階上に最大の獲物、優莉結衣がまっている。

22

結衣は四階の教室にいた。

男女生徒らがアサルトライフルを構え、教室内と廊下を出入りする。みな哨戒《しょうかい》のため散開している。四階はもう野戦における陣地の様相を呈していた。誰が声をあげるわけでもなく、生徒たちが自発的に防衛態勢を形成し始めた。地域掃討部隊が学校関係者を皆殺しにする、その意図が判明した以上、拠点の守りを固めるのは当然だった。

教室のなかは机がばらばらに配置されていた。生徒らが当初パニックを起こした際、自然にこうなったのだろう。結衣は机の上に座り、アサルトライフルのマガジンを外した。新たなマガジンを装着する前に、コッキングレバーを前後に滑らしてみる。煤《すす》で動きが悪くなっていた。装塡《そうてん》不良が懸念される。支障なく動作するまで、レバーをこすっておくにかぎる。

周りにクラスメイトが集まってきた。ヨヌ、ユガン、ナムギル、イル。指示を仰ぐような目つきだが、誰も喋《しゃべ》ろうとしない。みな油断しない態度をとりつづける。結衣が生徒たちを救ったのはたしかだ。だが結衣の存在こそ、この学校が修羅場と化した要因でもある。警戒されて当然だと結衣は思った。

ナムギルが話しかけてきた。「結衣。これからどうすればいい?」

結衣は新たなマガジンをAKMに装着した。「地域掃討部隊が攻撃を中止したのは、ヘギョがいるから」

「ああ、たしかにな……。この四階にいるのか?」

「いる。でなきゃ残る二機のハインドが、四階を蜂の巣にしてる」

ヨヌが半泣き顔できいた。「ヘギョの近くにいたほうがいいの? わたし嫌われてると思う」

ユガンがヨヌに問いかけた。「なんで?」

「なんでって……。結衣と仲良しだと思われてるから」

イルが首を横に振った。「いまさらそんな話かよ。俺たちみんなそういう扱いだろうよ」

教室のドアからジュンが駆けこんできた。「結衣。ヘギョがいた。四つ向こうの教室だ。いま捕まえてある」

結衣は机の上から降り立った。アサルトライフルを腰の高さに携え、廊下へと歩きだす。「行こう」

一同を引き連れ廊下にでた。窓辺には重火器やスナイパーライフルを手にした男子生徒らが、姿勢を低くし待機している。女子生徒たちは弾薬の運搬に追われていた。階段近くには土嚢《どのう》が積まれている。隣の教室では負傷者への応急処置も進んでいた。特務科の生徒たちだけに、戦争も同然の状況にも、柔軟に適応しつつある。

四つ隣の教室に入った。ぴりぴりした生徒らが群れをなす。誰もが武装していた。まるでゲリラのアジトのようだ。そんななか三人の女子生徒らが、いずれも羽交い締めにされていた。身柄を拘束されたイェジンとダミが泣き叫ぶ。真んなかのヘギョは、激しく身をよじり抵抗していた。

「放してよ！」ヘギョは顔を真っ赤にし怒鳴った。「あんたたち、なんでこんな真似をするの！　わたしじゃなく結衣を……」

ヘギョが言葉を呑《の》みこんだ。結衣と目が合ったからだ。憤怒《ふんぬ》と恐怖の入り交じったまなざしが結衣に向けられる。

結衣は黙って見かえし、ヘギョの左腕をつかんだ。手首に嵌《は》めているのは腕時計に似たツールだった。この国にはめずらしいスマートウォッチに見えるが、バンドの内側全面が金属になっている。センサーにちがいない。結衣はヘギョにたずねた。「これが発信器でしょ」

露骨に顔を背けたヘギョが、ぶっきらぼうに吐き捨てた。「あんたとは口をきかない」

ナムギルが神妙につぶやいた。「その発信器さえありゃ、ハインドの機銃掃射を受けずに済むわけか」

ヘギョが息を呑む反応をしめした。自分が用なしにされる、そんな危機感をおぼえたのだろう。

だが結衣は首を横に振ってみせた。「たぶん心拍数も送信されてる」

「そうよ」ヘギョが思いだしたようにナムギルに嚙《か》みついた。「あんたの手首に巻いて、心拍数がいきなり変わったりしたら、別人だって一目瞭然《りょうぜん》」

サンギョンがアサルトライフルを片手に歩み寄った。「でもヘギョのそばにいればひとまず安泰ってことだよな。このまま人質にとってりゃ地域掃討部隊も手をだせない」

むっとしたヘギョが睨《にら》みつけた。「サンギョン！　あんたも最高試験受験生でしょ。なにを普通試験受験生に交じって結衣に与《くみ》してるの？　恥を知りなさいよ」

最高試験受験生のひとり、ジュンが穏やかにいった。「ヘギョ。校内放送で呼びかけられないか。僕たち全員の命を救ってくれと」

「おあいにくさま」ヘギョがせせら笑った。「あんたたちなんか助かりっこない。父が救助するのはわたしひとり。いまだにわたしのいる階だけ機銃掃射を受けてないし、無差別殺戮《さつりく》に蹂躙《じゅうりん》されてもいない。それがなによりの証明でしょ。ききわけのない特殊作戦軍も、わたしの父なら説き伏せられる」

そばかすのイェジンが泣きながらうったえた。「わたしも助けてよ、ヘギョ！」

「そうよ」ダミも必死に懇願した。「永遠に忠誠を誓うから。うちの両親を下僕にしてくれてもいい」

「うるさい！」ヘギョが声を荒らげた。「あんたたちは友達でもなんでもない。わたしにまとわりつかないでよ、迷惑だから」

結衣の心にはひっかかるものがあった。「ヘギョ。ききわけのない特殊作戦軍って？　あなたのお父さんがそういってたの？」

「あんたとは喋らない」

「人民軍は陸海空軍と特殊作戦軍、戦略軍。横のつながりは知らないけど、特殊作戦軍とふだんから協調できてないなら……」

「だったらなに？　父は栄えある陸軍を率いてるの。特殊作戦軍みたいに、あとからできた傍系とはちがう。チョン大将は若くて無謀で身勝手だって、父はいつもこぼしてた。地域掃討部隊なんて特殊作戦軍の一形態でしょ。それがこの不手際。父が指揮をとってれば、もっと迅速にあんたを殺し、わたしを救出してた」

「お父さんには指揮権がないのね」

「わたしの父を、気安くお父さんなんて呼ばないでよ！　死刑になったあんたの父親とは雲泥の差なんだから」

結衣はヘギョに背を向け、クラスメイトらにきいた。「この作戦に陸軍がどれぐらい関与してると思う？」

誰もが首を横に振った。ヨヌが答えた。「陸軍は陸軍。敵対国との陸上戦のために出撃するの。自国の人民を標的にする地域掃討部隊なんて、陸軍の人間はみんな軽蔑《けいべつ》してる」

「なら特殊作戦軍のチョン大将とやらが、シン陸軍大将にしたがう謂《いわ》れはないわけね」

「シン大将がチョン大将に直談判して、作戦本部に同行していれば……」

ああ。結衣のなかで腑《ふ》に落ちるものがあった。たぶんいまはそんな状況なのだろう。

ヘギョが不審げにささやいた。「なによ」

結衣はヘギョを振りかえった。「あんたのお父さんは、単独で特殊作戦軍と行動をともにしてる。陸軍との共同作戦でない以上、お父さんはあくまで個人的に、娘の救出をチョン大将に依頼した。チョン大将も陸軍大将からの頼みとあって、無下《むげ》にはできなかった」

「だからいま救出活動が進んでるのよ。覚悟しなさいよ」

「お父さんは本部で孤立無援。周りには特殊作戦軍の参謀しかいない。ヘギョのせいで校舎を空爆できないいま、チョン大将は懸念を取り除こうとする」

「懸念ってなによ」

教室内が静まりかえった。ジュンが硬い顔でつぶやいた。「シン陸軍大将が殺される」

「はあ!?」ヘギョが血相を変えた。羽交い締めから逃れようと、ヘギョは全力で暴れだした。「なにいってんのよ！　陸軍大将の父に手だしできるわけない。特殊作戦軍ごときが、父に楯突《たて》いたり刃向かったりするなんて、元帥閣下が許すわけない！」

イルが深刻な表情でいった。「結衣。地域掃討部隊は情報漏れを警戒し、作戦本部を現場近くに設けることが多い」

ナムギルもうなずいた。「兵士を降下させたのに、アントノフ24が一機だけ飛び去らず、爆撃機とともに旋回してる。あれが司令塔だろう。本部の代わりだ」

気が鬱《うつ》する。結衣はつぶやいた。「空中の密室じゃん。乗ってるのはシン陸軍大将を除き、チョン大将の側近ばかりでしょ。秘密を闇に葬るのに好都合」

ヘギョが激しく動揺した。「なにを勝手な憶測に走ってるのよ！　お父様が殺されるわけがないでしょ。いくらチョン大将でも、偉大なる陸軍大将に手だしなんて……」

ヨヌが真剣な顔を向けてきた。「結衣。教科書に書いてあったことは本当？　甲子園球場に着陸する大型ヘリが、武装集団によるトロイの木馬だって気づいてたの？」

いまさら隠しても始まらない。結衣は認めた。「この国の教科書はよく調べてる」

「そう」ヨヌは視線を落とした。「ならわたしは結衣を信じる」

「ちょっと！」ヘギョがうろたえだした。「やっぱりあんたは売国奴なのね。父に密告してあんたを処刑に……」

だがヨヌは憤然と遮った。「密告なんかできる？　ヘギョのお父様は風前の灯火。チョン大将にしてみれば、シン陸軍大将を亡きものにした時点で、校舎攻撃をためらう理由がなくなる。Ｉｌ28の編隊がナパーム弾を降らせてくる」

「そんな馬鹿な……。ならなんで最初からそうしなかったの!?」

ジュンが冷静に告げた。「ヘギョ。当初はチョン大将も、きみのお父上の顔を立てたうえで、作戦を難なく成功させるつもりだった。でも結衣がＹａｋ38やハインドを撃ち落とした。チョン大将が業を煮やすには充分な理由だ」

重い沈黙がひろがった。誰もが表情を険しくしている。一刻の猶予もないことはあきらかだった。遅かれ早かれチョン大将は痺《しび》れを切らし、シン陸軍大将の殺害に踏みきる。校舎ごと全員が焼死体と化してしまう。

結衣は歩きだした。「ひとりだけ一緒に来て。三階のようすを探ってくる」

ナムギルがついてこようとした。「俺が」

「いえ。あなたはこの階を守って。偵察だけだから知識さえあればいい。ヘギョ」

ヘギョは絶句する反応をしめした。結衣が目でうながすと、男子生徒が羽交い締めを解いた。緊張の面持ちながらヘギョは歩み寄ってきた。

「でも」ナムギルが心配そうにつぶやいた。「発信器が……」

またヘギョが異論を唱えだした。「父が裏切りに遭うなんて絶対にありえない！　みんな結衣にそそのかされてる！　国家への反逆でしょ。あの世で大元帥様にどう申し開きする気……」

窓の外に異変をとらえた。結衣はイルに目配せした。イルがスナイパーライフルを投げ渡してくる。受けとるや結衣はライフルを構え、外に浮揚するドローンを狙撃した。教室内に銃声が轟《とどろ》くと、ヘギョがびくっとし黙りこんだ。屋外でドローンが粉砕され、部品がばらばらに落下していく。

結衣はスナイパーライフルをイルにかえすと、ヨヌの手をとり、そっと脈をとった。心拍が速く打っている。幸いだと結衣は思った。ヘギョの手首から腕時計型の発信器をもぎとり、ただちにヨヌの手首に巻いた。

しばらく聞き耳を立てた。上空を飛ぶ爆撃機の音に変化はない。発信器の譲渡は気づかれなかったようだ。ヘギョはただ心細そうに立ち尽くしている。もう小言や抗議はなかった。

結衣はヘギョをうながし廊下にでた。ヘギョが仕方なさそうについてくる。自然に歩が速まる。ナパーム弾の投下は近い。焼け野原になる前に抜けださねばならない。

上空のI1 28編隊ばかりか、ハインド二機も校舎周辺を飛びつづけている。さすが北朝鮮、最難関の高校事変だった。だが希望は捨てられない。道は開けるだろうか。

23

チョン大将はアントノフ24のキャビンに立っていた。徐々にじれったさが募りだす。この機体の燃料にもかぎりがある。作戦が長引けば燃料補給のため、いったん基地に戻らざるをえない。しかし地域掃討部隊の指揮をとるにあたり、そのような行動は許されなかった。すべてを極秘裏に済ませねばならないからだ。

ヘッドセットのマイクにチョン大将は問いかけた。「ウォン中佐、状況は？　なぜ三階から動かない？」

ウォン中佐の声が応じた。「顧問たちが立ちはだかってます。自爆装置を仕掛けたと主張し、リモコンに指をかけている状態です」

「自爆装置？　ありうるのか」

別の声がイヤホンからきこえてきた。「ハン少佐です。ガス管に電線を直結する仕組みだといっています。機密漏洩《ろうえい》を防ぐ観点から、特務局が自発的におこなったとも考えられます。いまのところ未確認ですが」

確認などまっていられる場合ではない。チョン大将は苛立《いらだ》った。「リモコンを持つ顧問を狙撃できないのか」

ウォン中佐の声が答えた。「即死に至らしめられる保証はありません」

「畜生」チョン大将は制帽を脱ぎ、頭を掻《か》きむしった。「特務局職員の屑《くず》どもが」

シン陸軍大将が不安げにすり寄ってきた。「チョン大将。娘の救助はまだか。けっして自爆などさせるな」

神経を逆なでする物言いだった。この名ばかり軍人め。部外者として迎えただけだというのに、いまだ立場をわきまえもしない。

オペレーターが報告した。「温泉《オンチョン》と果物《クワイル》の各空軍基地からミグ19が発進、こちらに急行しています」

まずい。チョン大将は制帽をかぶり直した。至近の黄州空軍基地は丸めこんであるが、空軍全体には作戦内容が伏せてある。黄州選民高校の壊滅は、あくまで日本による攻撃とせねばならない。ほかの空軍基地から援軍が駆けつけたときには、すべてが焦土と化している、そんな段取りだった。地域掃討部隊の居残りはありえない。

別のオペレーターがいった。「戦略軍、クァク大佐から連絡です。ミサイル発射三十分前」

弾道ミサイル発射は日本への報復だ。そもそも日本による攻撃という前提なしにはありえない。校舎内で地域掃討部隊が膠着《こうちゃく》状態に陥っている。こんな状態を空軍にしめすわけにいかない。

リュ中将が耳もとでささやいた。「これ以上は作戦を長引かせられません。ご決断を」

ふいに喉《のど》の渇きをおぼえた。砂漠で遭難したかのように水分を欲した。だがいま液体を口にしたところで安堵《あんど》は訪れない。チョン大将はよくわかっていた。リュ中将がしきりに目を泳がせる。決断はチョン大将に委《ゆだ》ねられている。

シン陸軍大将が怒鳴りつけてきた。「チョン大将、すぐに兵を撤退させろ！　これは予断を許さん事態だ」

一瞬にして全身が冷えていくのを自覚する。チョン大将はつぶやいた。「撤退は不可能だ」

「ふざけるな！　娘の命を危険に晒《さら》す気か。極秘作戦の是非を人民軍裁量委員会に申し立てるぞ。おまえは軍法会議にかけられ……」

チョン大将の右手は、すでに腰のホルスターから拳銃《けんじゅう》を抜いていた。象牙《ぞうげ》の彫り物をグリップのカバーとする白頭山拳銃。昇進祝いの贈呈品だが、ふだんから弾をこめ携帯する規則だった。使うことはあるまいと思っていた。ついさっきまでの話だが。

シン陸軍大将が愕然《がくぜん》とする面持ちになった。チョン大将は拳銃の銃口をシンの腹に突きつけ、即座にトリガーを引いた。

銃声がキャビンに反響した。薬莢《やっきょう》が床に跳ねる。グリップに感じる強い反動はひさしぶりだ。チョン大将の眼前で、シン大将は呻《うめ》き声を発した。目を剝《む》かんばかりにチョンを凝視してきた。

人の死にざまは芝居じみている。いつもそう思う。シン陸軍大将は両手で腹を押さえ、よろよろと後ずさった。床に両膝《りょうひざ》をつくと、その衝撃で体内の傷が広がったのか、口から血液があふれだした。シン大将は前のめりに倒れた。それっきり動かなくなった。

オペレーターがみな振りかえっていた。誰もが息を呑《の》んでいる。だがチョン大将が見かえすと、全員があわてぎみにコントロールパネルに向き直った。

リュ中将だけが平然としていた。「お見事です。弾が身体を貫通することなく、機体に損傷もあたえないとは」

そうだった。いまになってひやりとさせられる。意識などしていなかった。弾がシン大将の腹のなかに留《とど》まったのは、あくまで偶然だ。リュ中将も承知のうえで世辞を口にしたのだろう。あるいは突然の発砲に、彼も肝を冷やしたものの、なにごともなく済んでほっとしたのかもしれない。

硝煙のにおいが換気により薄らいでいく。チョン大将は拳銃をホルスターにおさめた。「ホン大佐に伝達しろ。ナパーム一斉投下準備」

死体が転がるキャビンながら、作戦完了の目処《めど》がついたからか、オペレーターはむしろ活発に動きだした。これが歴史の大転換点になることを思えば、多少ぎくしゃくした経緯など、ささいなことでしかない。いっさい語り継がれもしない。チョン・ビョンヒ大将の英雄然とした振る舞いのみが伝説となる。それだけを報告するからだ。

オペレーターが早口にいった。「ホン大佐から連絡。I128編隊、水平爆撃高度での旋回に移ります」

床に突っ伏した死体を、チョン大将は冷やかな気分で見下ろした。この男は娘に会いたがっていた。希望だけは間もなく叶《かな》えてやる。

24

結衣はアサルトライフルを携え、下り階段を三階へと向かった。同行するヘギョはときおり足をとめがちになる。そのたび結衣はヘギョを目でうながした。丸腰のヘギョはびくつきながらついてくる。逆らえば結衣に仕留められる、そんな恐怖だけがヘギョの行動原理にちがいない。

三階廊下に降り立つ寸前、結衣はヘギョを制した。ヘギョが妙な顔で結衣を見つめた。結衣は階段の下り口に身を潜めたまま、そっと角から廊下をのぞいた。

廊下には人の群れがあった。こちらに背を向けているのは軍服の集団だった。顧問ばかりが十数人、迷彩服の部隊の行く手に立ちふさがっている。地域掃討部隊はこちらを向いていたが、全員が顧問らに注意を引かれ、結衣たちに気づいたようすはない。

ヘギョも廊下をのぞきこんだ。地域掃討部隊を目にし、助けを求められると思ったのだろう、ヘギョはなにかを叫びかけた。だが結衣は瞬時に手を伸ばし、ヘギョの口を塞《ふさ》いだ。もがくヘギョを抱き寄せ、力ずくで抵抗を封じる。

「黙ってて」結衣はささやいた。「あんたが廊下をダッシュしたところで、わたしに背中を撃たれる可能性が高い。そこんとこわかる?」

ヘギョが目を潤ませながらうなずいた。

「なら」結衣はつづけた。「わたしが手を離しても静かにしてて。地域掃討部隊がひとことでも、シン・ヘギョを引き渡せといったら、向こうへ行っていい。でもそれまではようすを見る。理解できた？」

またヘギョがうなずいた。結衣は手を離した。声をださないよう睨《にら》みつけておく。ヘギョは弱気に身を小さくしていた。

結衣は廊下に目を転じた。「まず教えて。迷彩服の先頭、ハゲの眼帯は誰？」

苛立たしげなため息とともに、ヘギョが小声で応じた。「ウォン・ハンチョル中佐。特殊作戦軍の英雄。いくつもの勲章をもらってる」

「どんな武勲を立てたの」

「知るわけないでしょ。そんな細かいことまで」

「ウォンの隣は？」

ヘギョが廊下を一瞥《いちべつ》した。「ハン少佐。あの人はあんまり好きじゃない。ウォン中佐の腰巾着《こしぎんちゃく》」

いまウォン中佐率いる地域掃討部隊は、顧問らと押し問答をしているようだ。だが顧問はみな丸腰だった。誰ひとり武器を持っていない。なぜ膠着状態が保たれているのか。

理由はすぐにわかった。テ上士が声高に叫んだからだ。「頼むから撤退してくれ！ボタンを押すぞ」

結衣は小さく唸《うな》った。「自爆すると脅してる」

ヘギョが動揺をしめした。「校舎に爆弾が仕掛けてあるの?」

「いえ……。ハッタリでしょ」

「なんでそういいきれるの」

テ上士が握るリモコンだ。あれはファイヤーTVスティック用リモコン、つまりアマゾンの動画配信を観るためのツールでしかない。北朝鮮への漂流物か、ジャンク品としてまわってきたか、そんなところにちがいない。

この国では特務局職員候補ですら、アマゾンやグーグルについては名称を知るのみだ。風変わりなリモコンの形状に、地域掃討部隊は警戒を強くしている。日本人からすれば滑稽《こっけい》な状況だが、とても笑う気にはなれない。生き死にがかかった状況はまぎれもない事実だ。

禿《は》げ頭に眼帯、傷だらけの顔に猪首。ウォン中佐が凄《すご》みのある表情できいた。「なぜそこまで生徒たちに肩入れする?」

テ上士はリモコンを握ったまま、震える声で応じた。「みんな親がいる。悲劇の原因が本当は人民軍のしわざだったなんて、あなたは遺族に伝えられるのか」

「悲劇の引き金はおまえらだ。優莉結衣を匿《かくま》っただろう」

「より大きな国益を重視してのことだ。優莉結衣から情報を引きだせば、優莉架禱斗の出方が読める」

「必要ない。日本など力でねじ伏せられる」

「本気でいってるのか？　自衛隊と在日米軍の基地が無数にあるんだぞ」

ふいにハン少佐がヘッドセットのイヤホンに指をあてた。無線通信に耳を傾けている。ハン少佐がウォン中佐になにか小声で告げた。

ウォン中佐の左目が怪しく光った。「テ上士。シン・ヘギョはどこにいる」

にわかにヘギョが顔を輝かせ、廊下に飛びだそうとした。結衣はすかさず手でヘギョの口を塞ぎ、力ずくでその場に押しとどめた。ヘギョが抗議のまなざしを向けてくる。結衣は黙って首を横に振った。ウォン中佐はまだヘギョを引き渡せといったわけではない。

テ上士がウォン中佐を見つめた。「彼女はほかの生徒たちと一緒にいる」

「そんなことは知ってる。ただ伝達してもらいたくてな。愚かな父親の死を」

ヘギョが目を剝《む》いた。結衣のなかにも緊張が走った。シン陸軍大将の死に衝撃をおぼえた、それだけが息を呑《の》む理由ではない。

テ上士が動揺をのぞかせている。ウォン中佐の発言に気を取られてしまっている。

ほんの数秒、わずかに注意が逸《そ》れただけでも、武力による均衡は崩れる。ウォン中佐はテ上士に生じた隙を見逃さなかった。アサルトライフルが火を噴いた。テ上士は後方に吹き飛び、激しく転倒した。顧問らがいっせいにうろたえだす。

ボタンやトリガーに指をかけての脅迫は難しい。不意に即死になったとしても、体重で指先に力が加わるようにしておく、それぐらいの用意周到さが必要だった。ウォンはそのことを熟知していた。テ上士の意識を反射神経から別のところに逸らした。指の筋肉に注意が向かない瞬間に銃撃されれば、二度と力をこめるのは不可能になる。現にリモコンは投げだされていた。

地域掃討部隊のアサルトライフルがいっせいにフルオート掃射を開始する。銃撃音が鳴り響くなか、顧問らは次々と撃ち倒されていった。ヘギョがすくみあがった。結衣のなかに怒りがこみあげた。掃射が途絶えるや、結衣は廊下に飛びだそうとしたが、すでに敵の部隊は身を翻していた。ウォン中佐が去りぎわになにかを投げた。手榴弾《しゆりゆうだん》だとわかった。結衣はヘギョを抱き締め、ふたたび階段の下り口に身を隠した。

爆発音が轟《とどろ》き、校舎が尋常でないほど激しく揺れた。熱風が渦巻き、辺りに黒煙が充満する。濃霧のような視野に目を凝らしつつ、結衣は廊下へと駆けだした。

地域掃討部隊はとっくに撤収していた。廊下の反対側にある階段を下ったらしい。

顧問らの屍《しかばね》が横たわる。とりわけ手榴弾による爆発の直撃を受けた死体は、いずれも細切れになり飛散していた。

テ上士はそこから少し離れた場所にいた。全身血まみれの状態だった。銃撃を受けたうえ、手榴弾の炸裂《さくれつ》にともなう生成破片を食らっている。痙攣《けいれん》するテ上士の傍らに、結衣はひざまずいた。

この学校の授業で教わった応急処置を試みる。心臓近くの傷を止血するべく手で押さえた。だが出血は一か所ではなかった。テ上士が苦しげにむせながら、結衣の手を払いのけた。

「もういい」テ上士が濁った声でささやいた。

結衣のなかで心が痛みだした。「生徒のためにこんな無茶を……」

「かまうな」テ上士の血走った目が結衣をとらえた。「それより、胸ポケット。……胸ポケットだ」

当惑が生じる。軍服の胸ポケットのボタンを外しにかかると、テ上士の表情がかすかに和らいだ。ここを意味する言葉にちがいない。なかをまさぐった。小さな透明のポリ袋がとりだされた。

思わず言葉を失った。ポリ袋の中身はダイヤの指輪だった。凜香からの誕生日プレゼント。海上で北朝鮮軍に捕まったとき、指から抜かれたのをおぼえている。没収された所持品は、テ上士の手に渡っていたらしい。いま彼は死の淵《ふち》にありながら、これを結衣にかえそうとした。

思わず胸が詰まりそうになる。結衣は震える声を絞りだした。「あなたはこの学校の全生徒にとって、尊敬に値する大人だった」

テ上士の目がぼんやりとしてきた。「結衣。いい時計だといったな。ちゃんとわかってる。早く帰れというんだろ」

「いまは少しでも長くいてほしい。ここに」

「無茶をいうなよ」テ上士が力なくいった。「きけ。朝鮮の人民はな、起源説にこだわる。この辺りも漢《かん》王朝の支配下にあったとは認めたがらず……」

意識が朦朧《もうろう》とし妄言を口走っている、そう解釈されかねない物言いだった。だが結衣には理解できていた。「もう喋《しゃべ》らないで。ここがお墓なのはわかってる。みんなちゃんと連れて行くから」

テ上士が血の気の引いた顔を弛緩《しかん》させた。「やっぱりおまえは優等生だな」

目を開いたまま、虹彩《こうさい》だけがくすみだす。生命の輝きが衰え、やがて失われていく。テ上士の痙攣がおさまった。呼吸が途絶えた。

悲しくなんかない。結衣は真っ先に自分にそういいきかせた。ところが視界が涙にぼやけだす。こんなのは嫌だ。テグシガルパでも大人たちとの別れを経験した。大人たちはただ憎いだけの存在でいてほしかった。なのにみんなやさしくする。優莉結衣だと知っておきながら。

いつしか大泣きする声を耳にした。ヘギョが廊下にうずくまり号泣していた。「お父様」ヘギョは子供のように泣きじゃくった。「お父様ー!」

結衣は立ちあがり、無言でヘギョを眺めた。権力者の親子のあいだに生じる愛情など、ただの自己陶酔だと思っていた。ヘギョの父親がどうなろうが知ったことではない、さっきまでそんな感情を持っていた。

けれどもいまはちがう。胸の奥底の呵責《かしゃく》に耐えきれなくなる。ヘギョはただ純粋に傷ついていた。彼女は父を失いたくなかった。願いはどこまでも切実だったとわかる。

複数の靴音が響いた。四階にいた生徒たちが駆け下りてくる。銃を手にした男女生徒らが、辺りを警戒しながら小走りに向かってきた。顧問らの惨状を目にすると、誰もが絶句する反応をしめした。

ナムギルが泣きそうな顔になった。「なんだよこれ……。こんな酷《ひど》いことができるのかよ。この国はまちがってる。俺たちがなにをしたってんだよ!」

ヨヌが両手で顔を覆っている。あちこちで女子生徒が嗚咽《おえつ》を漏らしていた。みな沈痛な面持ちで視線を床に落とす。

爆音がこだまする。ジュンが窓の外を見上げた。「I‐28編隊だ。旋回の高度を下げてる」

ヘギョはうずくまった姿勢のままつぶやいた。「ナパーム爆撃が始まる。みんな死ぬ」

今度は誰もどよめかなかった。ざわめいたりもしない。全員が運命を予感している。どうにもならない現実を受け容《い》れたかのようだ。

結衣はヘギョに歩み寄った。ヘギョの顔がわずかにあがると、結衣は手を差し伸べた。

真っ赤に泣き腫《は》らしたヘギョの目が、茫然《ぼうぜん》と結衣を見上げた。「なに?」

「あきらめるには早い」結衣はささやいた。「教えてあげるから。高校事変の生き残り方を」

アントノフ24の振動が大きくなった。旋回の半径が縮小し機体が横に傾く。床は水平でなくなったが、チョン大将は踏みとどまった。オペレーターらの背後に仁王立ちになり、コントロールパネルのモニターを眺めつづける。作戦はいよいよ佳境に入った。

複数のモニターがドローンの映像を表示する。校舎から脱出する地域掃討部隊のようすがわかる。ウォン中佐やハン少佐に率いられた迷彩服らがいっせいに丘を下り、グラウンドに停めてあった車両に分乗する。すべて幌《ほろ》なし四輪駆動の軍用車だった。二十台前後の車両が砂埃《すなぼこり》をあげ、猛スピードで校舎から遠ざかる。

ウォン中佐の声がイヤホンに届いた。「全部隊、退避完了」

いつしかシン・ヘギョの位置信号が途絶えていた。最後に確認されたのは三階、現在の表示は〝心肺停止〟となっている。

発信器を手首から外したのでなければ、文字どおり死んだのだろう。シン陸軍大将の死の連絡を受け、ウォン中佐がヘギョを銃殺したか、ヘギョが絶望し自殺したかだ。どちらだろうとかまわない。万が一にも生き延びていようと問題ではない。すぐに結果は同じになる。

二機のハインドが校舎の周りを旋回中だった。チョン大将は命じた。「残るドローンで校舎を包囲しろ。監視の目に死角をいっさい作るな。優莉結衣か生徒がひとりでも校舎をでたら、ハインドで攻撃。機銃のみならずロケット砲の使用も許可する」

オペレーターのひとりが応じた。「ただちに伝達します」

ふとひとつの考えが頭をよぎった。チョン大将は付け加えた。「連絡が終わったらハインドとの通信を切れ。二機ともだ」

リュ中将が歩み寄ってきた。「どういう意味ですか」

「知れたことだ。I128編隊が爆撃高度に達ししだい、すかさずナパームの投下を開始する」

「……ハインド二機が巻き添えを食いますが」

「むろんそうなる。だが爆撃の直前まで優莉結衣は逃がせない。ほかの学校関係者もだ」

「しかし……」

「リュ中将同志！　情報が正しければ、優莉結衣は米軍の兵器試験場を全滅させ、墜落した旅客機から生還し、CH47チヌークに追われようと返り討ちにした。わが軍は味方の犠牲など厭《いと》わない！」

静寂に包まれたキャビンの一角で、兵士らが黙々と立ち働く。シン陸軍大将の死体を隅に運び、死体袋におさめていた。基地に戻ったら床を洗浄させねばならない。血痕《けっこん》ひとつ残さない徹底ぶりが歴史を再構築する。現実と食いちがっていてもかまわなかった。わが国の歴史に刻まれれば、それが真実だ。

リュ中将がかしこまる態度をしめした。「了解しました」

「当然だろう」チョン大将は醒《さ》めきった気分でつぶやいた。

兵棋《へいぎ》演習の基本だ。チャンギの車と包《チャポ》、将棋の飛車角、チェスのクイーンを欠いていても、不倶戴天《ふぐたいてん》の敵を仕留める。優莉結衣の殺害に成功すれば代償など問題ではない。いまや国家先鋭英雄の称号だけがまっている。

26

結衣は階段を駆け下りた。重荷になるAKMは放棄し、もう拳銃《けんじゅう》一丁しかない。クラスメイトらは依然として武装していた。ヨヌやユガン、ナムギルとイルが背後につづく。この先頭集団にはジュンとサンギョン、それにヘギョもいた。ヘギョは泣きじゃくりながらも、イェジンとダミに両脇を支えられている。性悪女子三人はあれで案外、腐れ縁なのかもしれない。

いま結衣が率いるのはクラスメイトの数人だけではない。四階にいた生徒の生き残り全員が、群れをなし必死に追随してくる。いまや結衣は特務科の生存者らを導く立場にあった。一階の廊下に降り立った。辺りには生徒や教師の死体が累々と横たわる。

サンギョンが昇降口に向かおうとした。「早く外へ……」

「馬鹿」ジュンがサンギョンの腕をつかんだ。「爆音がきこえるだろ。ハインドがすぐ近くにいる。外にでたら蜂の巣にされちまう」

「だからって」サンギョンがひどく取り乱していった。「ここに留《とど》まれるかよ！　もうすぐナパーム弾が山ほど投下される。みんな焼け死んじまうんだぞ！」

女子生徒らが怯《おび》えた顔ですくみあがる。結衣は冷静に呼びかけた。「ついてきて」

廊下を走り総務部に入った。昭和の日本風のオフィスは、すでにもぬけの殻だった。わきのドアに駆けこむと、開放されたカーテンの奥に、プリクラ機とメイクルームがあった。さらにドアを開けた。古びた短い廊下の床には、錆《さ》びた鉄板が敷いてある。〝출입금지《チユリツクムジ》〟、立入禁止と記されていた。

結衣は周りにきいた。「明かり持ってる人いる？」

ジュンがペンライトを寄越《よこ》した。「どうする気だ？」

受けとったペンライトを灯《とも》し、胸ポケットにおさめる。結衣は呼びかけた。「床の鉄板を持ちあげる。みんな力を貸して」

　おもに男子生徒らが鉄板の周りに群がる。全員でぐいと力をこめると、鉄板が浮きあがった。そのまま鉄板を垂直に立て、壁にもたせかける。すると縦穴の底から、どよめきに似た複数の声がきこえた。大人の声だとわかる。

　縦穴は縦横二メートル、内壁は苔《こけ》の生えた石積みだったが、鉄梯子《ばしご》が打ちつけてある。結衣はそこに足をかけた。数段下り、両手を鉄梯子の左右に這《は》わせると、両足を外した。結衣は鉄格子をつかんだまま、垂直に滑り落ちていった。てのひらが摩擦で熱を帯びたが、皮が剝《む》けるより早く縦穴の底に到達した。深さは十メートルぐらいか。

結衣は無事に着地した。

　暗がりに驚きの声がひろがる。結衣はペンライトを胸ポケットから抜き、闇のなかを照らした。眩《まぶ》しそうに顔を背けたのはカン教諭だった。体育のド教諭、社会科のコ教諭、軍事関連の教員だったクォン中尉がひしめきあっている。ユン学校長や総務部職員のソンも一緒にいた。

　狭い空間だが、大人たちは結衣を見るや、反対側の壁で身を寄せ合った。女子生徒のように怯えきった反応をしめす。カン教諭がおろおろといった。「来ないでくれ、優莉結衣！　ここは満員だ。きみが来たんじゃ地域掃討部隊に手榴弾《しゅりゅうだん》を投げこまれる」

結衣は首を横に振った。「どのみちこのていどの深さじゃ、ナパームには耐えられません。そこをどいてください」

教師らが困惑ぎみに顔を見合わせ、そそくさとわきに退いた。ド教諭が目を瞬《しばた》かせた。「結衣。なにをしようというんだ」

方角はたぶんこちらだろう。結衣は拳銃のグリップで石壁を叩《たた》いた。「三つの校舎が不自然な三連の丘の上に建ってる。黄海道《ファンヘド》の楽浪《ランナン》古墳群によく似てる」

社会科のコ教諭が身を乗りだした。「むろん墳墓だ。この縦穴がそうだ。防空壕《ぼうくうごう》に使われてたが、たぶんむかしは棺《ひつぎ》をおさめる石室だったんだろう」

結衣は石壁を叩きつづけた。「楽浪古墳群と同じなら横穴があります」

「まさか……。日本人のきみは朝鮮の歴史に疎いな。横穴式石室は漢代に発達した大陸の文化だ。ここはちがう」

「歴史修正主義にこだわり、漢民族に朝鮮半島が支配されてたのを認めたがらないからでしょう？　楽浪古墳群すら横穴式石室は高句麗の墓制だって、教科書で事実をねじ曲げてる。ここもそう。漢の埋葬文化の痕跡《こんせき》を消すため横穴を塞《ふさ》いでる」

グリップで壁を強打したとき、積み石のひとつが奥へと引っこんだ。結衣は拳銃を壁に向け、銃弾を数発撃ちこんだ。銃声は縦穴のなかで異常に騒々しく反響した。教員らは両手で耳を押さえ悶絶《もんぜつ》している。

だが大人たちの顔いろはたちまち変わった。壁が崩れだしたからだ。コ教諭が目を輝かせた。「あっちに空間がある!」

体育のド教諭が躍りでて、壊れかけの壁に蹴《け》りを食らわせた。クォン中尉もそこに加わった。積み石は崩落し、壁にぽっかりと穴が開いた。結衣はライトで穴のなかを照らした。まさしく横穴式石室だった。高さ一メートル半、幅二メートルの通路がまっすぐ延びている。

コ教諭が結衣にきいた。「行き先は?」

「横穴が延びる方向には、地上に重量のある建物を設けられなかった。よってグラウンドとして用いられてきたんです」

「こっちはグラウンドか。いいぞ、校舎から遠ざかれる!」

ユン学校長が真っ先に穴のなかに飛びこんだ。コ教諭やクォン中尉も我先にと、争いながら通路に入っていく。あきれた大人たちだと結衣は思った。生徒らのことは気にならないのか。

だがカン教諭やド教諭はその場に留まっていた。カン教諭が問いかけてきた。「ほかの生徒たちは？」

結衣は頭上を仰いだ。「下りてきて！　ナムギル、露払いが必要」

大勢の生徒たちが縦穴をのぞいている。ナムギルが鉄梯子を滑降してきた。縦穴の底に着地すると、ストラップに吊《つ》ったアサルトライフルを携え、穴のなかに入っていった。女子生徒らが鉄梯子を一段ずつ下ってくる。時間のロスが気になる。脱出に時間はかけられない。

ふたりの教師と縦穴の底に留まり、結衣は生徒たちを次々と横穴に誘導した。じれったさを噛《か》み締めるうち、思わずつぶやきが漏れる。「マックイーンの『大脱走』も七十七人目でバレた」

カン教諭がきょとんとした顔で見つめてきた。「マックイーン？　『大脱走』って？」

脇に立っていたソン職員がつぶやいた。「わが国じゃあの映画も御法度だよ。人民に脱北のヒントはあたえられない」

27

チョン大将は脈拍の異常な亢進《こうしん》を自覚した。これほど気分が昂揚《こうよう》する時間は人生にかつてない。

アントノフ24は高高度を旋回しつづけていた。眼下を表示するモニター群は、爆撃機I‐28の編隊をとらえている。ホン大佐の隊長機が校舎上空に差しかかった。最初のナパーム弾がいま投下される。

画面が一瞬乱れるほどの閃光《せんこう》がひろがった。たった一発で校舎の屋上に穴が開き、荒れ狂う炎が窓という窓を突き破ったのがわかる。数秒の間を置き、衝撃波がこの高度まで達したらしく、機体が轟音《ごうおん》とともに揺さぶられた。

火球が際限なく膨張していき、二機のハインドを呑《の》みこむ。リュ中将はモニターから目を逸《そ》らしていた。チョン大将は直視しつづけた。美しい犠牲といえる。パイロットも本望にちがいない。一機は校舎の外壁にぶつかり、もう一機はメインローターを竹とんぼのように吹き飛ばしたうえ、地面に墜落していった。

後続のI‐28が次々とナパーム弾を校舎に見舞う。建物の崩落とともに一帯は火炎地獄と化していった。校舎はすでに半分の高さに縮んでいる。剝きだしになった三階を、さらなるナパームが焼き尽くし、床面を破壊していく。数発のナパームごとにひとつのフロアが崩れ去る。目もくらむような閃光と爆発が連続し、校舎はもはや跡形もなくなった。炎の海のそこかしこに、かろうじて瓦礫《がれき》の山が突きだすのみだった。ハインドの残骸《ざんがい》すら、もうすっかり見えなくなっていた。

なおもチョン大将は攻撃中止を命じなかった。I128は列をなし水平爆撃を敢行しつづける。校舎があった敷地は一面が業火のごとく燃えさかっている。炎を絶やすまいとするように、さらなるナパーム弾が見舞われる。丘そのものが崩れだした。斜面には土石流に似た黒い雪崩が発生し、傾斜が水平に均《なら》されていく。

やがてすべての爆撃機が、搭載するナパーム弾の投下を終えた。さすがホン大佐の率いる編隊、一発たりとも標的を外しはしなかった。全弾が校舎に命中、建物の崩落後も、常に同じ位置にナパームを連続投下する。向こう百年は雑草すら生えまい。わずかに隆起を残す丘の頂点が、広く円形に陥没したせいで、いまや火山の噴火口に酷似していた。クレーターの底がマグマのように赤く煮えたぎっている。人工物はなにひとつ目につかなくなった。黒々と炭化した土ばかりが地表を覆う。校舎は建物の基礎さえ残さず太古の無に帰した。

チョン大将は笑い声をあげた。「みごと作戦完了だ」

リュ中将が醒《さ》めた顔で一瞥《いちべつ》してくる。つまらない男だとチョン大将は内心嘲《あざけ》った。物証のかけらも残さず、すべてを闇に葬った。掛け値なしに素晴らしい戦果といえる。

これを正確に評価できないようでは、特殊作戦軍の陣頭指揮をとる資格もない。事後処理が終わりしだい、リュ中将は罷免すべきかもしれない。

「撤収だ」チョン大将はてきぱきと命令を下した。「ホン大佐。I1 28編隊を黄州空軍基地に帰還させろ。総参謀長に連絡。日本の領空侵犯機が黄州選民高校を爆撃……」

急にブザーが鳴った。モニターのなかに突如、いくつもの空中爆発が起きていた。オペレーターが怒鳴った。「I1 28が撃墜されています！」

「なに⁉」チョン大将はオペレーターの背に駆け寄った。「どこから攻撃を受けた？」

「地上です。対空砲火を受けています」

チョン大将は愕然《がくぜん》とした。ドローンはさっきの空爆により全機が炎に呑まれた。いま確認できるのは高高度からの映像しかない。炎上しつづける地面のどこからか、対空機関砲の砲火が無数に上空へと掃射される。I1 28に命中するたび、機体が火だるまになり推力を喪失、たちまち墜落していく。

リュ中将が狼狽《ろうばい》をしめした。「どこから撃ってきてるんだ。正確な場所をだせ」

「グラウンドの校門付近です」オペレーターが応じた。「防空用に設置された対空機関砲がいっせいに火を噴いています」

心臓がとまりかけるとは、まさにこの感覚にちがいない。チョン大将は泡を食いながら叫んだ。「ナパームを投下だ!」

オペレーターがこわばった顔で振りかえった。「爆撃機隊はすべてのナパーム弾を投下済みです」

「なら二十三ミリ機関砲で攻撃……」

「ナパーム弾を一発でも多く搭載するため兵装は外されています。そのため四機のハインドによるバックアップがあったんです。I‐128編隊に対地攻撃能力は残っていません」

寒気が襲った。兵員輸送用のアントノフ24は全機帰還させた。爆撃機以外の機体はいま、この編隊長機だけだ。全幅三十メートル近くもあるターボプロップ双発機は巨大なうえ、動きは常に鈍重だった。容易に狙いをさだめられてしまう。

誰が撃ってきているというのだ。地域掃討部隊を除き、付近に兵力はないはずだ。

チョン大将は早口にまくしたてた。「高度を上げろ。学校上空を離脱。ただちに基地に……」

重低音が機内に反響した。突風が吹き荒れ、無数の書類が宙を舞い、激震のような振動が襲った。床が大きく傾き、チョン大将とリュ中将は同時に転倒した。

轟音が鳴り響くなか、オペレーターの絶叫に似た声が耳に届いた。「被弾しました！　右エンジン火災。緊急気圧低下！」

めまいがおさまらない。三半規管に異常を生じたかのようだ。だが体感的な錯覚ではなかった。機体が錐《きり》もみ状態で墜落していく。重力や遠心力の加わる方向が絶えず変化しつづける。チョン大将は嘔吐《おうと》しそうになった。全身が天井に叩《たた》きつけられたと思うと、今度は床に突っ伏した。上下すら見当もつかない。

焦げくさいにおいが充満している。オペレーターらはうろたえるばかりだ。チョン大将は傾斜を必死に這《は》いあがろうとした。こんなわけのわからない状況で死ねるか。ヘッドセットのマイクにチョン大将は怒鳴り散らした。「パイロット、きいてるか！　いますぐ機体を立て直せ。水平飛行に戻せ！」

28

地上は炎の海と化している。火炎地獄からわずかに距離を置いたグラウンドの一角にも、さかんに火の粉が飛び交い、絶えず熱風が押し寄せる。耳をつんざくのは幾十もの対空機関砲が放つ砲撃音の合奏だった。結衣もそのうち一基を掃射しつづけていた。矢継ぎ早の重低音を盛大に響かせる。

陽炎《かげろう》に揺らぐ大空を仰ぐのは、長さ五メートル、直径五十七ミリの砲身だった。旧ソ連製のS60自走式対空砲。四輪に支えられた剝《む》きだしの射手席におさまり、上空のI128を次々に狙い撃つ。機関砲は激しく振動し、クリップからの給弾を急速に消化する。

異常な暑さに汗が噴きだし、目の表面も乾ききる。意識的に瞬《まばた》きをする必要に迫られる一方、片時も空から視線を外せない。ずらりと並んだ対空砲には、生徒もしくは教員が射手席につき、けっして対空砲火を絶やさずにいる。結衣の隣の対空砲にはナムギルの姿があった。その向こうでは体育のド教諭が射手席におさまる。対空砲の背後には、深さ一メートルほどの側溝が掘られていて、おもに女子生徒が給弾を手伝う。木箱のなかのクリップが、側溝内の手から手へリレーされ、射手席の脇に控える一名が受けとる。

機関砲がクリップの弾を撃ち尽くすや、結衣は手で合図を送った。ヨヌが側溝から受けとった扇状のクリップを、歯を食いしばりながら持ちあげ、機関砲に叩きこむ。親指を立てたヨヌがふたたび脇に下がるや、結衣は砲撃を再開した。

横穴式石室を延々と抜けていった結果、行き止まりの石垣を突き崩すと、この背後の側溝にでた。祖国解放戦争すなわち朝鮮戦争においては、要塞《ようさい》化した建物内との往来に用いられたのだろう。歴史修正のために壁を塞《ふさ》ぎ、横穴式石室を否定しても、地下通路を埋めるには至らなかった。有事にまた利用するためだ。平和がつづくうち、いつしか歴史修正に比重が傾き、横穴式石室の存在は語り継がれなくなった。テ上士は事実を知る数少ない顧問のひとりだった。彼は結衣に伝えようとした。横穴式石室が脱出経路になりうることを。

いま地獄の業火の狭間《はざま》から、生徒と教員が死にものぐるいで、上空の爆撃機に機関砲を見舞いつづける。どの機体にもナパーム弾が残っていないことは一目瞭然《りようぜん》だった。低く漂う雲が地上の炎を照りかえし、夕焼けのように真っ赤に染まっている。悪夢のような空を背景に、黒いカラスに似た無数の爆撃機が、さかんに逃げ惑う。結衣たちが片っ端から撃墜していく。

Il28編隊より高高度を飛ぶ巨大な双発機、アントノフ24が火だるまになっていた。旋回しながら高度を下げてくる。ほぼ錐もみ状態の墜落に近い。機首をまっすぐこちらに向けている。体当たりを食らわせる気かもしれない。

結衣は射手席から腰を浮かせ、周りに怒鳴った。「アントノフに砲撃を集中！」

対空砲のひとつにはジュンが座っていた。装塡《そうてん》不良を起こしたのか、その一基のみ砲火が途絶えている。イェジンとダミがあわてたようすでクリップの再装着にかかる。そこにヘギョが上ってきた。ヘギョは手際よくクリップを除去し、新たなクリップを叩きこんだ。ジュンの砲火が復活した。

軍人でなくとも特務科の生徒や教員ばかりだ。墜落するアントノフ24のどこを狙うべきか、誰もがわきまえていた。砲火は片翼に集中した。エルロンが吹き飛ぶと、まっすぐこちらを向いていた機首が、大きく脇に逸《そ》れだした。

別の対空砲からナムギルの声が飛んだ。「結衣、来たぞ！」

結衣は学校の敷地を囲む塀に視線を移した。隙間から幌《ほろ》なしの車列が見てとれた。地域掃討部隊が駆け戻ってくる。

自走式対空砲の移動は射手席の脇でおこなう。ヨヌが二本のレバーにしがみついた。それらがアクセルとブレーキらしい。ヨヌはアクセルレバーを倒し、四輪の対空砲を前進させた。重機のような動きだった。地面の凹凸がじかに伝わり、乗り心地はけっしてよくない。

校門の正面に陣取ると、ヨヌが対空砲を停車させた。結衣はハンドルを回し、砲身を水平にした。ゲートから地域掃討部隊の車列が飛びこんでくる。

狭いゲートを抜けるため一列にならざるをえない。結衣はそこを狙いトリガーを引き絞った。五十七ミリ機関砲の威力は、アサルトライフルの比ではなかった。車両の乗員らを一瞬にして粉砕した。ゲートを進入してくる車列に対し、次々と機関砲を見舞う。ナムギルとイルの自走式機関砲も駆けつけ、結衣の隣に並んだ。三基の機関砲による水平発射で、数秒のうちに十台前後の敵が餌食《えじき》になった。どの車両も大量の血に染まり、乗員の下半身を残すのみでしかない。

後続の車両はゲートに進入せず逃走したらしい。だが一台が勇猛果敢に突撃してきた。助手席で立ちあがっているのは、禿《は》げ頭に眼帯のウォン中佐だった。榴弾《りゅうだん》発射機に似た筒状の武器を、なぜか左手に携えている。右目を剝き、結衣をしっかりと睨《にら》みつけながら、ドライバーに突進を命じたようだ。車両が速度をあげた。

ナムギルとイルが水平に機関砲で狙い撃つ。しかしすでにゲートを抜けたウォンの車両は、たった一台で蛇行し、砲撃を巧みにすり抜けてくる。みるみるうちに距離が縮まった。

いきなりウォンの筒状の武器が火を噴いた。なにかを斜め上方へと打ちあげた。榴弾とはちがう。低空で異常なほど強烈な光を放った。まるで真昼の太陽のようだった。けれどもそれはわずか数秒にすぎず、また唐突に暗転した。過剰なほどの光量が急に失われたため、視界が真っ暗になる。ヨヌが戸惑いをしめした。ナムギルやイルも目が眩《くら》んだままらしい。いずれも砲撃の手がとまっている。ウォンがその一瞬を狙い、アサルトライフルで銃撃しようとする……。

だがトリガーなど引かせなかった。結衣はすばやく抜いた拳銃《けんじゅう》でウォンを撃った。目眩ましをもろに受け、狙いをさだめられるはずがない、そう思っていたのだろう。被弾したウォンは驚愕《きょうがく》の表情で宙に浮いた。向かってくる車両のドライバーを、結衣はつづけて銃撃した。ドライバーがのけぞるや、車両は大きくカーブしながら傾き、激しく横転した。

ルミネセンス閃光弾《せんこうだん》。特務科の授業で習った。敵の目を眩ませられる一方、閃光弾を発射した側も同じ状態に陥る、いわば諸刃《もろは》の剣だ。ウォン中佐なら用いるかもしれないと予想はついていた。なぜなら……。

結衣は自走式機関砲を降りた。手にした拳銃のスライドは、後退したまま固まっていた。弾のなくなった拳銃を投げだす。地面に横たわるウォンに歩み寄った。さすがに一発で致命傷はあたえられない。ウォンは肩を手で押さえながら、苦悶《くもん》の表情で起きあがった。両目とも開いている。眼帯は額にずらされていた。

苦々しげにウォンが呻《うめ》きを漏らした。「気づいてやがったのか」

「廊下じゃ右目に眼帯だったでしょ」結衣はいった。

光量の急激な変化に備え、常時片目をふさぐやり方は、父の仲間たちの常套《じょうとう》手段だった。遠近感が失われる反面、いきなり暗い場所に入りこんだ場合でも、閉じていたほうの片目を開けば、暗闇に慣れているがゆえ難なく見える。ルミネセンス閃光弾にも有効だった。

ただしずっと同じ目だけを露出していると、左右の視力がアンバランスになってしまう。よって一定時間ごとに閉じる目を替える。ウォンもそうしていた。眼帯が逆になっていると気づいた瞬間、結衣は右目を閉じた。ルミネセンス閃光弾が炸裂《さくれつ》するや、結衣は左目を閉じ右目を開けた。ウォンと同じように。

いまやウォンの血走った両目が見開かれていた。「この愚劣で強欲な日本人の小娘め」

「差別発言はやめなよ」

「おまえの国はもうすぐ滅ぶ」

「そうなる前に架禱斗を殺す」

「架禱斗？」ウォンが鼻を鳴らした。「おまえはわかってない。シビックに翻弄《ほんろう》される前から、日本は南朝鮮ごときに振りまわされてきた」

「K‐POPが流行してるのだけは認める」

「南朝鮮の国際和平統合教会だ！　めでたい日本の政治家は票欲しさに統合教会と手を結んできた」

「なにそれ。新展開？」

「おまえと親しい矢幡元総理にしても、無自覚に政治献金を受けとってる。架禱斗がいなくても、統合教会の教祖が日本を従属させる」

統合教会に北朝鮮の後ろ盾があるといわんばかりだ。だが結衣の胸には響かなかった。「シビックで忙しいのに、いまさらちっぽけな宗教団体とか。パワーインフレ後のスケールダウンなんてノーサンキュー」

ウォンが跳ね起きた。「俺たちの同志を愚弄《ぐろう》するな！」

ふいに迷彩服の胸部が破れ、拳銃を握った右手が突きだしてきた。迷彩服の袖《そで》に通した右腕右手がマネキンのダミー、これも父の十八番《おはこ》だった。ウォンが左手にルミネセンス閃光弾を携えていた時点で予想がついていた。結衣は瞬時にウォンの右手をつかみ、二段階にひねった。肘《ひじ》と手首の関節を、それぞれ直角に近く曲げさせることで、銃口をウォンの胸に突きつけた。ウォンがぎょっとしたときにはもう遅かった。結衣の親指がトリガーを引き絞った。

銃声とともにウォンは海老反りになった。そのまま後方に倒れ、大の字に横たわり、完全に脱力しきった。

結衣の聴覚は油断なく周囲に向けられていた。砲撃の音がなおもつづくなか、ヨヌの叫び声がきこえた。「結衣、気をつけて！」

背後を振りかえったとき、アントノフ24の巨大な機首が、視界いっぱいに突っこんできた。さすがにひやりとさせられる。結衣は身を翻すやヨヌの腕をつかんだ。機体が墜落してくる予想進路に対し、斜め前方へと逃走する。ナムギルとイルも同じ方向に逃げていた。

アントノフ24が制御を失っているのはあきらかだった。機体の腹が地面に叩《たた》きつけられた瞬間、強烈な縦揺れが突きあげた。結衣はヨヌを抱いたまま、行く手に頭から滑りこんだ。地面が波状に盛り上がり、亀裂が縦横に走る。大小の土塊が降り注いだ。生き埋めになりそうだ。

だが地震はしだいにおさまっていった。全身が土に覆われるまでには至らなかった。

結衣は視線をあげた。ヨヌの泥だらけの顔がそこにあった。

近くでナムギルが呻きながら身体を起こす。イルにも手を貸した。背後から熱風が吹きつける。四人は墜落後のアントノフ24を振りかえった。思いのほか機体はすぐ近くにあった。折れた片翼の付け根の下、側面のハッチが半開きになっている。とはいえ近づくのは難しかった。すでに機体のほとんどを炎が舐《な》めているからだ。コックピットの窓からも火柱があがっていた。

砲撃音はやんでいる。生徒や教員らも対空砲を離れ、群れをなし歩いてくる。みな機体側面に集まった。油断なくハッチに銃を向ける者もいる。

やがてハッチが大きく開け放たれ、軍服が姿を現した。背の高い中年男性、正確な年齢は不詳だった。煤《すす》まみれのみすぼらしい外見のせいかもしれない。男はふらつきながら声を張った。「撃つな！　リュ・ジェウ中将だ。降伏する。望むなら私から国防相や総参謀長に橋渡しを……」

銃声が響いた。リュ中将はのけぞり、唖然《あぜん》とした面持ちで両膝《りょうひざ》をつくと、ばたりとつんのめった。

ハッチからもうひとりでてきた。より階級が上とおぼしき軍服だった。額から血を流し、足を引きずりながら歩いてくる。右手には拳銃を握っていた。銃口から煙が立ちのぼる。リュ中将とは対照的に、協調の意思をしめそうとしない。ヘッドセットのマイクに男が怒鳴った。「ホン大佐！　きこえるか、チョン大将だ。いまこそ本分を果たせ！」

ざわっとした驚きが生徒や教員にひろがる。まだ敵がいたのかと誰もが辺りを見まわす。結衣の耳に不安定なエンジン音が届いた。振りかえると空の彼方《かなた》から、点のようなI128が一機、こちらに直進してくるのが見えた。機体後方から煙を吐いている。ナムギルが緊迫の表情でつぶやいた。「特攻をかます気だ」

するとヘギョの声が呼びかけた。「どいて！」

ヘギョは肩にRPG7を担いでいた。I128が体当たりせんと向かってくる。たちまち機首が大きくなった。片膝をついたヘギョがRPG7の弾頭を発射した。吹き荒れるガスに髪が激しくなびいた。弾頭は数メートルを飛んだのち、ロケットに点火するや火の玉と化し、機首めがけ飛んでいった。プレクシグラスが割れ、コックピットが炎で満たされた直後、機体は放射状に吹き飛んだ。爆発が無数の破片を周囲に飛散させる。数秒を経て轟音《ごうおん》が大地を揺るがした。

発射済みのRPG7を担いだまま、ヘギョは怒りに燃える目で空を睨《にら》みつづけていた。やがてため息とともに肩を落とし、アントノフ24を振りかえった。

チョン大将はへたりこんでいた。結衣はチョン大将のもとに歩きだした。生徒や教員もみな同調し、ゆっくりと近づいてくると、一同がチョン大将を取り囲んだ。

項垂《うなだ》れたチョンの前に結衣は立った。結衣はぞんざいに話しかけた。「さっきの中将は降参だってさ。あんたはなにかいうことねえのかよ」

視線をあげず、チョンが肩を震わせた。くぐもった笑い声が響く。唸《うな》るようにチョンがつぶやいた。「降参だと。それはおまえらだ。優莉結衣。じきに日本は無力化される」

軍事関連の教員、クォン中尉が信じられないという顔になった。「まさか弾道ミサイルを……」

チョン大将が顔をあげた。クォン中尉を見た瞬間、チョンは眉《まゆ》をひそめた。「おまえは軍人だな？」

クォン中尉が表情をこわばらせた。「軍人であり教員です。正しいことを教える者です」

「なら理解しておけ。元死刑囚の娘が生まれた国は、あと十五分で無秩序の極貧国と化す。六大都市が六発の核ミサイルで壊滅するからだ」

「そんな馬鹿な。あなたとて戦略軍を意のままに動かせないでしょう」

「それができる。日本による領空侵犯を探知、黄州への攻撃が予測されるとクァク大佐に伝えた。命令に忠実なクァク大佐は弾道ミサイルの発射秒読みを進めている」

生徒らが慄然《りつぜん》としている。ジュンが怒りをのぞかせた。「初めから戦争を起こす気だったんですか」

「戦争はもう起きている!」チョン大将が頬筋をひきつらせた。「劣等生ども、おまえたちの蛮行が日本による侵略の裏付けだ。総参謀長も納得する。偉大なる元帥閣下もな」

ヘギョが硬い顔で歩みでた。「チョン大将。父はどこ?」

チョン大将が言葉を呑みこんだ。ヘギョがチョンに近づく。丸腰ではあっても、殺意の籠《こ》もった冷やかなまなざしが、銃口並《の》みの威圧感を醸しだす。

「さあな」チョン大将がぎこちなく応じた。「会ってはいない」

「嘘」ヘギョがささやいた。「一緒にいたはず」

「誰に向かって口をきいてる? 高校生の分際で、まだ同志と呼ばれると思うな」

燃えさかる墜落機にヘギョは視線を移した。「あのなかに……」

「たしかめてみるか?」チョン大将が不敵にいった。「親子揃って火葬が望みか」

ヘギョが表情を凍りつかせた。「父を殺したんですね」

チョン大将の目も険しさを増した。地面にへたりこんではいても、その手にはまだ拳銃《けんじゅう》が握られている。次なる行動は予想がついた。

弾《はじ》けるように立ちあがったチョンが、ヘギョを左腕で抱えこみ、右手で拳銃を突きつける。ヘギョはチョンの近くに立っていた。たしかに人質にとりやすい。だがチョンは同時に辺りを警戒する必要に迫られる。ヘギョの位置に当たりをつけたら、左腕で抱き寄せつつ、周囲にも目を光らせる。ずっとヘギョを注視するわけにはいかない。ヒトの水平方向の視野は鼻側に六十度、耳側に百度。チョンの視界の端から、ヘギョの姿が外れる一瞬がある。

まだチョンの動作の初期段階で、結衣はすばやく踏みこんだ。ヘギョの腕をつかみ引っぱると同時に、入れ替わりにヘギョのいた位置に立つ。一秒に満たない動作ゆえ、ヘギョもなにが起こったかわからないようすで、いまや茫然《ぼうぜん》と生徒たちのなかに立ちすくんでいる。一秒が過ぎた。チョン大将は人質の入れ替わりに気づかず、左腕で結衣を抱えこみ、右手で拳銃を突きつけた。

ところが群衆を見渡すチョン大将が、ヘギョに目をとめると、鳩が豆鉄砲を食ったような顔になった。驚愕《きょうがく》の表情で結衣を見つめる。

結衣はチョン大将にいった。「遅い」

はっとしたチョンが拳銃のトリガーを引こうとする。結衣はチョンの右前腕を内側から弾き、銃口を逸《そ》らした瞬間、左の掌打で顎《あご》を突きあげた。チョンの身体が浮きあがり、がら空きになった胸もとに、結衣は飛び蹴《げ》りを食らわせた。

チョンは急速に後ずさった。振りかざした手にはまだ拳銃があるが、全身はもう隙だらけだった。生徒らがいっせいに発砲した。複数の銃声が熱風の吹き荒れる大地に轟《とどろ》いた。

啞然とした面持ちのチョン大将がたたずむ。軍服の胸部が血に染まっていた。チョンは空を仰ぎ、背中から地面に倒れた。

一帯は山火事のごとく広範囲に燃えあがっている。アントノフ24の墜落機も、いまや火の手が隅々にまでおよび、機体のすべてが炎に包まれていた。ヘギョが機体を見つめながら立ち尽くしている。結衣はヘギョに歩み寄った。黙って目でうながすと、ヘギョは諦《あきら》めたようにうつむき、燃えさかる機体に背を向けた。

「結衣」ヘギョがつぶやくようにいった。「このまま架禱斗とともに日本が滅ぶなら、わが国の軍人はみんな喜ぶ。でも父はそうじゃないと思う。罪もない人たちも大勢死ぬなんて……」

クォン中尉が緊迫の声を響かせた。「黄州基地のミサイル六基は六大都市に標的をセットしてある。発射五分前にはコントロールセンターから全員が退避する。以降は党本部による中止命令すら通じなくなる」

カン教諭がうったえた。「行こう。なんとかして阻止すべきだ。無差別大量虐殺で核戦争を始めるなど許されない」

生徒らがいろめき立つなか、結衣は校門のほうに目を向けた。玉突き事故を起こし、無造作に停まった車両の群れが、陽炎《かげろう》のなかに揺らいでいる。

「誰か運転できる?」結衣はきいた。「わたし自転車しか乗れないし」

29

幌《ほろ》なし軍用車両は、ロシア版ジープといえるUAZの、九人乗り改造型だった。運転席のド教諭がアクセルをベタ踏みにしている。結衣は三列シートのいちばん後ろにいた。山道を駆け抜ける車両は、猛烈な風圧が吹きつけ、断続的な振動に揺さぶられる。

生徒らはヨヌとユガン、ナムギル、イル、ジュン、それにヘギョがいる。クォン中尉は結衣の前の席に座り、身体ごと後ろを向き、しきりに声を張った。「党中央軍事委員会が日本攻撃を許可するはずがない! いつもの〝飛翔体《ひしょうたい》〟発射と報告されているはずだ。だが黄州基地から発射される以上、六発は六大都市に命中する」

結衣はきいた。「標的の変更は不可能ですか」

「授業で繰りかえし触れただろう。アメリカの高性能巡航ミサイルとはちがう。弾道も標的も固定されてる」

運転席でド教諭が怒鳴った。「基地に入るぞ！」

山道の行く手に突如、ゲートが出現した。遮断桿《かん》は上がっていた。車両は減速せず一気に走り抜けた。脇の警備小屋に人影は見あたらない。

ナムギルが伸びあがり後方を振りかえった。「警備がひとりもいない」

クォン中尉がいった。「発射まで五分を切ったからだ。ミサイル基地要員は退避を命じられてる。コントロールセンターも間もなく無人になるはずだ」

ジュンがクォン中尉を見つめた。「報復攻撃に備えての離脱ですね」

「そうだ。弾道ミサイルが敵地に着弾すれば、発射した場所を探知され、報復を受ける可能性が高い。反撃は米空母によるトマホーク発射を想定している。日本のEEZ内から時速八百八十キロで飛来すると仮定し、この基地の弾道ミサイル発射の五分前までに総員退避しないと、安全圏まで逃げられない」

空港のように広大な敷地に車両は飛びこんだ。アスファルトならぬコンクリート敷の平面が、山の谷間に延々とひろがっている。ただし結衣たちの乗る車両のほかには、無人のトラックがそこかしこに放置されるのみで、人の気配はまったくない。航空機も一機たりとも存在しない。

コンクリートの広場の中央に近づいた。前方に見えてきたのは、記憶にある光景だった。シン陸軍大将の別邸に向かう途中、崖《がけ》の上の道路から見下ろした。直径約二十メートルの円形の穴。二列に三つずつ、計六つ。まだ金属製の蓋《ふた》が閉じたままだ。

ミサイルサイロ。この場に降り立つとは思ってもいなかった。

疑問が湧いてくる。結衣はまたクォン中尉に問いかけた。「蓋はいつ開くんですか」

「発射寸前だろう。総員退避が原則のため、サイロの開口とミサイル発射は、AIが自動的におこなう。その隙に空爆を受けないよう、蓋はぎりぎりまで閉じておく」

なら相応に頑丈な蓋にちがいない。手榴弾《しゅりゅうだん》で吹き飛ばせるとは思えなかった。いよいよミサイルサイロの縁に迫った。灰いろの広場に、円形プールのような六か所の凹《へこ》み。近くの排気ダクトから煙が立ちのぼっている。たしかにこの地面の下、悪夢の大量破壊兵器が、空に放たれるときをまっているのだろう。

数百メートルの遠方に建物が見えた。やはり空港の管制塔に近いが、ずっと小ぶりだった。以前に崖の上から見下ろしたときは視認できなかった。あれがコントロールセンターにちがいない。

ド教諭がミサイルサイロのすぐ近くでブレーキを踏んだ。車両は急停車した。全員が前のめりになる。エンジン音が途絶えると、コントロールセンターに鳴り響くサイレンに気づいた。

拡声器による怒鳴り声もこだましている。

「そこの車両、ただちに退避しろ。ここは軍用基地だ。立ち入りは許されていない。繰りかえす、ただちに退避しろ」

がみがみとうるさい呼びかけが反復する。生徒らはかまわず降車しだした。コントロールセンターから警備車両が駆けつけるようすはない。上空に航空機も見えない。発射が迫ったいま、基地要員にはなにもできはしない。ただ遠くから警告を発するに留《とど》まる。それも間もなく途絶えるだろう。総員退避する以上は。

運転席から降りながらド教諭がぼやいた。「こんなところに生徒を連れてくるなんて、教師にあるまじき行為だ」

ジュンが首を横に振った。「結衣が望んだことだ」

クォン中尉は深刻なまなざしを向けてきた。「弾道ミサイルについては、いままで説明してきたとおりだが……」

判断に困惑をしめされるのは百も承知だ。全員が車両から降り立った。結衣はスカートベルトから拳銃《けんじゅう》を抜くと、ヘギョに投げ渡した。面食らった顔のヘギョが、両手で拳銃を受けとった。

「撃って」結衣はいった。

ヨヌが目を瞠《みは》った。「結衣⁉」

「さっきもいったでしょ」

「そんな。本気だったの？」

ヘギョも戸惑いのいろを浮かべたものの、両手で拳銃を構えた。銃口はまっすぐ結衣に向けてくる。

ド教諭があわてて駆け寄ろうとした。「ヘギョ。よせ」

結衣は片手をあげ、周りの動揺を制した。「いいから」

拳銃を構えたヘギョがささやいた。「あなたに当てないとでも思ってる？」

その問いかけへの反応から、結衣の内面をたしかめようとしているのだろう。一種の揺さぶりでもある。けれども結衣のなかに恐怖心はなかった。「わたしを殺さずにおいて未来に期待するか、殺してミサイルに期待するか、どっちか自由に選べばいい」

ユガンがそわそわしだした。「ミサイルに期待って……。六大都市の壊滅で、首尾よくわが国が勝利をおさめられることに期待しろって？」

ド教諭が唸《うな》った。「たしかに優莉架禱斗が東京にいる可能性は高いと思うが……。いなくても大阪か名古屋《なごや》あたりには……」

ヨヌが切実な面持ちで異論を唱えた。「そんなことといって、どっか地方で美味《おい》しいものを食べてたらどうするの⁉　架禱斗が生き延びたらシビックが猛反撃に転ずるでしょ」

ジュンが同意した。「国家の枠組みにとらわれないシビックが存続して、わが国の敵にまわるほうが、アメリカや国連よりずっと怖い」

ヘギョは澄まし顔のままだった。「架禱斗が東京にいなくても、京湯葉料理か神戸《こうべ》牛を食べに行っていれば、旅先でミサイルに吹き飛ばされる。京都も神戸も六大都市に含まれるから」

「まって」ヨヌは涙ながらにうったえた。「博多《はかた》でもつ鍋《なべ》を食べてたら？　札幌《さっぽろ》の海鮮は？　石垣《いしがき》島の八重山《やえやま》そばは？」

結衣は思わず苦笑した。意外なことにヘギョも微笑を浮かべた。ふしぎな時間が流れている。誰もが日本通にならざるをえないクラスだった。状況も異様だ。北朝鮮の女子高生が、同世代の日本人女子に拳銃を向けている。けれどもふたりとも笑っていた。

微風がヘギョの髪を泳がせる。世間話のようにヘギョがささやいた。「潜入工作員になったあかつきには、現地のグルメがなによりの楽しみ」

それが心の支えになっている、ヨヌがそう告げてきたことがある。結衣はヘギョにいった。「最高試験受験で特務局職員になるなら、現地への潜入もないでしょ。官僚みたいなもんだし」

「志願すればそうでもない」ヘギョは言葉を切った。なんらかの感情が脳裏をよぎった、そんな表情が浮かんだ。神妙にヘギョは付け加えた。「でも焼け野原を訪ねるのはお断り」

その返答で充分だった。結衣はヨヌに目を移した。「お別れのときがきた」

「結衣！」ヨヌは泣きだしていた。「わたしはあなたを友達だと思ってた。いまもそう。これからもずっと」

せめて手を取りあいたい、ヨヌの顔にそう書いてある。しかしそれはありえなかった。この場にいる全員が理解しているだろう。もう結衣に近づいてはならない。

ジュンが感慨深げにささやいた。「結衣。きみは立派な人だった。いつか極東に平和が訪れんことを」

結衣はほろ苦さを噛《か》み締めた。思えば転校先ではずっとこうだった。邪険にされ孤立し、たとえ心が通じあうことがあっても、それは別離を意味した。何度経験しても胸が痛む。ただしいまは喜ぶべきかもしれない。全員ではなかったものの、同じ特務科の生徒たちが生き延びた事実を。

ヘギョが拳銃で狙い澄ましてきた。「結衣。償いのときがきた」

サイレンも警告の声も、ずいぶん遠くにきこえる。あらゆるノイズがフェードアウトしていった。静寂が包むように感じられる。結衣は小さくうなずいた。

自分に向けられた銃口が眼前にある。銃火の閃《ひらめ》きをまのあたりにした。銃声が辺りに響き渡った。結衣は空を仰いだ。まっすぐ後ろに倒れ、コンクリートの上に横たわった。

30

戦略軍のクァク大佐は息を呑《の》んだ。

コントロールセンター二階の管制室、全面ガラス張りの窓を通じ、双眼鏡でミサイルサイロの脇を凝視する。三キロ先の人間すら識別できる光学ズームだ。六百メートルの距離なら明瞭《めいりょう》に確認できる。

いま拳銃を撃ったのはシン陸軍大将の娘ヘギョだとわかる。冷やかに見下ろす地面に、同じ制服を着た同世代の少女が倒れていた。しかし黄州選民高校の生徒ではない。

た。

横顔を拡大した。チョン大将からまわってきた画像データと同じ顔だ。優莉結衣だっ

思わず鳥肌が立った。情報はまちがっていなかった。たしかに優莉結衣が潜入していた。ならば彼女の手引きにより、日本が黄州選民高校を爆撃するとの推測も、やはり事実だったのだろう。数多くの若い命が奪われてしまった。クァク大佐のなかに憤《ふん》怒《ぬ》がこみあげてきた。シビックに乗っ取られた日本、悪の枢軸国め。どうしてここまで惨《むご》いことができようか。

隣でホ中佐が同じように双眼鏡を手にしていた。「こっちに来ます」

クァク大佐ははっとした。ふたたび双眼鏡で観察する。生徒らや大人たちが軍用車両に戻った。結衣の死体だけを残し、車両がコントロールセンターへと向かってくる。速度があがった。運転席で教師らしき男がステアリングを握っている。猛然と疾走するさまに脱出の意思が見てとれる。乗員のひとりは軍人のようだ。こちらに大きく手を振っていた。

救いを求めている。クァクは双眼鏡を下ろした。「ホ中佐、受けいれ態勢を」

「わかりました」ホ中佐が身を翻した。

クァク大佐もホ中佐を追いかけた。管制室は電源が落ち、すべてのモニターが消灯

している。レーダー装置も機能していない。ここは弾道ミサイルの発射だけを管轄する。秒読みが始まってからは、ミサイル内蔵ハードウェアのAIによるデータリンクに、あらゆる制御が移管された。サイバー攻撃を受けようとも、コントロールセンターを空爆しようとも、もうミサイル発射は止められない。

階段を駆け下りていくと、一階の屋内ガレージに、最後のトラックだけが待機していた。居残るエンジニアや警備兵もわずか数名だった。ホ中佐が警備兵に、シャッターを開けるよう命じた。ミサイルサイロ側のシャッターがきしみながら上昇する。

空港の滑走路に似た広大な一帯を、軍用車両が走ってくる。警備兵が片手をあげ合図した。車両が減速しながらガレージに進入してきた。

停車した車両に警備兵が近づいた。「武器は預かります。降車してください」

生徒たちが銃を引き渡しつつ車両を降りだした。ほとんどの顔が真っ黒の煤《すす》まみれだ。さっき双眼鏡で確認した、軍人らしき男性が興奮ぎみに歩み寄ってきた。「クォン中尉です。黄州選民高校で教員を担当していました。じつは学校が攻撃に遭い……」

「落ち着け、クォン中尉同志」クァク大佐はなだめた。「間もなくミサイルが発射される。まずは退避だ。トラックに乗れ」

ホ中佐が女子生徒のひとりに声をかけた。「シン陸軍大将のお嬢様ですね。お怪我はありませんか」

トラックに向から生徒らのなかで、ヘギョが立ちどまった。憂いのまなざしが虚空を眺める。

教師らしき男が代わってホ中佐にいった。「教員のド・ミンスです。基地への侵入についての責任は、すべて私に……」

「いや」クァク大佐は歩み寄った。「優莉結衣がいたでしょう。あの女を射殺したことで、あなたがたは解放された。われわれも管制室から見ていた」

ホ中佐が同情のいろとともにうなずいた。「脅されてここまで来たんですね。もう心配ありません。優莉結衣はミサイル発射とともに灰になります」

クァク大佐は双眼鏡を屋外に向けた。はるか遠くの優莉結衣は横たわったまま動かない。もしまだ息があったとしても、どこにも逃げられはしない。ミサイルの噴射の炎は敷地いっぱいにひろがる。

「さあ乗って」クァクは一同をうながした。「国家の天敵を殺《あや》めた諸君は英雄です。きょう私が目撃したことを上に報告します」

ヘギョが視線を落としたままつぶやいた。「学校にも多くの生存者が……」

ホ中佐が請け合った。「むろん保護します。生徒や教員による決死の抗戦ゆえ、優莉結衣の殺害に成功したのです。今後、全員の立場が重んじられるよう、戦略軍からも働きかけます」

生徒らは憔悴《しょうすい》しきっていたが、ホ中佐の言葉を受け、わずかに表情を和ませた。クァク大佐は純粋に一同の安堵《あんど》ととらえた。気の毒に。みな優莉結衣の無慈悲な凶行に、死の恐怖を味わったのだろう。だがもう心配はない。優莉架禱斗が起こした戦争に、わが国は勝利をおさめる。

全員がトラックの荷台に乗りこんだ。ホ中佐も同乗する。最後に警備兵らが荷台両脇のステップに上った。クァク大佐はすでに助手席におさまっていた。トラックが発進する。無人になった基地をあとにし、反対側の車両出入口を抜けていった。

六大都市への攻撃。おそらくチョン大将による勝手な命令の変更だろう。事実に薄々気づきながらも、クァク大佐はあえて異議を唱えなかった。日本の消滅は朝鮮人民軍にとって悲願だ。ためらう理由はどこにもない。

31

結衣は跳ね起きた。コンクリート敷の地面が揺れだしたからだ。

広大な敷地にはもう誰もいない。直径約二十メートルの円が六つ、いずれも金属製の蓋《ふた》が水平にスライドし始めている。

ひとつの円のなかに降り、横滑りする蓋の上に立つ。転倒しそうになったが、なんとか踏みとどまった。ゆっくり開いていく蓋の縁にしゃがみ、真っ暗なサイロのなかを見下ろす。円筒形に掘られた縦穴に、巨大なミサイルが一基、直立状態でおさまっていた。

弾頭はわずか三メートルほど下だが、サイロ自体は底が見えないほど深かった。ミサイルはそれだけ長く、いわば地中に建った塔か灯台だった。近くで見るとミサイルの表層には、金属板の不揃いな継ぎ目や、雨垂れや錆《さ》びがめだつ。古色蒼然《そうぜん》とした印象も漂う。

形状のせいかもしれない。外観はミサイルというより、ロシアのソユーズロケットにそっくりだ。先端は核弾頭ではない。直径二メートル、高さ一メートルの銀いろの円錐《えんすい》、宇宙航行用の有人カプセル、むろんダミーだった。

　ここに来るまでの車上で、クォン中尉が説明したとおりの火星20号。教科書に掲載された構造図が思い起こされる。サイロにおさまっていれば、監視衛星から見られることもないが、製造や運搬の段階で査察を受ける可能性があった。よっていかに見え透いていようと、仕様上は宇宙開発用ロケットに擬態してある。

　教科書の記載によれば、三段式ロケット全体の高さはたしか四十七メートル、直径は最も太いところで四・八メートル。質量三十二・五トンになる。ジェットエンジンではなくロケットエンジンで飛ぶため、酸素のない大気圏外の飛行も可能だが、そこまでの高度に上昇するのは、四千キロ以上先の標的に着弾する場合だけだ。千三百キロていどの日本へは大気圏内を飛ぶ。本物の核弾頭は、この有人カプセルの下に隠れていて、発射後に生えてくる。

　サイロの蓋が半分近くまで開いた。蓋の縁が弾頭の真上に差しかかる。結衣は跳躍し、円錐の頂点に着地、側面を滑り落ちるや、ただちにしがみついた。思いのほか摩擦が生じにくい。足場もなかった。抱きつくように全身を這《は》わせ、両手でわずかな凹《へこ》みを探しては、かろうじて指先をかける。

　山道を走る軍用車両の上で交わした言葉を思いだす。結衣はクォン中尉にたずねた。

有人カプセルに乗りこめませんか。

「なに!?」クォン中尉の眼球は飛びださんばかりだった。「冗談いうな」

ジュンも信じられないという顔になった。「結衣。それに乗って日本まで飛ぼうってのか」

結衣はうなずいた。「標的に接近した時点で、ダミーの有人カプセルは切り離されて落下する仕組みでしょ。たぶん日本のEEZ内に落ちる」

ヨヌがあわてたようすでいった。「無茶だって。カプセルごと海上に叩《たた》きつけられたら……」

「いや」クォン中尉が真顔になった。「有人カプセルは中華人民共和国製で、神舟《シエンチョウ》6号と同じ構造だ。あの国が二度目の有人宇宙飛行を成功させた宇宙船になる。張りぼてじゃ国連による査察の目を欺けない。本物の有人カプセルの提供を受けるほうが早かった」

ジュンがクォン中尉を見つめた。「機能もいちおう備わっているわけですか。大気圏突入時に開く三連のパラシュートも」

「ああ」クォン中尉がうなずいた。「ただし本当に宇宙飛行するわけじゃないから、大気圏外にでてまた戻ってくるプログラムがAIにない。パラシュートを開くには有人カプセル内で緊急手動操作が必要になる」

結衣はきいた。「本来はコントロールセンターに依拠するデータリンクも、発射前には有人カプセル内のコンピューターへ移管されるんですよね？」

「授業で説明したとおりだ。専門的な査察に備え、ロケット点火時にはカプセルの機能にも通電するよう設計されてる。同じ基地内の全ミサイルがデータリンクで結ばれることになる。ただし理論上だぞ。ダミーの有人カプセル内に人が乗るなんて、誰も想定してない」

「でもダミーといえど、中国が作った本物の有人カプセルでしょう？」

運転席のド教諭が振りかえった。「おい。盟友の中華人民共和国を縮めて呼ぶな。処罰の対象になるぞ」

ユガンがあきれ顔でいった。「先生。いまさら誰が彼女を処罰するんですか」

ずっと黙っていたヘギョが顔をあげた。「結衣。どうやって乗るつもりなの？」

結衣はヘギョに応じた。「わたしはミサイルサイロの近くで降りる。あなたたちはわたしを銃殺したことにして、その場に置き去りにしてくれればいい」

車上はしんと静まりかえった。誰もが言葉を失っているようだ。耳に届くのはエンジン音とロードノイズ、吹きすさぶ風の音だけだった。

やがてイルがささやいた。「たしかにコントロールセンターからの監視の目は、それでだませるかもしれない。総員退避に乗じて僕たちが逃げるのに支障はないかも……」

ヘギョが見つめてきた。「結衣。あんたを殺したとなれば、わたしたちは党や人民軍から賞賛される。チョン大将以下、地域掃討部隊が全滅したからには、真実を知る者は誰もいないから……。わたしたちはこの国の有力者になりうる。それでいいの？」

ためらいがちな口調だった。また沈黙が降りてくる。みな自分たちが出世することを、嘆かわしいことのように感じ始めている。少なくともそんなふうに見えた。

結衣は首を横に振った。「この国で権限を持つ立場になったとき、どうするかは自分たちできめればいい。保身に走るか、国家の思想に染まるか、あるいは正そうとするか……。なんにしても出世なしには影響をあたえられない」

ユガンがつぶやいた。「日本のドラマのセリフにもあったよ……。〝正しいことをやりたければ偉くなれ〟って」

ヘギョの視線が落ちた。それっきりしばらく口をきかなかった。ほかの誰も喋《しゃべ》らずにいる。いったん会話は途絶えた。みな一様に重苦しい表情になった。まるで通夜だと結衣は思った。

やがてド教諭が沈黙を破った。「率直《そっちょく》にいわせてもらうが、狂気の沙汰《さた》じゃないのか?」

いま結衣はまさにその境地にあった。ミサイルサイロ内、弾頭の有人カプセルにしがみついている。通夜の空気も勘ちがいだったわけではなさそうだ。

左手が小さな強化ガラス製カバーに触れた。大気圏外活動時にハッチが開かなくなった場合、このカバーが外れると教科書に書いてあった。結衣は人差し指のダイヤをガラスに押しつけ、力強く×印を刻みこんだ。こぶしを固め殴りつけるとガラスが割れた。なかに手をいれ、図解にあったとおりのレバーをつかみ、ぐいと引いた。

エアーが噴出する音とともに、円錐の外壁の一部が浮き上がった。ドアが開いた。困ったことに結衣がしがみついている位置からは、外周の四分の一ほど離れている。結衣は慎重に横移動していった。有人カプセルが振動し始めた。ミサイル全体が揺れている。重低音が轟《とどろ》き、熱風が吹きあげてきた。眼下が赤く照らしだされる。ミサイルサイロ内が陽炎《かげろう》に揺らぎだした。

ミサイルが点火したようだ。もう一刻の猶予もならない。結衣は意を決し、横っ飛びに開口部へと手を伸ばした。指先がかろうじて縁にかかった。死にものぐるいで懸垂し、身体を引っ張りあげる。五十メートル近い塔のてっぺんにぶら下がるのと同じ状況にあった。その考えを頭から閉めだす。滑りがちな金属製の外壁に足を押しつけ、必死に踏みしめながら、上半身を開口部に乗りこませようと躍起になる。強引に前のめりになると同時に外壁を蹴《け》り、結衣は有人カプセル内に転がりこんだ。

身体を起こそうとして頭を打った。結衣は周りに目を向けた。思わずつぶやきが漏れる。「マジかよ」

異様な狭さだった。装置が埋め尽くすせいで内径は二メートルに到底満たない。高さもせいぜい六、七十センチだった。都内の科学館で見たアポロ宇宙船より、ずっと古くさくチャチな内装に思える。本当に神舟6号と同じ構造なのだろうか。三方向に小さな丸い窓があり、それぞれの隣には壁を背にしたシートが備えつけられている。カバーもない金属製で、スタジアムの座席に似ていた。安全ベルトがまた頼りない。腰の左右に渡すだけの二点式シートベルト。浅草花《あさくさ》やしきにある、垂直方向に上下する乗り物のほうが、はるかにましなシートベルトが付いている。

まだ着席するわけにいかない。結衣はドアを内側から引っぱり、勢いをつけながら閉じた。ハンドルを回しロックする。どこまで回してもきりりと閉まらない。本当に密閉状態か疑わしい。しかしドアにかかりきりにはなっていられない。

押入れのような狭さのなか、結衣はカプセルの内壁を見まわした。無数の計器とスイッチがびっしりと覆う。さすがに教科書には、すべての詳細までは載っていなかった。振動のせいでまともに注視すらできない。

だがこれらの大半は宇宙での活動用であり、弾道ミサイルにおいてはダミーにすぎない。コンピューター制御卓《コンソール》が見つかった。結衣はキーボードに両手を這わせた。小さなモニターが点灯する。グラフィックにミサイル六基の簡素な断面図が表示された。文字はすべて中国語の簡体字だった。

単純なリスニングだけは、幼少期に六本木オズヴァルドで養われたが、読解は困難だった。結衣は唸《うな》った。「グーグル翻訳はねえのかよ」

クォン中尉にきいたとおりに操作する。教員もすべてを知るわけではないだろうが、わからないところは想像で補うしかない。

弾道ミサイルは通常、無線誘導される仕組みだが、宇宙ロケットはそうではない。火星20号の標的が固定されている理由はそこにある。表示上は六基すべてがロケットの扱いのようだ。四号ロケットだけ、有人カプセルが赤く染まり、〝登机〟と表示されている。搭乗中という意味っぽく思える。乗ったのは四号ロケットか。日本人にしてみれば不吉な数字だった。朝鮮語でも四と死は同じ発音だ。

カーソルで一から三号、五号と六号を選択。数多く表示されるメニューのなか、〝自我毀灭〟が目を引いた。自己破壊つまり自爆っぽくないだろうか。宇宙ロケットのデータリンクにも、軌道を外れた際に遠隔で爆破できる仕組みがあるはずだ。それを選択した。

次に表示された選択肢はふたつ、〝是〟と〝不是〟だった。イエスかノーかにちがいない。結衣は〝是〟にカーソルを合わせ、まだエンターキーを叩《たた》かず待機した。四号ロケット以外を自爆させるのは、発射と同時でなければならない。

数秒を経て振動が尋常でないほど強くなった。もはや激震に等しい。窓から薄日が射しこんできた。結衣ははっとした。弾頭がミサイルサイロをでた。垂直上昇している。

四号以外のミサイルを破壊せねばならない。結衣はエンターキーを叩いた。

ところが自爆は実行されず、また別の選択肢が開いた。中国語は読めない。選択肢は〝0〟〝5〟〝10〟〝20〟……数字が羅列されていた。秒読み時間の設定か。余計な。

結衣は唇を嚙《か》み、エンターキーに手を伸ばそうとした。ところが腕が持ちあがらない。全身が床に吸い寄せられる。推進力に生じるGだろうか。結衣は必死に左腕を浮かせ、指をキーボードに運んだ。カーソルで〝0〟を選択、エンターキーを叩いた。

ブザーとともに窓の外が真っ赤に染まった。有人カプセルは四号ロケットごと激しく揺さぶられた。鼓膜が破れそうなほどの轟音《ごうおん》が響き、焼却炉に放りこまれたも同然の熱気が充満する。なんともいえない強烈なにおいが漂った。

窓の外に凄《すさ》まじい火柱が立ち上るのを見た。渦巻く炎のなかに金属片が撒《ま》き散らされている。四号以外のロケットが発射寸前、サイロ内で爆発を起こした。火炎地獄が有人ロケットの外側を覆い尽くす。こちらも熱に溶かされるか、爆風に吹き飛ばされはしまいか。恐怖が全身を包みこむも、いっこうに肌寒くはならない。異常なほどの高温に意識が朦朧《もうろう》としてくる。

ところが真っ赤に染まっていた視界が、ふいに灰いろに転じた。窓から射しこむ光のいろが変異した。いま窓の外には曇り空が広がっている。振動がわずかに減退し、轟音に甲高いノイズが交ざりだした。

信じられない、本当に打ち上げられた。モニター上では、四号を除くすべてのロケットが黒くなり、〝湮灭〟と表示されていた。煙になった、あるいは燃え尽きた、そういう意味なら嬉《うれ》しい。たぶんその可能性が高かった。ほかのロケットが発射されたようすはないからだ。地上で大爆発が起きた。無事に発射されたのは、この四号ロケットだけだ。

喜びもつかの間、さっきよりも強烈な重力が、結衣を床に押しつけてくる。俯《うつぶ》せに張りついたまま、顔をあげることさえかなわない。ところがその床は徐々に傾きだしていた。これはロケットではなくミサイルだ。標的に向かうため重力圏内で水平飛行に転じる。しかも有人カプセル内を快適な空間にする発想はない。

爆発音に似た音がカプセルを揺るがした。モニターの表示に変化があった。最下段のロケットが切り離されたようだ。速度が上昇したらしい。と同時に、身体が床から浮いた。今度は洗濯機に放りこまれた服のように、結衣はぐるぐるとカプセル内を回転しだした。

ロケットではなくミサイルだからだろう、砲弾のごとく横回転しながら飛んでいる。結衣は遠心力で内壁に叩きつけられたうえ、慣性の法則で回りつづけることを余儀なくされた。シートにしがみつこうにも手を伸ばせない。めまいがひどくなった。嘔吐《おうと》感がこみあげてくる。

誰かと一緒にいるときには、クールさを保つべく努力する。だがひとりきりのいま、結衣はさすがに取り乱していた。両手を振りかざすものの、空を掻《か》きむしるばかりでしかない。目が回る。口内に胃液の味がした。宙を舞うように転がり、絶えず内壁に身体をぶつける。計器類のガラスが割れる音が耳に届いた。破片に肌を切ったのか、自分の血飛沫《ちしぶき》を目にした。

歯を食いしばり、結衣は回転中に伸びあがると、シートのひとつに揺れる安全ベルトをつかんだ。満身の力をこめ、身体をシートへと引き寄せる。強烈なGに抗《あらが》い、結衣はシートに着席を果たした。安全ベルトを閉めたが、不快な遠心力はあいかわらずだ。それでもとりあえずはほっとした。内壁に絶えず衝突しつづける悪夢からは免れられた。

甲子園浜でCH47に追いかけられたとき、冗談のように過剰だ、そう思った。しかしその後もどんどん状況が過酷になっていく。いまはなにをやっているのだろう。もうふつうの高校生活を送りたかったとか、吹奏楽部に在籍できたらとか、そんな夢想ひとつ頭をよぎりもしない。あのクズみたいな親父には、むしろ感謝すべきかもしれない。十八歳女子にしては濃すぎる人生だった。みんな小遣いをはたいてまで絶叫マシンに乗りたがる。結衣は無料でその種の百万回ぶんを経験中だった。

空中爆発にでも至ったほうが、よほど幸せな気分になれる。そう思えるほど最低最悪の苦悶《くもん》がつづく。涙にぼやけかけた視界のなか、かろうじてモニターが見てとれた。現在地の地図表示に切り替わっている。弾道の三分の一あたりだった。黄州から日本の東京へ放物線が描かれていた。

速い。かつて北朝鮮の東倉里《トンチャンリ》から発射された〝飛翔体《ひしょう》〟は、千六百キロ離れた沖縄上空を、約十分後に通過した。だがこの火星20号は、従来の〝飛翔体〟の何倍も早く日本に達する。所要時間はおそらく数分だろう。

かろうじてつなぎとめた意識のなか、頭の片隅で結衣は思った。不吉な四号ロケットが東京行きとは、戦略軍も皮肉がきいている。架禱斗の差し金で緊急事態庁とやらが発足したそうだが、まだスマホのJアラートは鳴るのだろうか。日本国民はみな台風ほどにも気に掛けなくなっていたが。

32

七十三歳の宮村邦夫総理は政務秘書官を連れ、大急ぎで官邸地階の危機管理センターに入った。オペレーションルームや情報集約室と強化ガラスで隔てられた、対策本部会議室の円卓へと近づく。列席者らが立ちあがった。

「総理」職員が血相を変えていった。「北朝鮮からの弾道ミサイルです。いままでの〝飛翔体〟とは弾道も速度もちがいます。あと三分でここ東京に着弾する可能性大です」

宮村は肝を冷やし立ちすくんだ。「対処法は……?」

「自衛隊と在日米軍の戦闘機がスクランブル発進しましたが、間に合いそうにありません」

卓上の電話が鳴った。総理専用の赤い電話機だった。宮村は緊張とともに受話器をとった。

「やあ総理」官僚の声とはあきらかにちがう。若くぶしつけな物言いが耳もとに告げてきた。「あいかわらず認知症の老人みたいに突っ立ってるのか。さっさと海上自衛隊に命令をだせ。横須賀《よこすか》基地の護衛艦きりしまからSM3ミサイル発射」

優莉架禱斗だ。宮村は寒気をおぼえた。「か、改修後の模擬ミサイル撃墜実験に失敗したままだ。テストしかおこなっていない現状では……」

「護衛艦のAN／SPY－1レーダーもイージスシステムも、シビックの技術で改造済みだ。弾道ミサイルは確実に撃ち落とせる。爺《じい》さん、あんたが知らないだけでな。さっさと糠盛《ぬかもり》に発令するように伝えろ」

「糠盛……緊急事態庁長官に?」

くだんの糠盛は列席者のなかにいる。黒縁眼鏡の奥に一重まぶたの五十五歳。緊急事態庁長官、雲英グループの元COOの糠盛は、いたって冷静な態度をのぞかせていた。

架禱斗の声がいった。「いまは緊急事態だろう。国を動かすのは緊急事態庁だ。宮村、おまえじゃない」

室内は静まりかえっていた。列席者らがなにごとかと目を瞠《みは》るなか、糠盛はひとり涼しい顔で視線を逸《そ》らした。

腹立たしさに受話器を持つ手が震える。だがつまらない自尊心にこだわり、国家を危機に陥れるわけにいかない。宮村は受話器を叩《たた》きつけ、深呼吸で気を落ち着かせたのち、低い声を響かせた。「糠盛君にまかせる」

列席者らの目が糠盛に注がれる。糠盛は気どった歩調で強化ガラスに歩み寄った。ガラス越しにスクリーンを見上げ、糠盛が職員に命じた。「SM3発射」

命令はただちにオペレーションルームに伝達された。スクリーンに新たなマーキングが出現した。飛来する弾道ミサイルに対し、まっすぐに衝突コースを突き進む。やりきれない気分に蓋《ふた》をせざるをえない。だがいまは状況を見守る必要がある。宮村は身震いを抑えようと躍起になった。国家の命運すら委《ゆだ》ねてしまっている。差し迫った選挙もすべて結果が仕組まれていた。シビックが政府の大半を乗っ取るのが既定路線だ。民意はどこにあるというのか。

33

けたたましい警告音を耳にしたため、結衣は我にかえった。轟音《ごうおん》に頭が割れそうだった。激しい振動もつづいている。どうやら意識を失っていたようだ。

結衣は安全ベルトでシートに固定されていたが、強烈なGに押し潰《つぶ》されそうだった。モニターが目に入る。地図に〝空间碎片〟と大きく点滅表示されていた。現在地は弾道の終盤に差しかかっている。だが別の光点が前方からこのロケットへと、猛然と迫りつつある。

これが宇宙カプセルであることを考慮すると、〝空间碎片〟はスペースデブリという意味か。センサーが障害物に衝突する危険を感知し、警告を発しつづけている。だが高度は大気圏内だ、スペースデブリのはずがない。光点の軌道から察するに、迎撃ミサイルSM3だった。

秒読みが表示されていた。衝突まで残り三十秒を切っている。結衣はあわててシートベルトを外した。強烈な遠心力に、またも身体が振り回されそうになる。しかしコンソールに向き合わねばならない。なにか打つ手があるかもしれないからだ。

ごく狭いカプセル内だというのに、コンソールがとてつもなく遠く感じる。衝突まで十五秒。このままではキーボードに手を伸ばしたところで、対処法すら探りだせない。

そのとき身体が宙に浮いた。カプセルの天井部分に背が叩きつけられる。さらに重力があらゆる方向に変化した。結衣は縦横に回転しだした。

カプセルが落ちた。ロケットの先端から切り離され、自由落下中のようだ。窓の外に一瞬、はるか遠くの海面が見えた。天地は絶えず逆になった。カプセルは暴れるがごとく無造作に回転しつづける。結衣は内部で転げまわった。ガラスの破片が顔のまわりを飛び交った。盛大な音とともにカプセルの内壁に亀裂が走った。

このままではカプセルごと海に叩きつけられる。落下速度を考えれば鉄板にぶつかるに等しい。

パラシュート。大気圏外から帰還した宇宙カプセルは、パラシュートを開き地表に降下する。その仕組み自体は備わっている。だが手動の緊急操作で開かねばならない。

コンソールに飛びつこうとしたが、激しく回転するカプセルのなかでは、結衣も内壁に衝突するばかりだった。激痛を意識から閉めだしているものの、そのうち全身が痺《しび》れだし、感覚が喪失しだした。

またも上下が逆になった。身体が天井に張りつくのは、重力なのか落下のGなのか。いまカプセルがどんな向きにあるのかもわからない。結衣は壁を蹴《け》り、コンソールに伸びあがった。ところがそちらに重力が働き、頭からモニターに突っこんでしまった。火花が散るやモニターが消灯した。

コンピューターがダウンしたのか。結衣は頭のなかで教科書のページをめくった。緊急時には複数のバックアップがある。ましてパラシュートは命綱だ。電源が落ちても作動させうる工夫があるはずだ。

計器類に目を走らせるうち、アクリルカバーのなかにボタンを見つけた。カバーには〝降落伞〟とあるがどうなのだろう。落下傘という意味っぽくないか。窓の外に海原が見えた。波が見てとれるほど高度を下げている。ここにすべてを賭《か》けるしかない。

指輪のダイヤでアクリルをぶち割った。またGが結衣の手をボタンから遠くへ引き離そうとする。結衣は前のめりになり、瞬時にボタンを押しこんだ。

銃声に似た音が響き渡った。火薬の破裂だった。一瞬遅れて結衣はまた跳ねあがり、天井にぶつかったと思うと、今度は床に叩きつけられた。

痛みをこらえながら両膝《りょうひざ》を立て、上半身を床から浮きあがらせる。ぐらぐらと揺れている感覚があった。いちおう床は水平になったようだ。結衣は窓の外を仰ぎ見た。

大きなパラシュートが三つ開いている。青空のなかを悠然と漂うクラゲに思えた。命をつなぐ三匹のクラゲ。奇跡のような光景だった。結衣は唖然《あぜん》としながらへたりこんだ。床に仰向《あおむ》けに寝そべり、窓の外を見上げつづける。遠くに空中爆発の火球をまのあたりにした。四号ロケットはSM3ミサイルに撃墜された。

涙が滲《にじ》んでくると同時に、結衣は自分の笑い声をきいた。力のない、くぐもった笑いだった。それでも生きる喜びを実感した。運命が激変する瞬間。いま身をもって味わった。

ほどなく縦揺れが突きあげた。窓の外に水飛沫《みずしぶき》が降りかかった。筏《いかだ》のように緩やかな揺れを生じた。しかし床が水平を失いつつある。結衣は肌に冷たさを感じた。制服が濡《ぬ》れだしている。傾斜の下のほうが浸水してきた。

結衣はゆっくりと起きあがった。まだ痺れが残っている。全身の筋肉が古綿と化したかのようだ。中腰でドアに歩み寄る。ハンドルを逆方向に回し、ロックを解除した。

水圧でドアが開かないかもしれない、そんな心配があったが、無事に押し開けられた。潮風が頬を撫《な》でる。青い海が太陽に照らしだされ、穏やかに波打っていた。カプセルは斜めに傾いているが、底部の周囲には、いくつもの浮き袋が膨らんでいた。数分間は浮力が保たれる。

遠方に目を向けた。水平線に陸地が見える。弾道ミサイルは東京を標的にしていた。あれは関東地方の沿岸部か、そうでなかったとしても、さほど遠くはないだろう。

浮き袋は二層になっている。上層の浮き袋は乗員脱出用に、一個ずつ外せる仕組みだった。結衣は浮き袋を引き剝《は》がした。抱き枕ぐらいの大きさだ。その上に俯《うつぶ》せながら、海面へと身を躍らせた。

バタ足で陸をめざす。結衣の胸を旅の記憶がよぎっていった。ホンジュラスに北朝鮮、この世の地獄ばかりを経験した。悪いことばかりではなかった。意外にも笑えることが多かった。辛《つら》い別離は喜びの裏がえしだ。ずっと一緒にいたいと思える出会いの数々が、その前提にあったのだから。

架禱斗の支配する国に帰ってきた。あいつは歴史を変えるとかほざいていた。面白いと結衣は思った。妹の帰還はたぶん、バタフライエフェクトどころの騒ぎではない。

34

六十五歳の矢幡嘉寿郎は、上空に雨雲の漂う午後、埼玉の所沢《ところざわ》にいた。住宅街に近いショッピングモール、その広々とした駐車場の一角で、矢幡は演説に立った。

それなりに聴衆は集まったものの、やはり総理のころほどではない。警視庁のＳＰも同行せず、警備は県警ばかりだった。しかもみな一様に冷たく思える。緊急事態庁が台頭して以降、軍警察化が著しいことの一端か、あるいは元総理の威厳を失ったからか。

石油採掘成功により景気は好転している。だが宮村内閣は緊急事態庁の操り人形でしかない。優莉架禱斗のシビックが背後に潜む。こんな国家が健全であるはずがない。選挙制度が大きく変わり、矢幡はこの地域からの出馬を余儀なくされた。当選する議員はすでにきまっているともきく。緊急事態庁の暗躍があれば容易に可能だろう。これはもう独裁政治だ。矢幡は政界を追われる身にちがいない。とはいえ希望を信じ、あくまで食い下がるしかない。腐敗した社会に民主主義を復活させねば。

矢幡はマイク片手に演壇に立った。警官らがずいぶん離れているのが気になる。元総理としては寂しいかぎりだった。気を取り直し、矢幡はマイクに声を張った。「みなさん、本日はお集まりいただきまして、誠にありがとうございます。日本はいま好景気に浮かれていますが、私はあえて問いたい。この国家の主権は誰にあるのかと……」

いきなり花火に似た音が耳をつんざいた。矢幡はびくっと反応した。武蔵小杉高校で何度もきいた音だ。小口径なら銃声は花火の破裂音に近い。ところが県警の私服たちの反応は鈍く、ただうろたえながら辺りを見まわしている。

矢幡は振りかえった。思わず息がとまった。演説台の背後、特に規制されていない歩道上に、ひとりの青年がのたうちまわっている。投げだされた鉄製の筒から、白い煙が立ちのぼっていた。自作銃のようだ。だが青年は誰かに殴打されたらしく、鼻血を噴きながら、さも痛そうに転がっている。

青年を殴った者は見あたらない。自作銃は矢幡を狙っていた、そうとしか考えられない。発砲の寸前、私服のひとりが阻止に動いたのか。しかしそれはありえなかった。県警の私服たちはみな距離がある。

聴衆から悲鳴があがり、辺り一帯がざわめきだした。ようやく私服らが駆けつけ、矢幡を取り囲むと、近くのクルマへ誘導しだした。制服警官の群れは青年の身柄を拘束しにかかっている。

覆面パトカーの後部座席に矢幡は押しこまれた。矢幡は動揺とともにきいた。「なにがあった？」

両隣に私服たちが乗りこんでくる。運転席と助手席にも刑事がおさまった。クルマが動きだす。私服のひとりがあわてぎみにいった。「わかりません。ただ妙なニュースも入ってきているので、いったん避難すべきかと」

「妙なニュースとは？」

「ご存じないですか。けさ宗教団体の統合教会本部がガス爆発で吹き飛んだそうです。休日で無人のはずが、何者かが元栓を緩め、火を放った疑いがあるとか」

矢幡はぞっとした。暗殺されるところだった。ガス爆発となにか関係があるのだろうか。どういう経緯かわからないが生き延びた。

駐車場をでる寸前、周りに群がってきた野次馬の向こう、女子高生らしき姿がのぞいた。開襟シャツに赤いスカーフ、変わった制服だった。優莉結衣に似ている気もする。ありえないと矢幡は思った。彼女はホンジュラスに行ったきり消息不明だ。

女子高生はすぐに見えなくなった。矢幡はただ茫然《ぼうぜん》と背後を振りかえっていた。クルマは幹線道路にでると速度をあげた。最期に見る光景だったかもしれない、物騒きわまりない喧噪《けんそう》がリアウィンドウのなかで、たちまち小さくなっていった。

35

トラックの荷台に潜むのはこれで十一回目になる。結衣は幌《ほろ》の隙間から外を眺めた。

国道十六号沿いにある〝道の駅〟駐車場で、成田《なりた》ナンバーのトラックを見つけた。車体に印旛《いんば》コンクリート工業株式会社とあった。印旛沼《いんばぬま》方面に行くと考えられたが、どうやら勘が当たったようだ。

斜陽を受けオレンジいろに輝く、広大な水面が見えている。辺りは緑に囲まれていた。印旛沼のほとり、サイクリングロードの脇にある佐倉《さくら》ふるさと広場。近くに民家は少なく、陽が沈みかければ、辺りにひとけはなくなる。橋に差しかかる寸前、結衣は幌から飛び降りた。運転手が気づいたようすもなく、トラックは橋を渡り、鹿島《かしま》川の向こうへと走り去った。

見るかぎり誰もいない。売店はもう閉まっていた。背後を京成線の電車が通り過ぎる。目の前はオランダ風車を中心にした、印旛沼沿いの広場になる。ただし広場といっても、ベンチのある芝生は、風車の下のわずかな区画でしかない。ほとんどは田畑だった。それでも開けた光景には変わりがない。

結衣は風車のほうへと歩いていった。黄州選民高校の制服を着っぱなしだが、海水に浸《つ》かったわりには、さほど縮んでもいない。むしろ身体に馴染《なじ》んできたと感じる。

夕陽に照らされた風車の羽根は、吹きつける風のなかでも動かなかった。売店の従業員がいなくなる時刻には、羽根が固定されるときいた。

近くに駅がないため、ふだんから閑散としているが、夕方にはこうして無人になる。人目を避けられるからこそ、以前にもここで凜香と会った。凜香は千葉県佐倉市の児童養護施設に住んでいる。

どうせまた凜香はここに現れる。濁った広大な沼は人を沈めるのに最適だからだ。結衣は道中に立ち寄ったパグェのナスで、スプキョク隊のひとりを締めあげた。いまやパグェが凜香の三下とは笑わせる。

たしかに日本は警察国家に変貌《へんぼう》していた。軍警察さながらの強制連行を、都市部のあちこちで目にした。緊急事態庁が権限を拡大したせいだ。矢幡元総理は選挙演説にろくな警備もなく、もう少しで暗殺されるところだった。通りすがりに結衣は暗殺者を叩きのめした。その前に統合教会本部ビルも吹っ飛ばしておいた。

架禱斗は裏社会も牛耳り、半グレ勢力の再編を進めている。凜香や篤志はそれなりの地位をあたえられた。智沙子もだ。切り崩すならそこから攻めるしかない。

凜香は母親のいいなりになっているようだ。市村凜を憎悪していたはずが、あの寂しがり屋は、いまも心のどこかで母娘《おやこ》の関係を求めている。稚拙な感情にあきれるが、結衣も人のことはいえない。

ふと孤独を意識するときがある。そのたび打ちひしがれそうになる。人間関係に苦労するよりいい、どうせ架禱斗を殺して自分も死ぬだけだ、そんな投げやりな思いで紛らわせるのが常だった。

結衣は緩やかな斜面を下り、サイクリングロードに降り立った。その先は草むら、そして印旛沼がひろがっている。波立たない水面は目にやさしい。カプセルが着水した三浦《みうら》海岸沖を思いださずに済む。

テグシガルパでは手も足もでなかった。けれどもいまはちがう。結衣は成長を実感していた。十八歳の夏。あと少しで卒業を迎えられた。もう泉が丘高校に籍があるとは思えない。緊急事態庁が主導する国家で、結衣の生存があきらかになれば、ただちに指名手配となる。だが優莉匡太の娘としての人生からは卒業してやる。

北朝鮮にいたクラスメイトたちが思い浮かんだ。あれからどうしているだろう。別世界のできごとだったはずが、いまは地続きだと強く感じる。理由はあきらかだ。架禱斗の支配する日本はあの国と変わらない。少年少女が絶望する社会に未来などない。

結衣は人差し指からダイヤの指輪を抜いた。ダイヤはかなり摩耗してしまった。こんなふうにしか使えない。凜香も失望するだろう。

ヨヌにきいた北朝鮮の伝説が胸をよぎる。贈られた物を水辺に投げれば、贈り主に会える。いまこそ試すときだ。夕陽に輝く印旛沼に、結衣は力いっぱい指輪を投げた。

「来い」結衣はつぶやいた。「凜香」

向かい風のなかで結衣は誓った。これからの十代にアオハルを取り戻す。それが元死刑囚の娘、連続殺人魔になってしまった馬鹿な小娘の、この世に生きた証《あかし》だ。

本書は書き下ろしです。

この物語はフィクションであり、登場する個人・団体等は、現実と一切関係がありません。

優莉結衣《ゆうりゆい》
高校事変《こうこうじへん》 劃篇《かくへん》
松岡圭祐《まつおかけいすけ》

令和5年 1月25日　初版発行

発行者●山下直久

発行●株式会社KADOKAWA
〒102-8177　東京都千代田区富士見2-13-3
電話　0570-002-301（ナビダイヤル）

角川文庫 23507

印刷所●株式会社暁印刷
製本所●本間製本株式会社

表紙画●和田三造

ISBN 978-4-04-113409-2　C0193

◇◇◇

角川文庫発刊に際して

角川源義

第二次世界大戦の敗北は、軍事力の敗北であった以上に、私たちの若い文化力の敗退であった。私たちの文化が戦争に対して如何に無力であり、単なるあだ花に過ぎなかったかを、私たちは身を以て体験し痛感した。西洋近代文化の摂取にとって、明治以後八十年の歳月は決して短かすぎたとは言えない。にもかかわらず、近代文化の伝統を確立し、自由な批判と柔軟な良識に富む文化層として自らを形成することに私たちは失敗して来た。そしてこれは、各層への文化の普及滲透を任務とする出版人の責任でもあった。

一九四五年以来、私たちは再び振出しに戻り、第一歩から踏み出すことを余儀なくされた。これは大きな不幸ではあるが、反面、これまでの混沌・未熟・歪曲の中にあった我が国の文化に秩序と確たる基礎を齎らすためには絶好の機会でもある。角川書店は、このような祖国の文化的危機にあたり、微力をも顧みず再建の礎石たるべき抱負と決意とをもって出発したが、ここに創立以来の念願を果すべく角川文庫を発刊する。これまで刊行されたあらゆる全集叢書文庫類の長所と短所とを検討し、古今東西の不朽の典籍を、良心的編集のもとに、廉価に、そして書架にふさわしい美本として、多くのひとびとに提供しようとする。しかし私たちは徒らに百科全書的な知識のジレッタントを作ることを目的とせず、あくまで祖国の文化に秩序と再建への道を示し、この文庫を角川書店の栄ある事業として、今後永久に継続発展せしめ、学芸と教養との殿堂として大成せんことを期したい。多くの読書子の愛情ある忠言と支持とによって、この希望と抱負とを完遂せしめられんことを願う。

一九四九年五月三日

最強の妹 最高の物語

好評発売中

『優莉凜香 高校事変 劃篇』

著：松岡圭祐

凶悪テロリスト・優莉匡太の四女、優莉凜香。姉・結衣への複雑な思いのその先に、本当の姉妹愛はあるのか。少女らしいアオハルの日々は送れるのか。孤独を抱えるサブヒロインを真っ向から描く、壮絶スピンオフ！

角川文庫